Martin Krist, geboren 1971, lebt als Schriftsteller in Berlin. Er arbeitete viele Jahre als leitender Redakteur bei verschiedenen Zeitschriften. Seit 1997 ist er als Schriftsteller tätig. Nach mehr als 30 Sachbüchern, darunter Biografien über die Hamburger Kiez-Ikone Tattoo-Theo, die Punk-Diva Nina Hagen, den Rap-Rüpel Sido, die Grunge-Ikone Kurt Cobain und den gewaltlosen Rebell Mahatma Gandhi, schreibt er seit 2005 Krimis und Thriller.

www.Martin-Krist.de

Martin Krist

Böses Kind

Der erste Fall für
Kommissar Henry Frei

R &K

Originalausgabe bei **R&K**
20. November 2017

Titelbild & Umschlaggestaltung: Michael Schubert
Lektorat: Hannes Windisch
Korrektorat: Rebecca Feist
Druck: epubli, ein Service der neopubli GmbH, Berlin

Martin Krist, Postfach 910104, 12413 Berlin
www.Martin-Krist.de

»Die Zeit bewegte sich in zwei Richtungen,
denn jeder Schritt in die Zukunft beinhaltet
eine Erinnerung an die Vergangenheit.«
Paul Auster

»Es gibt Fehler, die sind
zu ungeheuerlich für Reue.«

Roger Smith

Als sie erwacht, ist es fast dunkel in dem Zimmer.

Nur ein Lichtfleck dringt durch eine Tür. Oder ist es ein Fenster? Sie kann es nicht erkennen. Ihr Blick ist getrübt, in ihrem Kopf dröhnt es.

Sie hebt die Arme zum Gesicht und braucht einen Moment, bis sie merkt, dass sie ihrem Befehl nicht folgen. Langsam begreift sie, dass ihr die Hände auf dem Rücken gefesselt sind.

Verzweiflung steigt in ihr empor. Sie richtet sich auf. Der Schmerz in ihrem Schädel entfacht Übelkeit. Sie sackt zu Boden.

Als sich ihr Magen endlich beruhigt hat, richtet sie sich behutsam erneut auf. Die Welt beginnt sich zu drehen. Mehrmals atmet sie ein und aus. Die Luft ist stickig. Es stinkt nach Schimmel. Und Metall.

In dem Zwielicht kann sie den kalten Steinboden erkennen, auf dem sie sitzt.

Wo bin ich?

Sie versucht sich zu erinnern, doch in ihrem Kopf ist es ebenso dunkel wie in diesem Raum.

Mühsam stemmt sie sich auf die Knie und robbt dem Lichtschein entgegen.

Je näher sie ihm kommt, desto klarer zeichnet sich eine Tür vor ihr ab. Durch ein kleines Sichtfenster fällt etwas Licht.

Sie keucht erleichtert. In derselben Sekunde rutscht sie in einer Flüssigkeit aus. Mit dem Gesicht voran knallt sie auf den Steinboden. Ein höllischer Schmerz explodiert in ihrem Kopf.

Ihr wird schwarz vor Augen.

Als sie wieder zu sich kommt, schmerzt eine Wunde an ihrer Stirn. Stöhnend setzt sie sich auf.

Ihr Blick fällt auf den feuchten Steinboden vor ihr.

In dem Lichtschein schimmert eine große Blutlache. Mehr Blut, als je aus ihrer Wunde hätte fließen können.

Ungläubig beugt sie sich vor. Haarbüschel ragen aus dem Blut hervor. Und dort –

Sie schmeckt Galle an ihrem Gaumen.

Knochensplitter und … *Gehirnmasse.*

Diesmal kann sie nicht mehr an sich halten. Sie muss sich übergeben. Halb verdaute Pommes, Burgerfleisch und Zwiebeln spritzen ihr über die Brust, die Beine, bleiben an ihrem Kinn kleben.

Das ist nur ein Traum, bittet sie, *nur ein schlechter Traum* ...

EINS

... *nur ein schlechter Traum,* hoffte Suse, als sie erwachte.

Ihr Wunsch erfüllte sich tatsächlich. Sie lag eingemummelt unter ihrer kuschelig warmen Bettdecke, das Schlafzimmer noch im gedämpften Morgengrau, friedlich und still. Ein überraschender, beinahe unwirklicher Moment, vielleicht deshalb so berauschend.

So fühlte es sich also an, wenn sich das Leben zum Besseren wendete. Mit einem behaglichen Schnurren drehte sie sich auf die Seite.

Ihr Handy klingelte.

Suse wollte es ignorieren, sich stattdessen die Decke über den Kopf ziehen, als könnte sie auf diese Weise den glücklichen Augenblick bewahren, am liebsten für immer. Oder zumindest noch ein kleines Weilchen.

Aus dem Babybettchen kam ein unwilliges Quieken.

Rasch griff Suse nach dem klingelnden Telefon. »Ja?«

Keine Antwort.

»Miro, bist du das wieder?«

Nichts. Nicht einmal ein Atmen.

»Verflixt, Miro!« Suses Hochgefühl schwand. *»Hör endlich auf damit!«* Wütend legte sie auf.

Das Telefon zeigte 8:20. Sie erschrak.

Wieso hatte der Wecker nicht geklingelt? Oder hatte sie ihn überhört?

Nein, es fiel ihr wieder ein: Sie war am Abend völlig erschöpft ins Bett gefallen – und offenbar eingenickt, ohne an den Wecker zu denken. Und jetzt hatte sie verschlafen.

Sie streckte sich. Ihr verspannter Nacken knackte. Stöhnend glitt sie unter der Decke hervor, stolperte in dem schmalen Spalt zwischen Bett und Wand zuerst über ihre Hausschlappen und dann über ihre Jeans, die auf dem Boden lag. Als sie vor das Babybettchen trat, knallte sie mit ihrem Knie gegen die Wickelkommode, deren Tür wegen der vier Vorratspackungen Windeln darin nicht mehr richtig schloss. Sie unterdrückte einen Schmerzenslaut.

Theo, kein Jahr alt, murrte unruhig vor sich hin.

Suse gab ihm seinen Schnuller, was ihn vorerst zu besänftigen schien. Sie humpelte vorbei am Bügelbrett und drei übereinandergestapelten Kleiderkisten. Mit ihrem Shirt, ihr Lieblingsshirt, ein schlabbriges, verwaschenes Souvenir von einem *Foo-Fighters*-Konzert, blieb sie am zerschrammten Türrahmen hängen.

»Mama!« In der Diele kam ihr Dennis, gerade sechs, in seinem knatschgelben Minion-Schlafanzug entgegen. Er schleifte seine heiß geliebte, nicht minder gelbe Minion-Puppe hinter sich her. »Wo ist Tapsi?«

Suses Wohlbefinden erstarb endgültig. »Wieso bist du noch nicht angezogen?«

»Tapsi ist nicht da.«

»Jaquie hätte dir längst Frühstück machen sollen!«

»Kommt Tapsi wieder?«

»Verflixt, Dennis!«

Erschrocken zog er den Kopf zwischen die Schultern.

Suse kämpfte gegen ihre Wut. »Ich«, sie senkte ihre Stimme, »weiß nicht, wo Tapsi steckt.« Allerdings war sie froh, dass der verzogene, kläffende Retriever ausnahmsweise nicht zwischen ihren Beinen herumtobte.

Sie schaute ins Bad. »Bist du hier, Jaquie?«

Die Duschkabine war leer und an diesem Morgen noch unbenutzt.

»Jaquie?«

Auch die Küche lag verlassen, bis auf das Chaos vom Vorabend. Die Stühle standen kreuz und quer um den Tisch, darauf Milchtüten und Babybreigläser, die verschmierten Schüsseln und Teller mit den Resten vom Abendessen, Theos Rassel, zwei Modellautos, Zettel, Kugelschreiber, zwei Kartons mit … was war da eigentlich drin? Auf dem Boden ein angenagter Hundeknochen zwischen Wollmäusen.

Kurz dachte Suse an den Staubsauger, den sie längst zur Reparatur hatte bringen wollen, es aber nicht getan hatte, weil das Geld diesen Monat knapp war. Aber darüber konnte sie sich später noch Gedanken machen.

»Jacqueline!« Sie hastete ins Kinderzimmer. *»Wehe, du lungerst noch im Bett herum!«*

Doch in der einen Ecke, auf der Matratze ihrer Tochter, lagen nur ein Kissen, die zerwühlte Decke und ein Laptop, auf dem Boden drum herum das übliche Durcheinander aus Socken, Schuhen, Shirts und anderem Teenagerkram, Nagellack, Lippenstift, Kopfhörer, eine Telefonhülle, ein Brillenetui.

Die gegenüberliegende Zimmerhälfte, Dennis' Bett, bot keinen besseren Anblick: ein Teppich aus Legosteinen, Modellautos, Spielzeugfiguren, die Tapete mit roter, blauer, grüner Farbe bekleckst.

Suse fröstelte. Es war ungewöhnlich frisch in dem Raum.

Spitze Schwerter und Ritterhelme bohrten sich schmerzhaft in ihre nackten Fußsohlen, während sie sich einen Weg zur Terrassentür bahnte. Sie zog den Vorhang beiseite. Die Tür klaffte einen Spalt offen.

Verwundert schaute sie in ihren Garten hinaus. Das Areal, keine zwanzig Quadratmeter groß, ein schmales Blumenbeet und ein kleines Stück Wiese, umsäumt von mannshohen Hecken, war das einzig Gute an ihrer beengten Zweiraumwohnung im Parterre. Neben der günstigen Miete natürlich.

Ein dichtes, graues Wolkenfeld hing über den Plattenbauten Spandaus, die sich ringsum erhoben. Es schaute nach Regen aus.

Von Jacqueline keine Spur.

Suse verriegelte die Terrassentür. »Dennis, hast du die Tür aufgemacht?«

Ihr Sohn deutete ein beklommenes Kopfschütteln an.

»Ganz sicher?«

Er nickte scheu.

»Du weißt doch, du sollst nicht allein die Tür aufmachen.«

Er murmelte etwas.

»Was sagst du?«

»Ist Tapsi weggelaufen?«, flüsterte er bang.

»Ich weiß nicht«, erwiderte Suse, die eine ganz andere Frage beschäftigte. »Ist Jaquie gestern Abend nicht nach Hause gekommen?«

»Vielleicht«, Dennis' Stimme war ein ängstliches Wispern, »vielleicht hat sie Tapsi geholt.«

»Wohl kaum!« Zwar hatten sie den Hund vor drei Jahren nur deshalb angeschafft, weil Jaquie darum gebeten und gebettelt hatte, und verflixt, was hatte sie nicht alles versprochen. Aber nach nicht einmal einem halben Jahr war ihre Begeisterung erloschen und die ganze Arbeit an ihrer Mutter hängen geblieben.

Jetzt allerdings war der verschwundene Vierbeiner Suses geringstes Problem.

Im Schlafzimmer begann Theo wieder zu quengeln. Dennis stand im Schlafanzug da, ungewaschen und ohne Frühstück. Und schon bald fuhr der letzte Bus, mit dem sie noch pünktlich zur Arbeit gelangte.

Suse wählte die Handynummer ihrer Tochter.

The person you have called is temporarily not available.

»Verflixt«, schimpfte Suse, »das darf doch nicht wahr sein!« Sie war nicht sicher, was sie mehr erzürnte: Dass Jacqueline, gerade erst 14, unerlaubt über Nacht weggeblieben war, oder dass sie ihre morgendlichen Pflichten völlig ignorierte.

»Zieh dich bitte schon mal an, Dennis«, sagte sie und klaubte Unterwäsche, Jeans und Pullover aus seiner Schublade.

»Tut Jaquie ...«

»Nein, das machst du heute selbst.«

»Aber Jaquie muss ...«

»Verflixt, Dennis, wie alt bist du eigentlich?«

Sein Kopf sank auf die Brust. Er knetete seinen Minion.

Suse klemmte ihm die Kleidungsstücke unter die Arme. »Geh jetzt ins Bad, wasch dir Hände und Gesicht mit Wasser, zieh dich an und danach kommst du in die Küche.« Sie gefror in der Bewegung, als ihr Blick nach draußen ging.

In der Gartenhecke lauerte ein Mann.

ZWEI

Kriminalhauptkommissar Henry Frei parkte seinen Audi in der Gotenstraße in Tempelhof, stieg aber nicht aus.

Stattdessen sortierte er den Kleinkram, den er seit Tagen im Ablagefach der Mittelkonsole herumkutschierte – zwei Haargummis, eine Haarbürste, einen Labello, eine angebrochene Tüte Gummibärchen, lilafarbene Haftmarker und eine Powerbank. Das zugehörige USB-Kabel legte er aufgerollt daneben.

Mit seinem Taschentuch entfernte er einen Fettfleck am Armaturenbrett.

Die Digitaluhr zeigte fünf nach 9.

Another sunrise with my sad captains, sangen Elbow im Radio.

Draußen trieb der Oktoberwind Laub über den Bürgersteig. Einer älteren Dame fegte er den Pillbox-Hut vom Kopf. Er trudelte über den Boden hüpfend auf die Straße zu. Ein Lkw bretterte heran.

Die anderen Passanten, mürrisch die Blicke auf ihre Smartphones gerichtet, nahmen keine Notiz davon.

Einzig eine Frau blieb stehen – Anfang 30, in schwarzem Blazer, Jeans und halbhohen Stiefeletten. Sie hatte selbst ihre liebe Not mit einem Stoffbeutel, einer Aktenmappe, ihrer Handtasche und ihren dichten, blonden Locken, die ihr fortwährend ins Gesicht wehten. Trotzdem bückte sie sich nach dem Hut.

Als sie ihn der Rentnerin übergab, war diese außer sich vor Freude.

Another sunrise with my sad captains, with who I choose to lose my mind.

Es gab zwei Dinge, die Frei nicht ausstehen konnte. Das eine war Unpünktlichkeit.

9.19 Uhr.

Endlich fand die alte Dame in ihrer Eloge ein Ende. Mit ihrem Hut zwischen den Händen trippelte sie in einen trostlosen, grauen Altbau – eines der wenigen Gebäude im Viertel, die noch nicht gentrifiziert worden waren.

Unterdessen rang die junge Frau mit ihrer windzersausten Mähne. Sie schaute die Straße rauf und runter.

Als sie Frei entdeckte, schien ihr klar zu werden, dass er sie die ganze Zeit beobachtet hatte. Sie verdrehte die Augen.

Laub wirbelte herein, als sie zu ihm in den Wagen stieg.

»Morgen«, sagte Louisa Albers, Kriminaloberkommissarin und seine Kollegin im Morddezernat.

»Guten Morgen.«

»Ja, ich weiß«, sie ließ den Stoffbeutel in den Fußraum fallen, Aktenmappe und Handtasche landeten auf dem Armaturenbrett. »Ich bin spät dran.«

And if it's so we only pass this way but once ...

Frei pickte zwei Laubblätter vom Hosenbein seines nachtblauen Anzugs.

»Entschuldige.« Albers klemmte sich ihre Locken hinters Ohr. Sie war etwas blass um die Nase. »Ich wurde aufgehalten.«

»Das habe ich gesehen.«

»Nein, das meinte ich nicht.« Albers gähnte und die Strähnen fielen ihr wieder ins Gesicht. »Unser Knirps hat fast die ganze Nacht geschrien.«

»Ist das da Quark an deinem Kragen?«

»Wieso sollte da Quark ... Oh Scheiße, doch, ist es!«

»Hast du das nicht mitbekommen?«

»Ich sagte doch, der Kleine hält uns mächtig auf Trab.« Albers durchwühlte den Kram in der Mittelkonsole. Mit einem der beiden Haargummis band sie sich einen Zopf. Dann versuchte sie mit mäßigem Erfolg, den Quark von ihrem Blazer zu wischen. »Ist Charlie noch nicht da?«

Anstatt einer Antwort räumte Frei das Ablagefach wieder auf. Nicht zum ersten Mal wurde ihm dabei bewusst, dass ihm das Zeug nicht einmal gehörte.

Kurz vor halb 10.

And if it's so we only pass this way but once, what a perfect waste of time.

Er schaltete das Radio aus. »Lass uns rübergehen.«

»Und Charlie?«

»Er weiß, wo er uns findet.«

»Bestimmt steht er im Stau und ist gleich da. Er hat ...«

»... ein Handy.«

»Soll ich ihn anrufen?«

»Nein!«

»Ach komm, Henry, sei nicht so streng mit ihm, er gibt sich wirklich Mühe. Außerdem ist er neu dabei. Er hat keine Ahnung, wie du tick... Ach Mist!« Albers schielte auf ihren Kragen. Der Quark hatte sich in unansehnliche, bleiche Flecken verwandelt. »Der war frisch aus der Reinigung.«

Erneut machte sie sich über den Blazer her.

Nach wenigen Sekunden gab sie auf. Aus ihrem Stoffbeutel brachte sie eine Packung Mohrrüben zum Vorschein. »Auch eine?«

»Danke, nein.«

Achselzuckend biss sie in eine Möhre. Sie griff nach ihrer Handtasche und der Aktenmappe. »Gehen wir.«

Erste Regentropfen fielen, während sie das schmucklose Gebäude ansteuerten, in das die alte Dame mit ihrem Hut vorhin verschwunden war.

Das farblose Fassadenschild war kaum zu entziffern.

Hotel Brendt's.

Das Foyer war noch weniger ansprechend – eine zerschrammte Empfangstheke, abgetretene Dielenbretter, vergilbte Tapeten, ein verblasster Wandspiegel.

Rasch glättete Frei sein Sakko und richtete sich den Krawattenknoten.

Albers wartete Karotten kauend im Treppenhaus.

»Hey, Sie!«, bellte eine Stimme aus dem Büro hinter der Rezeption. »Herrgott, warten Sie, Herr ...« Schnaufend stampfte ein kleiner, dicker Mann auf sie zu. »Herr Kommissar ...«

»Kriminalhauptkommissar.«

»Wie bitte?«

»Kriminalhauptkommissar Frei!«

»Ja, Herrgott, meinetwegen.« Mit zornesrotem Gesicht baute sich das dralle Männchen hinter dem Empfangstresen auf.

S. Brendt war dort auf einem Schildchen treffenderweise zu lesen, *Hotelmanager*. Auf einem Block mit Meldeformularen lagen ein halbes Dutzend Kugelschreiber kreuz und quer verstreut, daneben eine zwei Wochen alte, zerknitterte Ausgabe des Berliner Kurier.

Traditionelle Familie als Leitbild erhalten!, lautete die Schlagzeile zu einem Interview mit dem ebenso prominenten wie konservativen Fernsehprediger Franz Weinstein.

Frei konzentrierte sich auf den Manager.

Hinter diesem hing ein Bilderrahmen an der Wand, die Reproduktion einer alten Berlin-Lithographie.

»Was ...«, der Manager schnappte nach Luft, »was sollte das letzte Nacht in Nummer 4?«

»Was meinen Sie? Die Spurensicherung hat eine Untersuchung vorgenommen.«

»Untersuchung? Herrgott, das klang wie ... wie eine Großbaustelle! Was haben die da gemacht? Ich dachte, das Zimmer wurde schon vor fünf Tagen untersucht.«

»Es haben sich neue Fragen ergeben.«

»Und was, wenn Ihnen in fünf Tagen noch mehr einfallen?«

»Dann werden die Kollegen ein weiteres Mal anrücken.«

»Das können Sie nicht machen! Wir haben ...« Der Manager brach ab und funkelte Albers an. »Langweile ich Sie?«

Sie unterdrückte ein Gähnen und nahm einen Bissen von ihrer Mohrrübe. »Tschuldigung.«

Kopfschüttelnd wandte sich der Manager wieder an Frei. »Wir haben Gäste und müssen ...«

»Darf ich Sie daran erinnern, dass ein Verbrechen geschehen ist.«

»Glauben Sie, das könnte ich vergessen? Haben Sie eine Ahnung, was diese ... diese Sache für den Ruf unseres Hauses bedeutet?«

Freis Blick kehrte zurück zum Durcheinander auf dem Tresen.

»Von welchem Ruf genau reden Sie?«, fragte Albers.

»Was soll das denn heißen?«, schnappte der Manager.

»Dass Sie für Ihre Gäste gerne mal ein Auge zudrücken«, antwortete Albers, »gegen eine kleine, nun ja, Aufwandsentschädigung.«

»Das ist doch ...«

»Eine Straftat.«

»Herrgott, wollen Sie mich auf den Arm nehmen? Hier wurde eine Frau ermordet, und Sie ... Sie regen sich darüber auf, dass ich ...« Der Manager hielt inne. Er starrte Frei an. »Was machen Sie da?«

Frei hatte das Namensschildchen an der Tresenkante ausgerichtet, im rechten Winkel dazu die Zeitung, darauf den Formularblock.

Der Manager musterte ihn mit hoch gezogener Augenbraue.

Jetzt schob Frei die Kugelschreiber in Reih und Glied. »Das Bild.«

»Wie bitte?«

Er deutete auf die Berlin-Lithographie.

»Was ist damit?«

»Es hängt schief.« Frei wandte sich zur Treppe. Der argwöhnische Blick des Managers entging ihm nicht.

9.42 Uhr.

Unordnung war die zweite Sache, die Frei verabscheute.

Schmunzelnd biss Albers in ihre Möhre, dann folgte sie ihm.

DREI

Der Mann im Garten starrte Suse unverhohlen an.

Ihr wurde bewusst, dass sie nur ihr altes, verwaschenes T-Shirt trug, das ihr gerade mal bis zum Slip hinabreichte. Für einen kurzen Augenblick empfand sie Scham. Bis ihr klar wurde, dass es keinen Grund dafür gab. Sie stand hier immerhin in ihrer eigenen Wohnung!

Wut kochte in ihr hoch. Wenn überhaupt sollte dieser Spanner sich schämen.

Sie riss die Terrassentür auf. Knirschend verkeilte sich die Tür mit einem von Dennis' Modellautos.

Suse rüttelte hin und her, kriegte die Tür weder auf noch zu. Zornig trat sie dagegen. Die Tür flog auf. Ein Windstoß fegte Suse kalte Regentropfen ins Gesicht. *»Miro!«*

Der Mann in der Hecke war verschwunden.

»Ich hab dich gesehen!«

Bestimmt verbarg er sich in der schmalen Gasse hinter dem Garten.

»Ich weiß, dass du mich hörst!«

»Yo«, grunzte es vom Balkon über ihr, »ich kann dich auch hören.«

»Ich hab dir gesagt, du sollst damit aufhören!«

»Wie wär's, wenn du dich selbst mal dran hältst? Andere Leute wollen ihre Ruhe haben!«

Suse stierte in das Gestrüpp am Ende ihres Gartens. Miro, dieser Mistkerl, ließ sich nicht mehr blicken.

»Und kümmer dich um dein Balg!«, schimpfte der Übermieter.

Erst jetzt vernahm Suse das klägliche Babyschreien. Sie eilte in die Wohnung.

Dennis trug nach wie vor seinen Schlafanzug. »Ist Tapsi draußen?«

»Dennis, hab ich dir nicht gesagt …«

»Ist Tapsi wirklich weg?«

»… du sollst dich fertigmachen?« Suse brachte ihn ins Bad. Im Schlafzimmer steigerte sich Theos Weinen zu einem ohrenbetäubenden Gebrüll.

Aus der Wohnung über ihnen erscholl plötzlich Techno-Musik. *Bumm Bumm Bumm.* Der Spiegelschrank im Badezimmer klirrte. Die Zahnbürsten vibrierten in ihren Gläsern.

Fast überhörte Suse ihr Telefon. Sie schnappte danach. »Miro, verflixt, wenn das nicht aufhört, dann werde ich …«

»Susanne?«, unterbrach sie eine zaghafte Stimme.

»Mama?«

»Wer ist denn Miro?«, fragte ihre Mutter.

»Ach der«, Suse klemmte sich das Handy zwischen Ohr und Wange, »der ist egal.« Sie befreite Dennis von seinem Schlafanzug und drückte ihm einen Waschlappen in die Hand. »Hier, den Rest schaffst du selbst.«

Bumm Bumm Bumm.

»Was ist das für ein Lärm bei dir?«, fragte ihre Mutter.

»Das ist mein Übermieter.«

»Was?«

»Mein Nachbar!« Suse hastete ins Schlafzimmer. Theo krakeelte wie wild. Die Musik wummerte.

»Ist ja gut, mein Kleiner, ist ja gut«, nahm sie ihn säuselnd aus dem Bettchen. Der Gestank, der seiner Windel entwich, war eindeutig. Als sie ihn auf die Wickelkommode legte, stieß sie sich erneut das Knie an der Tür. Sie fluchte in sich hinein. »Wieso rufst du an, Mama?«

»Na, ich warte auf dich.«

»Kannst du Theo heute bitte abholen? Und Dennis in die Kita bringen?«

»Ach, Suse ...«

»Bitte, Mama.«

»... du weißt doch ...«

»Was hast du denn heute sonst noch zu tun?« Suse wickelte den Kleinen. Aus seinem Heulen wurde ein Wimmern. *Bumm Bumm Bumm,* ging es unvermindert weiter. Ihre Mutter schwieg. »Mama?«

»Na, ich muss mich doch um Theo kümmern.«

»Siehst du, und noch ist er hier bei mir. Und wenn ich mich nicht beeile, komme ich zu spät zur Arbeit.«

»Ach Kind ...«

»Kommst du sie holen oder nicht?«, brach es aus Suse heraus.

Ihre Mutter schnaufte angestrengt. »Aber nur heute, du weißt doch ...«

»Ja, ich weiß.« Suse trennte die Verbindung, schlüpfte in ihre Jeans, eilte mit dem Kleinen in die Küche und setzte ihn in seinen Hochstuhl.

Sie entsorgte die volle Windel im Abfalleimer und kippte die Reste vom Abendessen hinzu.

Dann schuf sie etwas Platz auf dem Küchentisch, indem sie die Milchtüten, Babybreigläser, das Spielzeug und den anderen Kram beiseite rückte. Die Rassel plumpste zu Boden. Als sie sich danach bückte, trat sie auf den angenagten Hundeknochen. Sie presste die Zähne aufeinander.

Gott sei Dank hatte zumindest ihr Übermieter ein Einsehen und schaltete die Musik ab. Auch Theo war, in freudiger Erwartung einer Mahlzeit, endlich still.

Im Badezimmer plätscherte Wasser.

»Dennis«, rief sie, »beeil dich, Oma ist gleich da.«

Sie spähte aus dem Küchenfenster.

Der morgendliche Berufsverkehr rauschte am Haus vorbei. Ein Mehrtonner brachte den Boden zum Beben.

Aus dem Plattenbau gegenüber kamen drei Halbstarke, ihre Hände in den Taschen ihrer Jogginghosen, ihre Köpfe unter Kapuzen, aus denen Zigarettenqualm hervorkräuselte.

Suse drückte die Wahlwiederholung ihres Handys.

The person you have ...

Sie trennte die Verbindung, scrollte durch das Adressbuch ihres Telefons auf der Suche nach Jaquies Freundin. Wie war noch gleich deren Name? Uta? Ulla? *Nein, Urte!* Sie fand eine Festnetznummer.

»Bei Wagner«, meldete sich Urtes Mutter.

»Ich bin's, Susanne Pirnatt, Jaquies Mutter.«

»Oh, hallo, Frau Pirnatt.«

»Hat Jaquie letzte Nacht vielleicht bei Urte übernachtet?«, fragte Suse.

»Äh«, machte Urtes Mutter, »nein.«

»Aber gestern Mittag, da war sie bei ihr, oder?«

»Ja, gestern nach der Schule. Abends ist sie dann aber los, wollte noch kurz was Wichtiges erledigen und dann nach Hause. Ist sie nicht bei Ihnen?«

Suse legte auf. Sie hatte eine Ahnung, was ihre Tochter am Abend noch Wichtiges zu erledigen gehabt oder vielmehr zu wem es sie verschlagen hatte. Das machte sie nur noch wütender. Hatte sie Jaquie nicht ausdrücklich erklärt, dass sie nicht –

»Mama«, Dennis stand in der Diele, »krieg ich ...«

»Verflixt, Dennis!«

Er zuckte erschrocken zusammen. Er war nackt bis auf seine Unterhose. Von seiner Hand baumelte sein pitschnasser Minion. Eine Pfütze bildete sich um seine Füße.

Die Türklingel rasselte. Rasch ließ Suse ihre Mutter herein.

Diese blickte konsterniert auf Dennis herab. »Aber Junge, was stehst du hier pitschnass im Schlüpfer herum?«

»Er sollte sich waschen«, sagte Suse.

»Also wirklich, wie kannst du ihn ...«

»Mama, jetzt nicht!« Suse schob Dennis ins Bad und gab ihm ein Handtuch. »Abtrocken, anziehen, aber flott!«

»Kann Oma ...«

»Nein, kann sie nicht!«

Ihre Mutter beäugte unterdessen das Durcheinander in der Küche. »Wann hast du hier das letzte Mal aufgeräumt, Suse?«

In ihre Frage mischte sich Sirenengeheul. Vor dem Haus raste ein Polizeiauto vorbei. Ein Stück die Straße rauf suchten die Teenager in einer heruntergekommenen Bushaltestelle Schutz vor dem Regen. Ein junges Mädchen gesellte sich zu ihnen.

»Da!«, sagte Suse und wirbelte herum.

»Suse«, ihre Mutter folgte ihr in die Diele, »was ist denn los?«

Suse schlüpfte in ihre Schuhe. »Da ist Jaquie!«

VIER

Frei erklomm knarzende Stufen in die erste Etage.

»Was meinte der Manager damit?« Albers vertilgte den letzten Rest ihrer Mohrrübe. »Mit der Baustelle?«

»Die Spurensicherung war letzte Nacht gründlich.«

»Das ist sie doch immer.«

»Diesmal noch etwas mehr als sonst.«

»Hm, habe ich hier irgendwas nicht mitbekommen?«

Frei betrat den Flur – ein fensterloser, schummeriger Schlauch, spärliches Licht betagter Wandleuchten, ein knirschender Sisalläufer.

»Wärst du so liebenswürdig«, Albers gähnte, »mir zu erklären, weshalb du die Spurensicherung letzte Nacht ein zweites Mal durch das Zimmer gejagt hast.«

Zimmer Nummer 4 lag am Ende des Gangs. Zwischen Tür und Angel pappte ein neues Polizeisiegel.

»Louisa«, Frei blieb stehen, »wie viel Stunden hast du letzte Nacht geschlafen?«

»Drei, vielleicht vier …«, erwiderte Albers. »Aber hey, im Vergleich zu den vorherigen Nächten ist das schon eine Menge.«

»Das geht also schon länger so?«

»Eine Weile.«

»Ist euer Kleiner krank?«

»Nein. Sagt zumindest der Arzt.«

»Und warum schreit er?«

»Na hör mal, haben eure Kinder das in dem Alter nicht gemacht?«

»Selbstverständlich. Vor allem Benni, jahrelang«, sagte Frei. »Und wie du weißt, macht er das manchmal sogar noch heute. Stundenlang schreien.«

Sein Sohn Benedikt litt am Asperger-Syndrom. Das Gedächtnis des Achtjährigen mochte enorm sein, sein logisches Denken dem anderer Kinder seines Alters weit voraus. Dagegen waren seine Interessen und sein soziales Verhalten engen Grenzen unterworfen.

»Entschuldige«, sagte Albers, »daran habe ich nicht gedacht. Aber das alles ist so ... Ach, ich weiß auch nicht, ich bin einfach nur müde.« Sie zeigte zur Tür. »Was ist? Wollen wir oder nicht?«

Frei brach das Siegel und betrat das Zimmer. Sein erster Blick galt dem Bad.

»Ah«, machte Albers, »*das* hat er gemeint.«

Das Handwaschbecken war abmontiert, die Fliesen aus der Badewannenumrandung geschlagen, die Abflussrohre auseinandergenommen.

»Was haben die Kollegen der Spurensicherung gesucht?«, fragte Albers.

»Die interessantere Frage ist: Haben sie etwas gefunden?«

»Und – haben sie?«

»Sie melden sich.«

»Hätten sie dich nicht längst informiert?«, fragte Albers.

Achselzuckend schaltete Frei sein Handy auf lautlos. Dann verschloss er die Badezimmertür.

Kurz vor 10.

Seine volle Aufmerksamkeit galt nun dem Schlafzimmer – ein kleiner, pseudo-rustikaler Raum mit einem pseudo-rustikalen Tisch, zwei ebensolchen Sesseln, einem Kleiderschrank und zwei Nachttischen. Einziges Schmuckelement waren zwei billige Gemälde, die galoppierende Gäule zeigten, ein kleines neben dem Fenster zur Straße, ein etwas größeres über dem Doppelbett.

Alles sah aus wie bei ihrem ersten Besuch hier vor fünf Tagen – einzig die Frau fehlte.

Das polnische Zimmermädchen hatte sie am Mittag, kurz nach halb 1, auf der rechten Betthälfte entdeckt, eine halbe Stunde, nachdem sie hätte auschecken müssen. Sie schien noch zu schlafen. Weil sie auf die Zurufe der Reinigungskraft nicht reagierte, hatte diese genauer hingeschaut und Strangulationsmale am Hals der Frau entdeckt.

Schon bei den ersten Überprüfungen hatte sich herausgestellt, dass der Name der Toten und die Adresse, die sie ins Meldeformular eingetragen hatte, falsch waren. Der Ausweis, den man in ihrer Handtasche fand, wies sie als Sina Weinstein aus, Mutter zweier Kinder, Ehefrau des bekannten TV-Pfarrers Franz Weinstein.

Traditionelle Familie als Leitbild erhalten!

Wie ernst man im Hause Weinstein die eigenen Parolen nahm, wurde in der Öffentlichkeit heiß diskutiert, seit die Presse nicht nur vom Mord an der Dame des Hauses Wind bekommen hatte, sondern auch von ihrem ominösen Aufenthalt im *Brendt's Hotel.*

Albers studierte die ersten Seiten ihrer Aktenmappe, dann entnahm sie ihr einige Tatortfotos und breitete sie auf dem Tisch aus.

Noch ehe sie zu einer Erklärung ansetzen konnte, schob Frei die Bilder in gerader Linie zur Tischkante, in vier parallele Spalten, drei parallele Reihen.

Albers kämpfte gegen ein Gähnen. »Kann ich jetzt?«

»Bitte«, sagte Frei.

»Herr Brendt, der Hotelmanager, hat zu Protokoll gegeben, Sina Weinstein habe am Abend vor sechs Tagen gegen 19 Uhr bei ihm eingecheckt – ohne Begleitung.«

»Die Glaubwürdigkeit seiner Aussage ist … fragwürdig.«

»Allerdings deckt sie sich mit der eines Schweizer Ehepaares, das um die gleiche Zeit von einer Stadtrundfahrt zurückgekehrt ist. Sina Weinstein sei mit ihnen die Treppe hochgelaufen – allein.«

»Wurde sie oben erwartet?«

»Der Manager schwört Stein und Bein, er hätte mitbekommen, wenn eine fremde Person das Hotel betreten hätte.«

»Wie gesagt«, erwiderte Frei, »seine Aussage ist mit Vorsicht ...«

»Richtig«, unterbrach ihn Albers, »aber wieso sollte er lügen?«

»Weil er der Mörder ist.«

»Er hat das Hotel kurz nach 19 Uhr verlassen, blieb bis kurz vor Mitternacht bei einem Kegelabend. Es gibt mehr als ein Dutzend Zeugen, die das bestätigen.«

»Möglicherweise war einer der Gäste der Mörder.«

»Auch das nicht, es waren ...« Albers warf einen Blick in die Akte. »Fünf der neun Hotelzimmer waren belegt. Aber keiner der Gäste hielt sich zum Tatzeitpunkt im Haus auf.«

»Bis auf das Schweizer Ehepaar.«

»Nein, auch das nicht. Die beiden haben geduscht, ihre Kleidung gewechselt und sich anschließend für den Rest des Abends mit Freunden in einem Restaurant in Charlottenburg getroffen. Die Freunde haben das bestätigt.«

»Folglich ist der Mörder später eingetroffen.«

»Offensichtlich, und ebenso klar ist, dass Sina Weinstein ihm Zutritt zum Hotel verschafft hat.«

»Wie kommst du darauf?«

»Wie gesagt, die Rezeption ist lediglich bis 19 Uhr besetzt. Danach hat nur Zutritt zum Hotel, wer im Besitz eines Schlüssels ist. Da es weder am Hauseingang noch an der Tür von Zimmer Nummer 4 Hinweise auf ein gewaltsames Eindringen gibt, können wir davon ausgehen, dass Sina Weinstein bis zu ihrem Tod – laut Obduktionsbericht zwischen 21 und 22 Uhr –, noch mindestens einmal das Zimmer verlassen hat, um ihren Mörder ins Haus zu lassen.«

»Wurde sie angerufen?«

»Nein, das hat unser Check der Anruflisten sowohl vom Zimmertelefon als auch ihres Handys ergeben.«

»Demnach war sie verabredet«, stellte Frei fest.

Albers nickte. Ihr Pferdeschwanz hüpfte. »Was wiederum bedeutet, dass sie ihren Mörder gekannt hat.«

»Der Ehemann?«

»Kann es nicht gewesen sein. Franz Weinstein hat ein Alibi. Er war mit seinem Schwager Bruno Chinski, dem Bruder seiner Frau, in der Oper.«

»Die er zwischenzeitlich verlassen haben kann. Die Oper liegt nicht allzu weit entfernt und die Aufführung ging bis 23 Uhr – hinreichend Zeit, um zum Hotel zu gelangen und wieder zurück.«

»Durchaus möglich«, sagte Albers. »Allerdings hätte dann sein Schwager Bruno Chinski gelogen.«

Frei rief sich die Befragung in Erinnerung. »Fandest du sein Verhalten nicht auch seltsam?«

»Na ja, er hatte gerade vom Mord an seiner Schwester erfahren. Da ist jeder erst einmal durch den Wind.«

»Da war noch etwas anderes als nur Schock und Trauer.«

»Mag sein, aber wir haben zur Sicherheit sowohl bei Chinski als auch Weinstein Fingerabdrücke und eine DNA-Probe genommen. Es gibt keine Überstimmung mit den Spuren, die die Kriminaltechniker auf dem Hotelzimmer gesichert haben.«

»Welche konkreten Spuren *haben* sie sichern können?«, fragte Frei.

»Na ja«, Albers holte Luft und überflog einige Seiten in der Akte, »es gibt Spuren, Fingerabdrücke, Haare, Schuppen, Fasern, aber die sind mindestens einige Tage, der Großteil sogar Wochen alt, und fast alle an den Wänden, in den Ecken, an den Rändern. Es scheint, als sei der Täter nicht nur sehr umsichtig vorgegangen, möglicherweise hat er das Hotelzimmer nach seiner Tat sogar gesäubert. Bislang zumindest wurden keinerlei Spuren gesichert, die direkt der Tat beziehungsweise dem Täter zuzuordnen sind.«

»Gibt es einen Hinweis darauf, was Sina Weinstein in dem Hotel zu suchen hatte?«

»Das liegt auf der Hand.«

»Tatsächlich?«, fragte Frei.

Albers atmete durch. »Zuerst einmal: das Hotel. Eine billige Absteige, deren Rezeption nur bis 19 Uhr besetzt ist.«

»Das kann alles Mögliche bedeuten.«

»Dann: Es gibt keine Sicherheitskameras an der Rezeption, auf der Treppe oder auf den Fluren der oberen Stockwerke.«

»Auch kein Beweis.«

»Und wer bar bezahlt, muss seine wahre Identität und Herkunft nicht preisgeben.«

»Immer noch kein Beweis!«, beharrte Frei.

Albers ächzte. »Aber eine verdammt lange Indizienkette. Das Hotel ist der perfekte Ort für eine Affäre. Möglicherweise hatte Sina Weinstein sie beenden wollen, jetzt, da ihr Ehemann zunehmend in der Presse auftauchte.« Sie blätterte durch die Akte, bis sie auf einige Zeitungsausschnitte stieß.

Kampf für das bewährte, traditionelle Familienbild! Ein weiteres Interview mit Franz Weinstein.

»Aber ihr Liebhaber akzeptierte die Trennung nicht«, fuhr Albers fort, »und strangulierte sie mit einem Stahlseil.«

»Reine Spekulation, tut mir leid. Hatte sie Sex?«

»Scheiße, nein«, schnaubte Albers entnervt.

Frei schob ihre Reaktion auf die Müdigkeit. Für gewöhnlich verlor sie nicht so rasch die Beherrschung.

Draußen legte der Regen an Heftigkeit zu. Regentropfen klatschten gegen die Fensterscheibe.

»Entschuldigung«, murmelte Albers und beugte sich über die Tatortfotos auf dem Tisch. »Laut Obduktionsbericht deutet nichts darauf hin, dass sie vor ihrem Tod Sex hatte, aber ...«

»Es gab einen Kampf.«

»Richtig, die Gerichtsmedizin hat Abwehrspuren festgestellt«, Albers tippte auf zwei Close-ups, »einen abgebrochenen Fingernagel, eine Prellung an der Hüfte, aber ...« Seufzend wartete sie, bis Frei die verrutschten Bilder wieder zurück an Ort und Stelle geschoben hatte. »Aber danach hat der Mörder ihre Leiche in der Badewanne gewaschen, sie von Kopf bis Fuß eingeseift, ihr die Nägel gesäubert, ihr die

Haare gekämmt, ihre Haut mit Bodylotion eingecremt und sie zum Schluss nackt auf dem Bett drapiert.«

»Also hat er seine Spuren entfernt.«

»Das wäre eine Möglichkeit. Die andere, schlüssigere –« Albers' Handy klingelte. »Das ist Charlie.«

Frei holte sein eigenes Telefon hervor.

10.33 Uhr.

Vier Anrufe hatte er verpasst, keiner mit Mailboxnachricht.

Der erste Anruf war von Oskar Marek gewesen, einem alten Freund. Mehr oder weniger. Die anderen von Charlie.

»Charlie«, Albers nahm den Anruf entgegen, »wo steckst du?«

Frei blendete ihre Stimme aus, konzentrierte sich wieder auf den Fall.

Die andere Erklärung für das Arrangement der toten Sina Weinstein war ein starkes Schuldgefühl.

Es wäre nicht das erste Mal gewesen, dass ein Mörder nach der Tat seine Reue durch einen innigen, respektvollen Umgang mit der Leiche zum Ausdruck brachte. Allerdings verriet er auf diese Weise auch, dass er in einer persönlichen, meist intimen Beziehung zu seinem Opfer gestanden hatte.

Albers hatte recht, alles deutete auf das tragische Ende einer Affäre hin. Aber gänzlich überzeugt war Frei nicht.

Seine Kollegin beendete das Telefonat. »Charlie sagt, wir sollen nach Spandau kommen. Heerstraße-Nord. Er hat da was entdeckt.«

»Hat es mit unserem Fall zu tun?«

»Ich bin mir nicht einmal sicher, ob es überhaupt ein Fall für uns ist.«

»Was soll das heißen?«

»Dass ich nicht wirklich verstanden habe, worauf Charlie hinauswollte. Er klang sehr aufgebracht.«

Frei stellte sein Handy wieder auf laut. Während seine Kollegin die Fotos vom Tisch klaubte, rekapitulierte er ihren Wortwechsel.

Er hatte ihre Schlagabtäusche schätzen gelernt. Er konnte nicht sagen, wann genau sie damit begonnen hatten – mit den Jahren hatten sie sich wie von selbst eingespielt. Seither nahmen sie während ihrer Ermittlungen stets klar verteilte Rollen ein: Albers, die als Klägerin die Indizien, Spuren und Verdachtsmomente ins Feld führte. Er als Verteidiger, der zweifelte, hinterfragte, widerlegte.

Tatsächlich entdeckten sie dabei manches Mal Fehler in ihrer Arbeit, Lücken, nicht selten neue Ermittlungsansätze. Diesmal allerdings – nichts.

Nur ein latentes Unbehagen, das auch dann nicht verschwinden wollte, als sie das Hotel verließen.

FÜNF

Suse rannte durch den Regen. Schon nach wenigen Metern war sie bis auf die Haut durchnässt. Das Wasser brannte in ihren Augen. Sie blinzelte es weg. Fast übersah sie ein Auto, das aus der Querstraße schoss. Mit einem Hupen raste es an ihr vorbei. Sie überquerte den Pillnitzer Weg.

Als sie die Bushaltestelle erreichte, war ihre Tochter verschwunden. Nur die Halbstarken hingen unter dem verkratzten Häuschen herum. Aus einem Handy pumpte HipHop. Eine Kippe machte die Runde.

»Wo ist Jaquie?«, fragte Suse.

Die Typen starrten auf ihre Brustwarzen, die durch das klatschnasse T-Shirt förmlich herausstachen.

»Habt ihr euch endlich sattgesehen?«, fauchte sie.

Die Jungs grinsten.

»Wo ist sie hin?«

»Wer?«, murmelte einer von ihnen unter seiner Kapuze hervor.

»Jacqueline!«

»Wer ist Jacqueline?«

»Meine Tochter!«

»Kenn' ich nicht.«

»Sie war aber hier. Gerade eben.«

»Hier?« Der Typ nahm einen Zug von der Kippe. »Nee, hier war niemand.« Das Grinsen unter der Kapuze strafte ihn Lügen.

Suse schlug ein süßlicher Geruch entgegen. »Ich weiß, was ihr hier macht.«

»Wir warten auf den Bus.«

»Klar, und ich auf den Weihnachtsmann.«

Der Typ griente breit.

»Verflixt, wo ist sie hin!«, blaffte Suse.

Das Kapuzenshirt schrak zurück. Er deutete zum Magistratsweg.

Regenwasser quoll aus den maroden Abwasserkanälen, füllte die Schlaglöcher am Rinnstein. Autos spritzten Fontänen über den Bürgersteig.

Ein Stück voraus lief ein junges Pärchen. *Jacqueline!* Natürlich, was auch sonst: Ihre Tochter war wieder mit diesem Typen unterwegs. Sie hastete los. *»Jaquie!«*

Die beiden taten, als hätten sie Suse nicht gehört.

»Na warte«, keuchte Suse, verschluckte sich, hustete. Ihr Puls raste. Sie hetzte hinterher. Keine drei Tage waren vergangen, seit sie ihrer Tochter zu verstehen gegeben hatte – unmissverständlich eigentlich –, dass sie ihr den Umgang mit diesem Jungen nicht erlaubte. Und jetzt?

Jaquie ignorierte sie, schlimmer noch, sie legte mit diesem Kerl an Tempo zu, als wollte sie Reißaus nehmen. Verflixt, in letzter Zeit war sie nur noch auf Krawall gebürstet, als gäbe sie ihrer Mutter die Schuld an ihrer erbärmlichen Situation.

Zornig platschte Suse durch eine Pfütze. Mit schmatzenden Schuhen lief sie weiter, vorbei an den Plattenbauten, hässlicher, grauer Beton, soweit das Auge reichte.

Mit jedem Schritt, den sie tat, wuchs Hass in ihr – auf dieses Viertel, seine Bewohner, die Arbeitslosen, Ausländer, Halbstarken und Kriminellen. Sie hatte niemals in die Heerstraße-Nord ziehen wollen, doch nirgendwo waren die Mieten so billig. Etwas anderes konnte sie sich schlicht nicht leisten, nicht seit ihr Ex-Mann sie verlassen hatte.

Sie gelangte zur Heerstraße, schaute nach rechts. Eine Lücke im Verkehr. Suse eilte über die Kreuzung.

Wenn hier irgendwer schuld war, dann Jaquies Vater. *Dieses Arschloch!* Wenn er nicht –

Eine Hupe dröhnte laut in ihren Ohren. Wie angewurzelt blieb sie stehen. Bremsen quietschten. Ein Wagen schlidderte über den nassen Asphalt. Suse hielt die Luft an, schloss die Augen.

Doch der Aufprall blieb aus. Nur ein zorniges Gehupe erscholl.

Suse öffnete die Augen. Die Stoßstange war nur wenige Zentimeter vor ihrem Unterschenkel entfernt. Erleichtert schnappte sie nach Luft. Ihr Herz schlug hinauf bis zum Hals.

Zwischen den Bäumen am Straßenrand sah sie eine Bewegung.

Suse lief weiter. *»Jaquie, bleib stehen!«*

Ihre Tochter reagierte nicht.

»Jacqueline, verflixt!« Endlich hatte sie die beiden Teenager eingeholt. Sie packte Jaquies Schulter und riss sie herum.

Sie schaute in ein erschrockenes, völlig fremdes Gesicht.

»Hey«, schnauzte das Mädchen, »hackt's bei dir?«

Um Atem ringend schaute Suse sich um.

Vereinzelt waren Leute unterwegs, kämpften mit ihren Schirmen gegen den Wind und den Regen. Unter dem Vordach eines Spätis hingen zwei, drei verlotterte Gestalten. In den kargen, verwahrlosten Grünsteifen lagen zerschlagene Bierflaschen, Plastiktüten, anderer Müll. Ein Verteilerhäuschen war mit kruden Graffitis übersät. Die Stadt wollte die Gegend aufhübschen, aber das hatte sie schon vor Ewigkeiten versprochen. Getan hatte sich nichts.

Jaquie war nirgends zu sehen.

Ein Lkw bretterte durch ein Schlagloch. Eine Wasserfontäne ergoss sich über Suse.

Fluchend trat sie den Rückweg an.

SECHS

Frei nahm die Stadtautobahn Richtung Spandau.

Im strömenden Regen geriet der Verkehr immer wieder ins Stocken.

Kurz vor 12.

Albers saß tief im Beifahrersitz versunken, ihr Kinn auf der Brust, die Augen geschlossen. Nur das Knirschen, mit dem sie eine Möhre zermalmte, verriet, dass sie nicht schlief.

»Wie fühlst du dich?«, fragte Frei.

»Müde.«

»Schon klar, aber: Bereust du die Entscheidung?«

»Dass wir das Baby gekriegt haben?«

»Nein. Dass du wieder zu arbeiten begonnen hast!«

»Wir hatten keine andere Wahl.«

»Man hat immer eine Wahl«, sagte Frei.

»Oho«, blinzelnd hob Albers ihr Gesicht, »bist du jetzt unter die Philosophen gegangen?«

»Du weißt, was ich meine.«

»Ich hatte wenig Schlaf die letzten Tage, kein Grund, daraus ...«

»Brauchst du Urlaub?«, fiel ihr Frei ins Wort.

»Brauchen? Ja, unbedingt.« Albers richtete sich auf. Sie zupfte an ihrem Pferdeschwanz. »Aber kriegen? Wohl kaum! Ich habe keine freien Tage mehr. Und unbezahlt, das können wir uns nicht leisten.«

»Das ist ...«

»... wie es ist.« Albers' Handy gab ein Signal von sich.

Mit einem entschlossenen Handstreich fegte sie ihren

Zopf über die Schulter und las die eingegangene *Whats-App*-Nachricht. »Na toll!«

»Was ist?«

»Hier, dieses Foto hat mir mein Mann geschickt.«

»Dein Sohn. Er schläft.«

»Ja, *jetzt.*« Gähnend tippte Albers eine Antwort. Dann zog sie eine weitere Mohrrübe aus ihrem Stoffbeutel.

Voraus schälte sich der Funkturm aus dem Regenschauer.

Frei steuerte die Abfahrt zum Kaiserdamm an.

Seine Kollegin hatte recht. Entgegen der Beteuerungen des Volksmunds hatte man keineswegs immer eine Wahl.

Sein Sohn Benedikt zum Beispiel. Dessen Asperger-Erkrankung hatten seine Frau und er sich sicher nicht ausgesucht. Was auch für die Schwierigkeiten galt, die daraus resultierten – das Erkennen und Begreifen, der richtige Umgang mit dem Jungen, die Suche nach Unterstützung, Logopäden, Ergotherapeuten, das wochenlange, vergebliche Bemühen um einen Platz an einer Potsdamer Förderschule für Kinder ab zehn.

Benedikt war erst acht.

Albers' Probleme waren andere, aber nicht weniger belastend.

Vor sechs Monaten hatte sie ihr erstes Kind zur Welt gebracht, vor zwei Monaten war sie wieder in den Dienst eingetreten. Um das Baby sorgte sich seitdem ihr Mann, ein Schriftsteller, dessen Romane, abgesehen von einem passablen Erfolg vor fünf Jahren, kaum Beachtung fanden.

Einmal hatte Frei ein Buch von ihm gelesen. Eine Art Liebesroman, der ihm allerdings zu sentimental ausgefallen war, kitschig und unrealistisch.

Die Realität war komplizierter. Und manchmal erbarmungslos.

12.18 Uhr.

Albers knabberte an ihrer Karotte. »Du zweifelst nach wie vor daran, dass Sina Weinstein eine Affäre gehabt hat, oder?«

»Ich denke, wir haben etwas übersehen.«

»Wir haben alle anderen Möglichkeiten ausgeschlossen.«

»Wir haben aber auch keinen einzigen konkreten Hinweis darauf gefunden, dass sie eine Affäre hatte«, sagte Frei. »Ihre Angehörigen, ihr Bruder, selbst ihr Ehemann hat erklärt, die Ehe sei ohne Probleme gewesen.«

»Also bitte!« Albers seufzte. »Was soll dieser Weinstein auch anderes erzählen? Nachdem er seit Wochen nur noch eines predigt, sein traditionelles Familienbild. Was im Klartext für die Frau bedeutet: Kinder und Haushalt. Wahrscheinlich war seiner Gattin das zu wenig.«

»Wir haben ihre Konten geprüft, ihre Tagesabläufe, nichts Auffälliges.«

»Na ja, wenn du eine Affäre geheim halten möchtest, dann sorgst du natürlich auch dafür, dass man nichts findet.«

»Bleibt nur noch der Zettel.«

»Ja«, sagte Albers, »aber auch den haben wir gecheckt.«

An der Kreuzung zur Preußenallee hielt Frei vor einer roten Ampel.

Sina Weinstein hatte, als man sie stranguliert auf ihrem Zimmer im *Hotel Brendt's* aufgefunden hatte, einen Zettel in ihrer rechten Hand gehalten. Darauf hatte sie selbst, das hatte eine Vergleichsprobe ihrer Handschrift ergeben, eine Telefonnummer notiert.

»Die Nummer gehört einer jungen Verlagsangestellten, Ramona Nicklaus, einer, äh, Moment«, Albers klappte die Aktenmappe auf, »einer Junior Social Influencer Relations Managerin. Weiß der Himmel, wer sich diesen Titel ausgedacht hat.«

»Hat diese Frau Nicklaus Sina Weinstein gekannt?«

»Sie kannte ihren Mann, allerdings nur aus dem Fernsehen und aus der Zeitung. Persönlich sei sie, so hat Nicklaus zu Protokoll gegeben, weder ihm noch seiner Frau je begegnet.«

Die Ampel sprang auf Grün. Frei fuhr wieder an. »Was ist mit ihrer Kindheit, Schulzeit, Ausbildung?«

»Nichts«, Albers studierte die Akte, »nichts, was darauf hindeutet, dass sich die Wege von Nicklaus und Weinstein jemals gekreuzt haben.«

»In ihrem Umfeld, Freunde, Bekannte?«

»Bis heute haben wir keinerlei Berührungspunkte finden können.«

Die Plattenbauten Spandaus schoben sich in ihr Blickfeld. Die Scheibenwischer quietschten.

»Möglicherweise«, Albers schlug die Akte zu, »ist der Zettel nur eine falsche Spur, die Telefonnummer wahllos aus dem Telefonbuch herausgesucht. Und der Täter hat das Opfer gezwungen, die Nummer auf den Zettel zu schreiben.«

»Möglicherweise aber auch nicht.«

»Klingt das für dich so unwahrscheinlich?«

»Ich halte es für unwahrscheinlich, dass ein Mörder sein Opfer wäscht, kämmt, liebevoll aufs Bett drapiert – mit anderen Worten: dass sein schlechtes Gewissen ihn furchtbar quält. Und dass er gleichzeitig nicht nur umsichtig all seine Spuren am Tatort entfernt, sondern sich auch noch kaltschnäuzig Gedanken über eine Trugspur macht. Mal ganz abgesehen von dem Stahlseil, mit dem er sein Opfer strangulierte, und das mit Sicherheit nicht zur Ausstattung des Hotelzimmers gehörte. Er hatte es also bei sich.« Frei schaute seine Kollegin an. »Das klingt für mich nach –«

»Henry!«, schrie sie. *»Pass auf!«*

Reflexartig ging er in die Eisen.

Der Audi schlingerte auf dem nassen Asphalt. Dann kam er zum Stehen, nur wenige Zentimeter vor einer Frau, die völlig durchnässt mitten auf der Straße stand.

Hinter ihnen erscholl zorniges Gehupe.

Die Frau hob die Hände, als wollte sie sich entschuldigen. In derselben Sekunde schien sie etwas zwischen den Bäumen auf der anderen Straßenseite zu entdecken. Sie rannte los und war verschwunden.

»Scheiße!« Albers bückte sich nach der Akte, die sie vor Schreck in den Fußraum hatte fallen lassen. »Das war knapp.«

Die Autofahrer hinter ihnen hupten.

Frei beäugte das Chaos in der Mittelkonsole.

»Vielleicht fährst du erst einmal weiter«, sagte Albers.

Widerwillig trat er aufs Gaspedal.

Keine fünfhundert Meter weiter bog er nach rechts in den Magistratsweg, gleich darauf in die Obstallee – Schlaglöcher, marode Bürgersteige und Mietsilos, soweit das Auge reichte. In einem der Eingänge lungerten Jugendliche in Hoodies, Jogginghosen und dreckigen Sneakers herum. Misstrauisch beäugten sie einen Streifenwagen vor dem einzigen kleinen, noch dazu baufälligen Haus auf der anderen

Straßenseite. Das Bauschild war übertüncht mit kruden Graffitis.

In einem winzigen Bauwagen saß ein Trupp Bauarbeiter bei Stullen, Kaffee aus Thermoskannen und dem ersten Bier des Tages. Gespannt verfolgten sie das Schauspiel draußen unter dem Gebäudevordach.

Zwei Schutzpolizeibeamte stritten sich mit einem Asiaten – Ende 20, Kapuzenshirt, Jeans, Doc Martens.

Als er Freis Audi bemerkte, rannte er auf ihn zu.

»Henry! Louisa!«, schrie Charlie, Kriminalkommissar und ihr neuer Kollege.

Er war der Sohn einer Deutschen und eines Vietnamesen, und tatsächlich lautete sein Name Phan Cha Lee. Die Kollegen auf dem Dezernat hatten ihn gleich an seinem ersten Tag Charlie getauft.

Jetzt tänzelte er im Regen vor dem Wagen. *»Henry!«*

Albers stieg aus.

Frei räumte das Ablagefach auf.

Ungeduldig klopfte Charlie gegen das Seitenfenster.

»Henry!«

Endlich stieg Frei aus dem Auto.

»Di tiêu!«, fluchte Charlie vietnamesisch. *»Scheiße!* Hätte das nicht warten können?«

»Lass uns reingehen. Es regnet.« Frei schritt über Schlammmulden hinweg unter das Vordach.

Konsterniert schaute Charlie zu Albers.

Mit einem Achselzucken gab sie ihm zu verstehen: *Gewöhn dich daran.*

Frei wischte sich die Regentropfen vom Anzug. Seine teuren Derbyschuhe waren nass und mit Lehm bespritzt.

Dreiviertel 1.

»Na endlich«, sagte einer der beiden Schutzpolizeibeamten, »vielleicht können Sie ihrem jungen Heißsporn erklären, dass wir für so etwas nun wirklich keinen großen Aufwand betreiben, nicht bei unserem aktuellen Personalstand.«

»Wohl eher Notstand«, murmelte der andere Beamte.

»Also bitte«, erwiderte Charlie, »Sie haben selbst zugegeben, dass ...«

»Dass das da drinnen eine ganz schöne Sauerei ist, ja. Aber dafür sperren wir doch nicht das ganze Gelände ab. Und wir verständigen schon mal gleich gar nicht die Spurensicherung.«

Charlie setzte zum Protest an.

»Charlie!«, bremste ihn Frei. »Was genau ist hier los?«

Charlie wies in das Gebäude. »Schau es dir selbst an!«

SIEBEN

Suse klingelte, weil sie die Schlüssel vergessen hatte. Die klammen Klamotten klebten kalt an ihrem Körper. Eine Gänsehaut ließ sie frösteln.

»Ja?«, kam es aus der Gegensprechanlage.

»Ich bin's, Mama.«

»Kind, kannst du mir bitte erklären, was ...«

»Machst du mir bitte erstmal auf. Es regnet wie Sau.«

Im Treppenhaus begegnete Suse dem dicken Nachbarn von gegenüber. Mit lüsternen Augen begaffte er ihre Brüste. Sie löste das nasse Shirt von ihrem Oberkörper und floh schaudernd in ihre Wohnung.

Ihre Mutter wartete in der Küche. Auf ihrem Arm gluckste Theo, sein Lätzchen mit Brei verschmiert. Am Küchentisch saß Dennis, fertig angezogen, und mümmelte an seinem Toast. Schokoaufstrich klebte an seinen Wangen.

Suse spürte den fragenden Blick ihrer Mutter.

Ohne ein Wort ging sie ins Bad und schälte sich aus ihren durchnässten Klamotten. Ihr T-Shirt war am Rücken zerrissen. Verflixt, wann war das denn geschehen?

Ausgerechnet ihr *Foo-Fighters*-Shirt, nicht mehr in bester Verfassung schon vor diesem Malheur und trotzdem ihr Lieblingsshirt, erinnerte es sie doch an das Konzert, das sie ... wann genau besucht hatte? Vor Jahren, ach was, Jahrzehnten, zumindest kam es ihr so vor. Sie konnte sich nicht mehr daran erinnern, wann sie das letzte Mal überhaupt ausgegangen war.

»Suse«, ihre Mutter stand im Türrahmen, »wo ist Tapsi?«

»Wahrscheinlich wieder ausgerissen, wäre nicht das erste Mal.« Suse lief hinüber ins Schlafzimmer.

»Wie kann er denn ausreißen?«

»Die Terrassentür stand heute Morgen offen, wahrscheinlich hat Dennis ihn rausgelassen.«

»Willst du ihn nicht suchen?«

»Mama ...«

»Dennis ist schon ganz verstört.«

»... ... ich hab gerade ganz andere Sorgen!« Suse hockte sich vor die Kleiderkisten und knallte abermals mit dem Knie gegen die Wickelkommode. *»Autsch, verflixt!«*

Die Tür klappte auf und die Vorratspackungen mit Windeln kippten heraus. Fluchend stopfte Suse sie zurück in den Schrank.

»Was ist denn los?«, fragte ihre Mutter.

Suse schlüpfte in frische Unterwäsche.

»Wieder Jaquie?«

Wortlos streifte sich Suse Socken über.

»Wo ist sie denn?«

»Auf dem Weg zur Schule. Hoffe ich. Wenn nicht, kann sie was erleben.«

»Ist sie die Nacht wieder weggeblieben?«

Suse glitt in Bluse und Jeans.

»Bestimmt war sie bei ihrem Vater.«

»Ganz sicher nicht!«, erwiderte Suse schärfer als beabsichtigt. Allein bei dem Gedanken an ihrem Mann, ihrem baldigen Ex-Mann, musste sie einen Wutausbruch unterdrücken.

Sie floh in die Küche, ächzte, als sie Dennis erblickte. Ihm klebte der Schokoaufstrich an Nase, Stirn und sogar den Ohren.

Theo, ebenfalls mit Brei bekleckert, gluckste amüsiert.

Suses Mutter säuberte den beiden die Gesichter.

Suse wärmte ein Toastbrot auf, griff nach der Butter – die Dose war leer. Sie belegte das Brot mit der letzten, halb vertrockneten Käsescheibe, die sie im Kühlschrank fand.

»Also«, sagte ihre Mutter, »wenn es stimmt, was Jaquie uns erzählt hat ...«

Suse wirbelte herum. *»Was?«*

Ihre Mutter gefror in der Bewegung. Dennis und Theo guckten erschrocken.

»Na«, die Stimme von Suses Mutter war ein zaghaftes Flüstern, »dieser Tage, also ...«

»War sie bei euch?«

»Na hör mal, sie ist unsere Enkelin, und nach dem letzten Wochenende, da ...«

»Was hat sie euch erzählt?«

Dennis zuckte zusammen. Theos kleines Gesicht verzog sich. Dann begann er zu schreien.

»Suse«, ihre Mutter blickte sie tadelnd an.

Ihr Übermieter drehte die Anlage auf.

Bumm Bumm Bumm.

Die dreckigen Teller und Tassen in der Spüle klirrten.

Suse stöhnte. »Was hat Jaquie erzählt?«

»Nicht viel.«

»Mama!«

»Na, dass du sauer warst, weil sie, also ...«

»Natürlich war ich sauer«, sagte Suse.

»Aber«, ihre Mutter wich ihrem Blick aus, während sie den schreienden Theo auf den Arm hob, »war es wirklich nötig, dass du ...«

»Verflixt, Mama, sie ist 14. Noch ein halbes Kind. Sie muss begreifen, dass sie nicht einfach tun und lassen kann, was sie will.«

»Ich meine ja nur, vielleicht ist es kein Wunder, dass sie zu ihrem Vater ist.«

»Er hat uns sitzen lassen, hast du das vergessen?«

»Nein, natürlich nicht.«

»Siehst du, Jaquie aber schon. Und das geht gar nicht!« Suse biss in den Toast. Der Käse schmeckte ranzig.

Bumm Bumm Bumm.

»Aber trotzdem!«, beharrte ihre Mutter. »Sogar dein Vater meint ...«

»Papa?« Suse lachte wütend und schleuderte das Brot in den Abfalleimer. »Ich wüsste nicht, wieso ausgerechnet der ein Recht hätte, sich da ein Urteil zu erlauben.«

»Ach Kind, das ist doch ...«

»Ich will nicht darüber reden!« Suse warf einen Blick in den Kühlschrank. Auch der O-Saft war ihr ausgegangen. »Außerdem muss ich los.«

Wieder wusste sie nicht, was sie mehr aufregte: Dass ihr Vater ständig meinte, seinen Senf zu ihren Angelegenheiten abgeben zu müssen. Dass ihre Eltern überhaupt davon erfahren hatten. Oder dass Jaquie ohne ihr Wissen bei ihnen gewesen war.

Aber genau so lief es nun seit geraumer Zeit: Ihre Tochter tat und ließ, was sie wollte.

Bumm Bumm Bumm.

Genervt lief Suse in die Diele und zog ihre Jacke an.

»Mama«, rief Dennis aus der Küche, »gehen wir jetzt Tapsi suchen?«

»Nein«, sagte Suse, »ich muss zur Arbeit, ich bin sowieso zu spät.«

»Du willst einfach fahren?«, fragte ihre Mutter.

Suse hob die Hände. »Na du bist lustig. Ich brauche diesen Job! Ist das so schwer zu verstehen?«

Tränen schossen ihrem Sohn in die Augen.

»Nicht weinen«, sagte Suses Mutter. »Wir gehen Tapsi gleich suchen, bestimmt ist er nicht weit.«

Mit verheultem Gesicht schaute Dennis zu seiner Mutter. »Wirklich?«

Bumm Bumm Bumm.

Durchs Küchenfenster sah Suse den Bus in die Straße biegen. »Klar«, sagte sie, »wie beim letzten Mal.« Sie strich ihm durchs Haar. Sie küsste Theo die Stirn. Dann hastete sie erneut hinaus in den Regen.

ACHT

Frei betrat das Gebäude.

»Aber Henry, Louisa«, Charlie schloss zu ihnen auf, »ich muss euch warnen.«

Müll lag wild verstreut, Pappkisten von Burger King, Zigarettenschachteln, Coladosen. Die Wände waren mit Graffitis beschmiert, zumindest dort, wo der Putz nicht abgeschlagen worden war. Schon nach wenigen Schritten waren Freis schlammbefleckte Schuhe mit Baustaub überzogen.

»Ich hab schon viel gesehen«, sagte Charlie, »aber das hier ist ...«

»Was ist das Gebäude mal gewesen?«, unterbrach ihn Albers.

Sie passierten ein winziges Büro. Schreibtisch, Stühle und ein Schrank waren Opfer von Vandalismus geworden. Auch hier lag ein Großteil der Backsteinwände bloß und ein strenger Geruch hing in der Luft.

»Das Haus steht eigentlich gar nicht leer. Es ist immer noch die Stadtteilbibliothek«, sagte Charlie.

»Wie bitte?«, zweifelte Albers.

»Na ja, sie wird gerade saniert.«

»Ernsthaft?«

»Na ja, sie *soll* saniert werden.«

Sie erreichten den eigentlichen Büchereisaal – ein großer Raum, mehrfach unterteilt durch Trennwände, in den Nischen der gleiche, verwahrloste Anblick.

Hier war der Geruch am schlimmsten, ein Gestank, der von einsetzender Fäulnis und Tod kündete.

»Und wie lange *soll* sie schon saniert werden?«, fragte Albers.

»Seit der Stadtumbau West beschlossene Sache ist«, sagte Charlie. »Mehr Grünflächen, Spielplätze und öffentliche Gebäude. Eines der ersten größeren Vorhaben ist die Bibliothek.«

In einer der Nischen verrottete ein struppiges Tier, das sich bei näherem Hinsehen als eine Wolldecke entpuppte. In einer anderen lagen Spritzen, Kanülen und weitere Junkie-Hinterlassenschaften.

»Ursprünglicher Sanierungsbeginn war Frühjahr 2015«, sagte Charlie. »Die Wiedereröffnung war für Dezember 2016 geplant. Aber ihr wisst ja, wie das so ist in Berlin ... Heute sollten die Bauarbeiten aber nun endlich beginnen.«

In einer anderen Nische hatte sich jemand vor gar nicht so langer Zeit erbrochen. Die Quelle des üblen Gestanks befand sich direkt daneben.

Frei blieb wie angewurzelt stehen. Albers keuchte.

An der Backsteinmauer hing ein Hund, seine Vorderpfoten verdreht, zweifellos gebrochen und zu einer grotesken Kreuzigung an die Wand genagelt. Sein Hinterteil versank in einem vertrockneten Matsch aus Gedärm, Blut und Exkrementen.

Sein Leib war ihm von der Kehle abwärts aufgeschnitten worden, sein Schädel bis zur Unkenntlichkeit zertrümmert. Der entsetzliche Zustand ließ schwerlich noch die Rasse erkennen. Ein brauner Retriever vielleicht oder etwas Ähnliches.

»Charlie«, sagte Frei, »wer hat ihn gefunden?«

»Einer der Bauarbeiter, als er heute Morgen das Gebäude betreten hat.«

»Er hat die Polizei verständigt?«

»Er hat die Leitstelle angerufen, die nicht nur die beiden Beamten rausgeschickt, sondern auch bei uns im Morddezernat angefragt hat, ob wir uns das mal ansehen wollen.«

»Du hast den Anruf entgegengenommen?«, fragte Frei.

»Das war Zufall«, antwortete Charlie. »Ich war früh im Büro, weil ich noch meinen Bericht von gestern schreiben musste. Danach wollte ich zu euch nach Tempelhof ins Hotel, aber als ich hiervon hörte, da war mir klar, das ist so furchtbar ...«

»Das stimmt, aber deshalb ist es noch lange kein Fall für uns.«

»Aber wenn –«

Freis Handy klingelte.

Zwanzig nach 1.

»Hallo, Frau Dr. Bodde«, nahm er den Anruf entgegen.

Dr. Franziska Bodde war die Leiterin der kriminaltechnischen Abteilung des LKA, die auch für die Berliner Kriminalpolizei die Spurensicherung übernahm. »Ich habe Neuigkeiten im Fall Weinstein.«

Frei trat einige Schritte vom Kadaver weg. »Ich höre.«

»Nicht so schnell«, Dr. Bodde lachte auf. »Zuvor müssen Sie mir eines verraten: Woher haben Sie das mit dem Siphon gewusst?«

»Ich habe mal in einem Buch darüber gelesen.«

»Dann haben Sie verdammtes Glück gehabt.«

»Demnach sind Sie letzte Nacht fündig geworden?«, fragte Frei.

»Wir haben tatsächlich unter der ...« Den Rest ihrer Worte verschluckte wütendes Geschrei. Einer der Schutzpolizeibeamten hatte die Bibliothek betreten. Abermals lieferte er sich einen Schlagabtausch mit Charlie.

»Frau Dr. Bodde«, rief Frei ins Telefon, »einen Augenblick bitte.« Er trennte die beiden Streithähne. »Verdammt, was ist los?«

»Und?«, wollte der Beamte wissen. »Können wir endlich fahren?«

Charlie schüttelte energisch den Kopf. »Warten Sie, bis Herr Frei sich ein Urteil gebildet hat.«

Der Beamte schaute Frei erwartungsvoll an.

»Warten Sie!«, knurrte Frei und widmete sich wieder dem Telefonat. »Frau Dr. Bodde, sind Sie noch dran?«

»Haben Sie verstanden, was ich Ihnen gesagt habe, bevor wir unterbrochen wurden?«

Frei bejahte. »Es gibt keine Zweifel?«

»Nein.«

»Danke, Frau Dr. Bodde.« Er beendete das Gespräch.

»Wir können hier nicht einfach verschwinden!«, platzte es aus Charlie heraus. »Was, wenn mehr dahintersteckt?«

Frei konzentrierte sich auf seinen jungen Kollegen. »Zum Beispiel?«

»Keine Ahnung, aber ... wer so etwas macht, der ist noch zu ganz anderen Dingen fähig, meinst du nicht auch?«

»Gibt es Hinweise auf ein Verbrechen?«

»Chê!«, fluchte Charlie und zeigte auf den Kadaver. *»Verdammt*! Das da!«

»Das da ist ein Fall für den Tierschutz. Eine Straftat, keine Frage. Aber nichts für die Mordkommission«, sagte Frei.

Erneut setzte Charlie zum Widerspruch an, bemerkte dann aber Freis entschiedene Miene und verkniff sich seine

Worte. Er stand da wie ein Pennäler, der sich um das erstrebte Lob seines Lehrers betrogen fühlte.

»Charlie«, sagte Frei, »kümmere dich bitte darum, dass die Kollegen«, er nickte dem Schutzpolizeibeamten zu, »alles Notwendige aufnehmen und eine Anzeige gegen Unbekannt schreiben.«

Der Beamte verzog angesäuert das Gesicht.

»Anschließend ruft ihr die Tierkörperbeseitigung an. Diese soll schauen, ob der Hund einen Chip besitzt. Vielleicht wurde er vermisst gemeldet. Dann kannst du die Besitzer verständigen.«

»Und was macht ihr?« Charlie klang nicht begeistert.

Kurz nach halb 2.

Frei gab Albers ein Zeichen. »Wir fahren zu Franz Weinstein.« Er beäugte seine dreckigen Schuhe. »Und gibt es in diesem Saustall irgendwo einen sauberen Lappen?«

Sie robbt weg von dem Blut, den menschlichen Überresten, ihrem Erbrochenen. Allein bei dem Gedanken daran muss sie sich erneut übergeben, bis nur noch bittere Galle kommt.

Sie gelangt bis zur Tür, ignoriert Schmerzen und Schwindel. Sie stemmt sich in die Höhe, taumelt, dreht der Tür den Rücken zu, greift mit ihren gefesselten Händen blindlings nach der Klinke.

Ihre Finger fassen ins Leere.

Verzweifelt rudert ihre Hand umher, doch da ist nichts, womit sich die Tür öffnen ließe.

Sie tritt gegen das schwere Holz, einmal, zweimal, immer wieder. Jeder Knall dröhnt in ihrem pochenden Schädel.

»Hilfe!«, schreit sie. *»Hilfe!«*

Niemand macht ihr auf.

»Hilfe!«

Nichts geschieht.

Erschöpft sackt sie auf die Knie. Ihre Kehle brennt. Tränen schießen ihr in die Augen.

Sie kämpft gegen den Würgereiz, der sie überfällt, als ihr der erbärmliche Gestank ihres Mittagessens in die Nase steigt. Vielleicht ist es auch ihr Abendessen gewesen, sie weiß es nicht. Sie weiß ja nicht einmal, wo sie sich befindet. Wie sie hierhergekommen ist. Was geschehen ist.

Nur eines wird ihr klar: Sie ist –

Ein plötzlicher Laut lässt sie herumfahren. Erschrocken zuckt sie vor einem Schemen zurück, der sich in dem Lichtfleck dunkel abzeichnet. Es dauert einige Sekunden, bis sie erleichtert begreift, dass es nur ihr eigener Schatten ist.

Dann hört sie das Geräusch erneut. Ein Hundebellen.

»Hilfe!« Sofort steht sie auf, tritt gegen die Tür. *»Hilfe!«*

Das Gekläffe steigert sich. Ein Mann schreit wütend auf. Ein erschrockenes Hundefiepen. Noch eines.

Dann herrscht Stille.

NEUN

Frei fuhr vorbei an den herrschaftlichen Villen Grunewalds. Die Bürgersteige waren sauber gefegt, der Straßenbelag intakt, das Regenwasser floss durch funktionstüchtige Kanäle ab.

14.29 Uhr.

Keine fünfzehn Minuten von den Spandauer Mietsilos bis hierher und dennoch wie die Fahrt in eine andere Welt.

»Habe ich es dir nicht gesagt?« Albers spielte mit ihrem Zopf. »Charlie gibt sich Mühe.«

»Und schießt über das Ziel hinaus.«

»Vergiss nicht, wie kurz er erst dabei ist.«

»Drei Wochen.«

»Na also«, Albers bückte sich nach ihrem Stoffbeutel, »ich habe drei Monate gebraucht, bis ich halbwegs verstanden hatte, wie du tickst.« Geräuschvoll biss sie in eine Möhre.

Frei hielt an einer Kreuzung und schaute seine Kollegin an.

»Was?« Trotzig erwiderte sie seinen Blick. »Stört dich das etwa auch?«

»Nein.«

»Gut, die halten mich nämlich wach.«

»Die Mohrrüben?«

»Das Knabbern.«

Frei deutete auf die Gummibärchen in der Mittelkonsole. »Und was ist *damit?*«

»Zu viel Zucker.« Albers tätschelte ihren Bauch. »Der

Babyspeck muss weg. Und auch sonst sind Karotten gesünder.«

Frei setzte zu einer Antwort an.

»Nein«, kam ihm Albers zuvor. »Einer meiner guten Vorsätze nach der Geburt: weniger Kaffee. Viel weniger Kaffee!« Sie zeigte mit der Möhrenspitze zur Frontscheibe raus. »Willst du nicht weiterfahren?«

Frei gab Gas.

Der Regen hatte nachgelassen, am Himmel allerdings türmten sich nach wie vor Wolkenmassen.

»Aber wollen wir uns über meine Ernährung unterhalten«, sagte Albers, »oder darüber, warum wir auf dem Weg zu Franz Weinstein sind. Was genau hat die Spurensicherung letzte Nacht in dem Hotel gefunden?«

Mit wenigen Worten informierte Frei sie über das Ergebnis.

»Ernsthaft?«, fragte sie. »Im Siphon unter der Badewanne?«

»Ich habe mir so etwas gedacht.«

»Moment mal«, die Mohrrübe erstarrte auf halbem Weg zu Albers' Mund, »willst du damit andeuten, du hast erwartet, dass sie es da finden? Dass sie genau *das* da finden? Wieso?«

»Nur so ein Gefühl«, sagte er, und das war nicht gelogen.

Kurz vor 3.

Er nahm die Hagenstraße nach links – noch mehr Herrenhäuser, noch mehr Prachtgärten. Fast am Ende stand das Haus der Weinsteins. Eine Mauer umgab das Anwesen. Reporter lungerten herum.

Schutzpolizeibeamte drängten die Meute beiseite, als Frei in die Einfahrt bog.

Auf den Stufen zur Eingangstür erwartete sie Bruno Chinski, der Bruder der ermordeten Sina Weinstein – Ende 30, gebräunt, gescheiteltes Haar, gestutzter Vollbart, ein maßgeschneiderter Zweireiher.

Seine noble Erscheinung stand im Widerspruch zur verunsicherten Miene, mit der er sie in eine große, weiße Vorhalle führte. »Haben Sie ...«

»Noch einige Fragen«, vollendete Frei den Satz. »Am besten, Sie holen Ihren Schwager. Er ist doch zu Hause, oder?«

»Ja, natürlich, oben«, Chinski deutete die geschwungene Treppe hinauf, »bei den Kindern.«

»Ist sonst noch jemand bei ihnen?«

»Seine Eltern sind da, sie helfen ihm, aber ... wieso? Worum geht es?«

»Um den Mord an seiner Frau. Ihrer Schwester.«

»Natürlich, ich weiß, nur ...«, Chinskis Stimme schwankte, »... nur ist das alles so ... so schwierig für uns. Und für die Kinder. Sie leiden alle sehr. Sie haben ihre Mutter verloren.«

Wie zum Beweis begann oben ein Kind zu weinen. Chinski verzog das Gesicht, als wollte er sagen: *Verstehen Sie, was ich meine?*

»Trotzdem müssen wir mit ihm reden«, sagte Frei.

Chinski zögerte. Dann brachte er sie ins Wohnzimmer. »Bitte warten Sie.«

Nachdenklich sah Frei ihm nach.

Albers hob die Augenbrauen.

Fandest du sein Verhalten nicht auch seltsam?

Wortlos setzte sich Frei neben seine Kollegin auf ein edles, schwarzes Ledersofa.

Schon bei seinem ersten Besuch vor fünf Tagen, als sie

Franz Weinstein die Nachricht vom Tod seiner Frau überbracht hatten, war Frei erstaunt gewesen.

Seit Monaten beschwor der Fernsehprediger bei jeder sich bietenden Gelegenheit eine gesunde Mutter-Vater-Kinder-Beziehung. Gesund hieß dabei vor allem: kein zügelloses Sexleben, keine Abtreibungen, keine Prostitution und selbstverständlich auch keine Homo-Ehe.

Gender-Mainstreaming ist eine Geisteskrankheit, hatte er in einem TV-Interview erklärt.

Entgegen seines reaktionären Weltbilds hatte er sein Haus überraschend modern eingerichtet – deckenhohe Fenster, eine offene Küche aus Chrom und Stahl, eigens konzipierte Schränke und Regale, ein Flatscreen-TV, Designersofas und ein Glastisch.

Freis Handy klingelte.

Wieder war es sein alter Freund Oskar Marek.

Aus der Vorhalle erklangen Schritte.

Frei drückte den Anruf weg.

15.21 Uhr.

Franz Weinstein betrat das Wohnzimmer – eine imposante Erscheinung in Kaschmir-Rollkragen, anthrazitfarbenem Anzug, Brille von Gucci. Noch etwas, was sein politisches Image konterkarierte.

Anders als sein Schwager wirkte er gefasst. »Sie wollen mich sprechen?«

Frei erhob sich.

»Herr Weinstein«, sagte Albers, »wir möchten Sie und Ihren Schwager bitten, uns zu begleiten.«

»Das ist wirklich notwendig, ja?«, erwiderte Weinstein.

»Warum wir beide?«, fragte sein Schwager von der Tür.

Albers stemmte sich ebenfalls empor. »Wir möchten neue Erkenntnisse mit Ihnen durchgehen, und das ist leider nur auf dem Präsidium möglich.«

»Was für Erkenntnisse?«, fragte Weinstein.

»Was für Erkenntnisse?«, echote sein Schwager.

Frei ließ Chinski nicht aus den Augen.

»Erkenntnisse«, sagte Albers, »die uns möglicherweise zum Mörder Ihrer Frau und Schwester führen. Und das sollte doch in Ihrer beider Interesse sein?«

Chinski zuckte, nur kurz, fast unmerklich.

Frei war sich nicht sicher, ob es die Reaktion war, die er sich erhofft hatte. Sein Blick wanderte zu Weinstein.

Der presste die Lippen aufeinander. Er nickte. »Fahren wir.«

ZEHN

Suse schob die Schachtel Damenbinden über den Scanner. *Piep*, schrillte es in ihren Ohren. Sie scannte ein Paket Klopapier. Wieder ein *Piep*. Eine Schale mit Katzenfutter. *Piep*. Noch eine Schale. *Piep*. Und noch eine. *Piep*. Dazu fortwährend die gleiche Handbewegung, ein Griff nach vorne, dann zur Seite. *Piep*. Nach vorne und zur Seite. *Piep*. *Piep*.

»23,45 Euro«, las sie vom Display ab.

»Hihi«, die Kundin, eine alte, tattrige Frau, kicherte, »wie lustig.«

»Wie bitte?«

»23,45 Euro.«

»Ich verstehe nicht.«

»Zwei, drei, vier, fünf, hihi.«

Suse zwang sich zu einem Lächeln. Geduldig wartete sie, bis die Dame mit zittrigen Fingern das Kleingeld zusammengekramt hatte. »Vielen Dank und einen schönen Tag noch.«

Ratternd trug das Kassenband Kaugummis heran.

Suse scannte die Einzelpackung. *Piep*. »99 Cent.«

Ein verschnupfter Teenager, keine 18, reichte ihr einen zerknitterten 50-Euro-Schein. Ein Rotzfaden hing an seiner Nasenspitze.

»Hast du's vielleicht kleiner?«, fragte Suse und bemühte sich, ihren Ekel zu unterdrücken.

»Nö.«

»Einen Zwanziger?«

»Nö.«

»Es tut mir leid«, bedauerte sie. »Dann kann ich nicht wechseln.«

Schniefend wischte er sich mit dem Handrücken die Nase. »Ich will das aber.«

»Wie ich schon sagte ...«

»Blöde Fotze!« Er stapfte davon.

»Auch dir einen schönen Tag noch.« Suse tippte die Retour-Taste und zog die Kaugummis erneut über den Scanner. Nichts geschah. Sie wiederholte den Vorgang. Wieder nichts. Verflixt, wieso ließ sich der Einkauf nicht stornieren? Sie schlug auf das Gerät. Unvermittelt piepte es los, einmal, zweimal, dreimal. Es hörte gar nicht mehr auf. *Piep*. Das Geräusch schallte durch die ganze Drogerie. *Piep. Piep.*

Verzweifelt versuchte Suse es zu stoppen, doch je hektischer sie sich bemühte, desto hektischer wurde auch das Piepen. *Pieppieppiep*. Bis es abrupt verstummte. Stille. Bis auf das leise Musikgedudel, das aus der Einkaufsgalerie in den Laden schallte.

Suse hielt Ausschau nach dem Filialleiter. Zum Glück hatte er nichts mitbekommen. Auch kein Kunde stand vor ihrer Kasse.

Erleichtert lehnte sie sich auf ihrem Schemel zurück, massierte ihren Nacken, dessen Verspannung hoch bis in ihren Schädel strahlte. Das nervige *Piep* den ganzen Tag tat sein Übriges.

In ihrer Kitteltasche vibrierte ihr Handy.

Eine Nummer, die sie nicht kannte. »Hallo?«

»Frau Pirnatt«, sagte eine weibliche Stimme, »hier ist Luttemann.«

»Äh, ja.«

Luttemann schwieg, als würde sie darauf warten, dass Suse sich an sie erinnerte.

»Die Klassenlehrerin Ihrer Tochter«, sagte Luttemann.

»Ach so, ja, natürlich.« Suse hüstelte verlegen.

»Ich wollte mich nach Ihrer Tochter erkundigen. Geht es Jacqueline gut?«

»Natürlich, wieso fragen Sie?«

»Wissen Sie, wo Jacqueline ist?«

»In der ...«, Suses Stimme erlahmte, »... Schule?«

»Nein, sie ist schon seit Tagen nicht mehr zum Unterricht erschienen.« Luttemann schnaubte. »Ich habe schon fast vermutet, dass Sie nichts davon wissen. Deswegen rufe ich Sie an.«

Hinter Suse erklang ein ungeduldiges Räuspern. »Frau Pirnatt?«

»Danke für Ihren Anruf«, sagte Suse. »Ich werde mit Jaquie reden.« Sie legte auf.

»Frau Pirnatt!« Die große, hagere Gestalt des Filialleiters ragte vor ihr auf wie ein dürrer Stängel. Er fuchtelte tadelnd mit seinen langen Armen. »Das geht so nicht weiter. Vor ein paar Tagen sind Sie anderthalb Stunden zu spät ...«

»Ich sagte doch, es war ein familiärer Notfall.«

»Und jetzt telefonieren Sie auch noch während Ihrer Arbeitszeit.«

»Es ist doch kein Kunde an der Kasse.«

Der Stängel schüttelte empört den Kopf. »Sie wissen ganz genau, dass Kisten im Lager stehen, deren Inhalt darauf wartet, in die Regale eingeräumt zu werden. Es wäre daher angebracht, wenn Sie Ihrer Kollegin zur Hand gehen, meinen Sie nicht auch?«

»Natürlich«, sagte Suse kleinlaut. »Ich werde ...«

»Das war nur eine rhetorische Frage. Worauf warten Sie?«

Geht es Jacqueline gut?

Suse spürte den stechenden Blick des Stängels. Also lief sie ins Lager und schleppte mühsam ein Paket in den Laden. Stoisch schob sie Deosticks in die Regale, eilte zur Kasse, sobald ein Kunde danach verlangte, *piep, piep*, kehrte zurück ins Lager, eine weitere schwere Kiste, ausräumen, einräumen, Kasse, *piep, piep, piep*. Der Druck in ihrem Kopf wurde immer schlimmer. Außerdem hallte Luttemanns Frage in ihr nach.

Wissen Sie, wo Jacqueline ist?

Als sie sich für einen Moment unbeobachtet wähnte, wählte sie Jaquies Nummer.

The person you have ...

»Frau Pirnatt!«, brüllte der Stängel.

Erschrocken fuhr sie herum. Mit dem Ellbogen prallte sie gegen eine Auslage. *Redbull*-Dosen schepperten zu Boden. Sie ließ ihr Telefon in ihren Kittel fallen.

Schon stapfte ihr Chef um die Ecke. »Was ist los?«

»Ich ... ich ...«, stammelte sie, »... ich bin nur gestolpert, es tut mir leid.« Sie hasste sich für ihren weinerlichen Tonfall, während sie sich nach den Dosen bückte und sie zurück aufs Regal räumte.

Nur noch zwei Stunden, rief sie sich in Erinnerung, zwei Stunden bis zum Feierabend.

Dann allerdings dachte sie daran, was sie zu Hause erwartete – höchstwahrscheinlich ein Abend mit Kopfschmerzen, garantiert ein Streit mit Jaquie, nicht zu vergessen Theo, der bespaßt werden wollte. Blieb nur zu hoffen, dass ihre Mutter in der Zwischenzeit Tapsi aufgetrieben hatte. Einen wehleidigen Dennis konnte Suse nicht auch noch ertragen, nicht heute Abend.

Ächzend trug sie eine weitere Kiste aus dem Lager.

ELF

Frei verzehrte ein belegtes Brötchen aus der Kantine, während er den großen Flachbildschirm im Konferenzsaal des Morddezernats betrachtete.

Kurz vor 5.

Am Tisch knabberte Albers an einer Möhre. Neben ihr saß Charlie. Seit er aus Spandau zurückgekehrt war, hüllte er sich in grimmiges Schweigen. Außerdem war ein halbes Dutzend Ermittler anwesend, die ihnen im Fall Weinstein zuarbeiteten. Auch ihre Aufmerksamkeit galt dem Monitor.

Die Neuigkeit hatte sich rasch herumgesprochen.

Im Splitscreen waren zwei Live-Streams zu sehen – links der aus dem Verhörzimmer 1, in dem Franz Weinstein an einem Kaffee nippte, während er abwechselnd den Tisch, die Fliesen, die Wände und die Decke betrachtete, offenkundig ungerührt.

Im Verhörzimmer 2 ließ sein Schwager Bruno Chinski den Kopf hängen. Er hatte seine Kaffeetasse bislang nicht angerührt.

»Mit wem fangt ihr an?«, fragte Götzke, einer der Kollegen – Mitte 50, keine ein Meter fünfundsiebzig groß, dafür geschätzte neunzig Kilo schwer, rotgesichtig, stoisch, seit mehr als 20 Jahren in seiner Position als Kriminaloberkommissar zufrieden.

Frei schob sich den letzten Brötchenbissen in den Mund. »Chinski.«

»Ah, nein!« Götzke hämmerte seine feiste Hand auf den Tisch.

»Verdammt!«, schimpfte sein Kollege.

»Ha!«, lachte ein anderer. »Ihr schuldet mir einen Zehner!«

»Warum Chinski?«, wollte Charlie wissen.

»Wuff!«, machte einer der Ermittler.

Zornig stierte Charlie in die Runde. Die Kollegen feixten.

Auch schlechte Nachrichten machten auf dem Präsidium eine schnelle Runde.

»Thang!«, fluchte Charlie. »Blödmann!«

Frei fegte sich Brötchenkrümel vom Hemd. Er spürte Albers' erwartungsvollen Blick.

Da war noch etwas anderes ...

Sein Handy klingelte.

Abermals sein alter Freund Oskar Marek.

Frei drückte ihn weg. Er streifte sich sein Sakko über und richtete sich die Krawatte. »Einer muss halt den Anfang machen.«

Albers wartete im Flur, in ihrer Hand die Ermittlungsakte.

Ein Schutzpolizeibeamter wachte vor dem Verhörzimmer.

Der Raum war klein, schlicht und ohne Fenster. In der Mitte stand ein ebenso kleiner, schlichter Tisch.

Auf einem der vier Stühle kauerte Chinski. Sein Scheitel saß nicht mehr ganz so akkurat. »Wo ... wo ist Franz?«

Frei setzte sich. »Er wartet nebenan.«

»Ich dachte, Sie wollten uns neue Ermittlungsergebnisse vorstellen?«

»Das tun wir.«

»Aber ...«

»Nacheinander«, Frei wies mit seinem Daumen über die Schulter, »wegen der Aufnahme.«

Verstört beäugte Chinski die Kamera unter der Zimmerdecke, als entdeckte er sie erst jetzt.

»Zu viele Personen, zu viele Stimmen«, erklärte Albers. »Da kann später vor Gericht keiner mehr auseinanderhalten, wer was gesagt hat.«

»Vor Gericht?« Chinskis bestürzter Blick irrte zwischen ihnen hin und her, bevor er schließlich auf Frei haften blieb. »Warum genau bin ich hier?«

Albers legte die Akte auf den Tisch, nannte Datum, Uhrzeit, 17.21 Uhr, Bruno Chinskis Namen und seine Adresse. »Sie sind der Bruder der ermordeten Sina Weinstein, ist das richtig?«

»Ja.«

»Natürlich steht es Ihnen nachfolgend frei, sich zu äußern, und natürlich dürfen Sie auch einen Anwalt Ihrer Wahl hinzuziehen.«

»Ich verstehe nicht ...«

»Allerdings werden Sie derzeit nicht als Beschuldigter vernommen, darauf weise ich Sie ausdrücklich hin. Es werden keinerlei Tatvorwürfe gegen Sie erhoben. Haben Sie das soweit verstanden?«

»Ja, aber ...« Wieder glitt Chinskis Blick Hilfe suchend zu Frei.

Der hüllte sich in Schweigen.

Auch für Befragungen und Verhöre, so hatte es sich über die Jahre zwischen ihm und seiner Kollegin eingespielt, nahmen sie klar verteilte Rollen ein. Nicht das Bad-Cop-Good-Cop-Spiel, das war nur ein Klischee, aber –

»Sie haben bei unserer ersten Befragung ausgesagt«, Albers schlug die Akte auf, »Sie seien mit Ihrem Schwager,

Franz Weinstein, dem Ehemann Ihrer Schwester, am Tatabend in der Oper gewesen.«

»Das ...«, Chinski schluckte, »... das stimmt.«

»Wir haben eine Vielzahl Zeugen, die das bestätigen. Um genauer zu sein: Wir haben eine Vielzahl Zeugen, die Sie vor Vorstellungsbeginn gesehen haben.«

»Ja.«

»Auch nach der Aufführung wird Ihr Alibi bestätigt.«

»Äh, ja?«

Albers nickte zufrieden, was Chinski zu beruhigen schien. »Allerdings kann uns niemand sagen«, sie blätterte durch die Unterlagen, als hielte sie vergeblich Ausschau nach etwas, »wo Sie und Ihr Schwager sich *während* der Vorstellung aufgehalten haben.«

»Wir waren ...«

»... in der Oper, ja, das sagten *Sie*.« Noch immer wühlte Albers durch die Akte.

Etwas an Chinski veränderte sich.

... *etwas anderes als nur Schock und Trauer.*

Auch Albers schien es zu bemerken, obwohl sie mit den Unterlagen beschäftigt war. Abrupt schaute sie auf.

Chinski erstarrte unter ihrem Blick.

In Freis Hosentasche vibrierte sein Handy. Eine SMS. Er ignorierte sie. Stattdessen fragte er: »Haben Sie ein schlechtes Gewissen?«

Erschrocken fuhr Chinski zu ihm herum.

Es dauerte einen Tick zu lange, bis er endlich den Kopf schüttelte.

»Hören Sie«, sagte Frei mit milder Stimme. »Wie meine Kollegin schon erwähnt hat, stehen Sie hier keinesfalls unter

Tatverdacht.« Er machte eine kurze Pause, bevor er hinzufügte: »Mit einer falschen Zeugenaussage indes machen Sie sich strafbar.«

Chinski zuckte zusammen.

»Und sollten wir herausfinden, dass Sie ... Wie bitte?«

Chinski murmelte etwas, so leise, dass es kaum zu verstehen war. »Ich ...«, plötzlich quoll eine Träne aus seinem Augenwinkel, »... ich kann das nicht ... nicht mehr länger.«

»Was können Sie nicht länger?«

»Lügen! Diese Lügen!«

»Ihr Schwager hat die Oper also während der Vorführung verlassen?«

»Ja«, flüsterte Chinski.

Albers klappte die Akte zu.

»Ich ...«, wisperte Chinski, »ich hätte niemals ... niemals hätten wir ...« Er wischte sich über die Augen. »Das alles wäre nicht passiert ... es wäre niemals passiert, wenn wir ...«, seine Stimme ertrank unter Tränen.

»Herr Chinski, es geht um den Mord an Ihrer Schwester.«

Chinski ließ den Kopf hängen. Sekunden vergingen.

»Wieso haben Sie Ihrem Schwager ein falsches Alibi gegeben?«

Chinski schüttelte den Kopf, anfangs unmerklich, dann immer heftiger, als sträubte er sich gegen die Antwort. Er wollte gar nicht mehr damit aufhören.

Kurz vor 6.

Frei stand auf und zog sein Handy hervor.

»Was ...«, furchtsam folgte Chinskis Blick seiner Hand, »... was haben Sie jetzt vor?«

Die SMS war von seiner Frau. *Melde dich, sobald du Zeit hast. xs I*

Außerdem hatte ihm Oskar Marek eine Nachricht auf der Mailbox hinterlassen.

»Wir vernehmen Ihren Schwager«, sagte Frei und ging zur Tür.

ZWÖLF

Wie jeden Feierabend waren einige Bus-Linien ausgefallen, und die, die fuhren, kamen mit Verspätung. Viel zu viele Passagiere auf zu engem Raum. Es müffelte nach Schweiß. Die dicke Frau, die ungeniert ihre Fettpolster an Suse presste, schwitzte obendrein einen schier unerträglichen Knoblauchdunst aus.

Der Gestank war wie ein Band, das sich immer straffer um Suses schmerzenden Schädel spannte.

An der Ecke Sandstraße, drei Stationen vor ihrem eigentlichen Halt, entfloh Suse erleichtert dem Bus und stellte fest, dass immerhin der Regen nachgelassen hatte.

Sie ging in den *Penny*, wo sie Butter, Käseaufschnitt und einen billigen, namenlosen Tetra-Pack mit O-Saft auf ihre Arme stapelte. Vor den Eiern überschlug sie die bisherigen Ausgaben dieses Monats und entschied, dass für eine Zwölferschachtel das Haushaltsgeld noch reichte. Sie stellte sich in die lange Schlange vor der Kasse.

Piep. Piep. Piep.

Jeder Ton war ein Stich in ihren Kopf. Außerdem glaubte sie jeden einzelnen Muskel ihrer Arme und Beine zu spüren, nachdem sie den halben Nachmittag Kisten durch die Drogerie hatte tragen müssen. Zu gerne hätte sie ihrem Chef erklärt, dass er sich diesen Job sonst wohin stecken konnte. Er hatte sie als Kassiererin eingestellt, und in der Ausschreibung dieser Teilzeitstelle war vom Herumschleppen schwerer Kisten nicht die Rede gewesen. Aber verflixt, sie brauchte das Geld, und der Stängel ließ keinen Zweifel daran, dass es genügend andere Leute gab, die mit Handkuss ihre Arbeit übernehmen würden. Sie war ja selbst froh, dass sie den Job bekommen hatte, denn nach der Trennung, allein mit den Kindern und –

»11,28 Euro«, sagte die Kassiererin.

Suse stutzte. »Wie viel?«

»11,28 Euro«, wiederholte die Kassiererin.

»Aber sonst bezahle ich nur 8,30 Euro dafür.«

Die Kassiererin zuckte die Schultern. »11,28 Euro.«

In der Schlange hinter Suse begannen Leute zu murren.

»Ist wieder was teurer geworden?«, fragte sie.

»Haben Sie das Geld oder nicht?«

Schweren Herzens pickte Suse zwölf Euro aus ihrer Geldbörse. Ein Blick auf den Kassenbon bestätigte ihre Befürchtung: Sowohl Butter als auch Käse waren wieder teurer geworden – zusammen drei Euro nur, und dennoch eine Summe, die sie auch nächste Woche aufbringen musste, kommende Woche, im folgenden Monat. Ihr ganzer Haushaltsplan, den sie bis auf den Euro genau für Miete, Nebenkosten, Essen und Trinken, Babynahrung und wichtigen Haushaltsbedarf inklusive ihres Bustickets zur Arbeit errechnet hatte, drohte durcheinanderzugeraten.

Erbost schlug Suse einen Bogen um den Discounter zum Neubaublock – weißer Beton, weiße Fensterrahmen, weiße Balkone, kaum ansprechender als der erbärmliche Plattenbau, in dem sie selbst wohnte. Dabei hätten sich zumindest ihre Eltern etwas Besseres leisten können, wenn nicht ... Aber darüber wollte Suse sich nicht mehr aufregen.

»Mama«, in der vierten Etage erwartete sie Dennis mit todtraurigem Gesicht, »Tapsi ist immer noch weg.«

»Ihr habt ihn nicht gefunden?«

»Wir haben nach ihm Ausschau gehalten«, sagte Suses Mutter. »Aber ohne Erfolg. Ich denke, du solltest die Polizei verständigen.«

»Es ist nur ein Hund.«

»Was soll das denn heißen?«

»Die werden anderes zu tun haben, als sich um einen weggelaufenen Hund zu kümmern.«

Dennis' Augen füllten sich mit Tränen.

Suses Mutter bedachte sie mit einem tadelnden Blick. *Na toll!* Zu ihrem Enkel sagte sie: »Weißt du, Dennis, vielleicht ist Tapsi gar nicht weggelaufen ...«

»Mama!«

»... vielleicht hat Jaquie ihn ja mitgenommen.«

Ganz sicher nicht, lag es Suse auf der Zunge, während sie ins Wohnzimmer ging. Auf den ersten Blick und ohne Licht wirkte der Raum angenehm rustikal eingerichtet. Erst bei näherem Hinsehen erkannte man, dass die Möbel tatsächlich so alt waren, wie sie aussahen, und entsprechend abgenutzt waren. Seit Jahrzehnten lebten ihre Eltern inmitten dieser beklemmenden Vergangenheit, daran konnte auch die Ordnung nichts ändern, die ihre Mutter hielt. Ihre Bilderrahmen, der Schrank, Couch, Tisch, Deckchen, Kerzenhalter, Vasen mit Tulpen vom *Penny* – alles besaß seinen festen Platz, nichts war dem Zufall überlassen.

Einzig das Kinderbettchen fiel aus dem Rahmen. Zwar nicht nagelneu, sondern nur aus dem Secondhand-Markt, zu mehr hatte Suses Geld nicht gereicht, aber es stand schräg zur Wand, als sei es ein Fremdkörper in der penibel geordneten Umgebung.

Als Theo seine Mutter bemerkte, schwenkte er freudig seine Rassel. Das Geschepper war wie Schmirgelpapier, das über Suses pochenden Schädel zog.

»Fein machst du das.« Sie nahm ihm die Rassel aus den Fingern.

Sein pausbäckiges Gesicht verzog sich.

»Nicht weinen«, schnell hob sie ihn auf den Arm. »Nicht weinen, hörst du?«

Er dachte gar nicht daran, ihr diesen Gefallen zu tun.

Durch sein Geschrei drang die Stimme ihrer Mutter. »Du weißt, dass du gerne noch bleiben darfst.«

»Ich weiß«, sagte Suse. *Und du weißt, dass ich nicht bleiben möchte.*

Aber das sprach sie nicht aus. Sie legte Theo in seinen Buggy. »Na los, Dennis, zieh dir die Schuhe an, wir gehen nach Hause.«

»Susanne«, sagte ihre Mutter.

»Was denn?«

»In Dennis' Kita haben sie mir gesagt, sie unternehmen am Freitag einen Ausflug in den Tierpark.«

»Das ist schön.«

»Es kostet 20 Euro.«

»Hast du sie bezahlt?«

»Nein, ich dachte ...«

»Mama!«

»Du verdienst doch Geld mit deiner Arbeit.«

»Das reicht gerade für das Nötigste«, sagte Suse. Für Butter und Käse reichte es kaum, ganz zu schweigen von ungeplanten Ausflügen. *»Verflixt, Dennis, jetzt zieh dir endlich deine Schuhe an!«*

»Und was ist mit Ludger?«, fragte ihre Mutter.

»Was soll mit ihm sein?«

»Kann er denn nicht ...«

»Es geht bei ihm nicht ums Können. Er will nicht.«

»Ach Kind«, ihre Mutter schnaufte mitleidig, »du weißt, ich würde dir gerne helfen, aber ich habe ...«

»Du hast Papa, auch das weiß ich. Wo ist er eigentlich?«

Natürlich wusste sie, wo ihr Vater steckte, genauso wie sie wusste, dass es ihrer Mutter klar war. Deren Blick flackerte.

»Schon klar«, knurrte Suse, »wo sonst.«

Ihre Mutter schob auf der Kommode eine Vase zurecht.

Suse nahm Dennis an die Hand und schob den Kinderwagen zum Fahrstuhl. »Bis morgen, Mama.«

DREIZEHN

Frei hörte seine Mailbox ab.

»Henry«, vernahm er Oskar Mareks raue Stimme, »ich muss unser Treffen morgen Abend abblasen. Ich melde mich.«

Kurz erlaubte sich Frei die Frage, ob er enttäuscht sein sollte über die Absage seines alten Freundes. Aber das war er nicht, ganz im Gegenteil. Er löschte die Nachricht.

»Was ist?« Albers wartete vor dem Verhörzimmer.

Frei las noch einmal die SMS seiner Frau. *Melde dich, sobald du Zeit hast. xs I*

Das klang nicht dringend, also folgte er Albers in den Raum.

In Größe und Ausstattung war er identisch, einzig das Fenster, das hinaus auf den Alexanderplatz zeigte, bot an manchen Tagen einen Lichtblick. Inzwischen schwärzte der heraufziehende Abend den Himmel.

18.12 Uhr.

Albers wollte Franz Weinstein über seine Rechte aufklären, doch der wiegelte unwirsch ab: »Ersparen Sie mir diesen Unsinn und kommen Sie bitte auf den Punkt. Warum bin ich hier?«

»Wie gesagt«, antwortete Albers, »wir wollen einige Erkenntnisse ...«

»Ach bitte«, unterbrach Weinstein sie erneut, »verkaufen Sie mich nicht für dumm, ja?« Er deutete Gänsefüßchen an. *»Einige Erkenntnisse?* Dafür hätten Sie mich und meinen Schwager nicht hierherkarren müssen.«

»Herr Weinstein«, Albers legte die Akte auf den Tisch, schlug sie aber nicht auf, »wir wissen inzwischen, dass Sie sich vor sechs Tagen nicht den ganzen Abend über in der Oper aufgehalten haben. Ihr Schwager hat seine Aussage widerrufen. Also, wo sind Sie tatsächlich gewesen?«

»Ich habe meine Frau nicht umgebracht.«

»Waren Sie an jenem Abend im *Hotel Brendt's*?«

»Hören Sie mir nicht zu? Ich bin kein Mörder!«

»Beantworten Sie bitte einfach meine Frage.«

»Habe ich doch!« Weinstein ächzte. »Ich kenne dieses Hotel nicht. Ich bin noch nie dort gewesen!«

»Wo sind Sie dann am Abend vor sechs Tagen zwischen 21 und 22 Uhr gewesen?«, hakte Albers nach.

»Verdächtigen Sie mich jetzt also tatsächlich des Mordes an meiner Frau?« Weinstein stieß ein Lachen aus. »Sind *das* Ihre neuen Erkenntnisse?«

»Hatte Ihre Frau eine Affäre? Haben Sie davon erfahren? Passte das nicht in Ihr Weltbild, das Sie predigen?« Mit einem Ruck schlug Albers die Akte auf. Sie hielt einen Zeitungsausschnitt vor Weinsteins Gesicht hoch. *Traditionelle Familie als Leitbild erhalten!* »Haben Sie sie aus diesem Grund umgebracht?«

»Hören Sie doch auf mit diesem Unsinn!«

»Haben Sie sich danach schuldig gefühlt? Haben Sie sie deshalb in der Badewanne gewaschen? Oder sollte es nur so aussehen ...«

»Meine Güte!«

»... weil Sie in Wahrheit nur Ihre Spuren beseitigen wollten? Die falsche Fährte mit dem Zettel in der Hand Ihrer Frau nicht zu vergessen.« Albers legte den Zeitungsartikel zurück in die Akte und schlug sie zu. »Nur eines haben Sie bei alldem nicht bedacht.«

»Sie haben wirklich eine blühende Phantasie!« Abermals lachte Weinstein auf.

Frei nahm die Ermittlungsakte an sich. Er richtete sie an der Tischkante aus, mit gleichem Abstand nach unten und zur Seite. Die leere Kaffeetasse schob er hin und her, bis sie in Symmetrie zur Akte stand.

»Ich weiß, was Sie da machen«, blaffte Weinstein.

Endlich hob Frei den Blick.

»Ich habe Sie durchschaut, Sie wollen mich verwirren, ja? Damit ich einen Fehler begehe und mich verrate, aber darauf ...«

»Herr Weinstein«, schnitt ihm Frei das Wort, »die Kollegen der Spurensicherung haben das Hotelzimmer letzte Nacht ein zweites Mal untersucht. Diesmal sind sie fündig geworden. Manche Dinge liegen im Verborgenen, sozusagen.«

»Wovon reden Sie?«

»Vom Siphon.«

»Was?«

»Es gibt Hotels, deren Abflussrohre im Badezimmer über ein Sieb verfügen, nur für den Fall, dass die Gäste etwas im Waschbecken oder in der Badewanne verlieren. Einen Ehering zum Beispiel.«

»Ich verstehe immer noch nicht.«

»In dem Sieb haben wir Haare gefunden. Haare Ihrer Frau. Aber auch Ihre Haare, Herr Weinstein. Das hat ein Abgleich mit der DNA-Probe ergeben, die sie uns ausgehändigt haben.«

Weinstein schwieg.

»Ihnen ist klar, wonach das ausschaut, oder?«

Schweigen.

»Wenn da noch etwas ist, was Sie uns sagen möchten, dann sollten Sie es jetzt tun, andernfalls ...«

»Ich möchte meine Anwältin sprechen«, sagte Weinstein.

Frei ließ einen Augenblick verstreichen.

»Meine Anwältin«, wiederholte Weinstein. »Dr. Petrova.« Er lehnte sich zurück und schlug die Arme vor seinem Kaschmir-Rollkragen über Kreuz. »Ich bin mir sicher, Sie haben Dr. Petrovas Nummer, ja?«

Frei verkniff sich eine bissige Antwort. Er bedeutete Albers, sich um alles Weitere zu kümmern. Dann verließ er den Raum.

Im Konferenzsaal beglückwünschten sich die Ermittler. Als sich ihm Kollege Götzke freudestrahlend zuwandte, schritt Frei rasch weiter in sein Büro.

Aktenordner und Bücher standen farblich sortiert in einer Flucht auf den Regalen. Der Schreibtisch war leer bis auf den PC-Monitor und eine Tastatur, beide an der Tischkante ausgerichtet, einträchtig daneben ein Notizblock, ein *Mont-Blanc*-Kugelschreiber und ein Bilderrahmen. Das Foto zeigte seine Frau, seine Tochter und seinen Sohn am Strand auf Mykonos, der Horizont im Hintergrund ein perfekter, waagerechter Strich.

Die Aufnahme hatte ihn eine gefühlte Ewigkeit gekostet.

Ich weiß, was Sie da machen ...

Er sank in seinen Sessel und wählte die Nummer seiner Frau. »Isabell, ist alles in Ordnung?«

»Aber natürlich.« Im Hintergrund erklangen hektische Schritte, das Rattern einer Rollbahre, Babygeschrei. »Ich muss nur noch kurz zu einer Visite.« Isabell arbeitete als Ärztin in der Geburtsklinik in Friedrichshain. »Danach habe ich Feierabend.«

»Ich sollte dich anrufen?«

»Die Förderschule in Potsdam hat sich gemeldet. Sie wollen für Benni eine Ausnahme machen. Ist das nicht toll?«

»Das ist großartig«, fand Frei.

»Allerdings gibt es ein Problem«, sagte Isabell. »Zuvor bestehen sie auf einem Probetag mit ihm. Heute in einer Woche. Da steht allerdings die OP auf meinem Dienstplan, von der ich dir erzählt habe.«

»Dann fahre ich mit Benni nach Potsdam.«

»Danke, ich wollte nur sichergehen, dass das klappt.« Isabell hauchte ihm einen Kuss durchs Telefon. »Bis später.«

Frei bemerkte seinen Chef in der Tür.

Dezernatsleiter Peter Veckenstedt, Mitte 50, ergraut, ein ebenso grauer Schnauzer im faltigen Gesicht, brummte zufrieden. »Ich habe mit dem Staatsanwalt gesprochen, er wird sich noch heute um den Haftbefehl kümmern.«

Möhren kauend gesellte sich Albers zu ihnen.

»Glückwunsch«, sagte Veckenstedt, »das war gute Arbeit von euch.«

»Vor allem von Henry!«, schmatzte Albers.

Frei reagierte nicht.

Noch mehr Falten zerfurchten Veckenstedts Miene. »Etwa nicht?«

Frei schwieg weiter.

Albers seufzte.

»Ich weiß nicht, was du erwartet hast«, sagte Veckenstedt, »aber die Lösung ist am Ende häufig banal. Das kennst du doch –« Er verstummte.

Aus dem Fahrstuhl trat eine Frau – Ende 30, zierlich, langes, schwarzes Haar, braune Haut, ein weinrotes, eng anliegendes Etui-Kleid, schwarze Peep-Toes.

»Frau Dr. Petrova«, grüßte Veckenstedt schmallippig.

Frei beließ es bei einem Kopfnicken.

Die Anwältin lächelte knapp und schritt ins Verhörzimmer.

Veckenstedt sah ihr nach. »Oder machst du dir Sorgen wegen ihr, Henry?«

Frei schüttelte den Kopf.

Die grazile Erscheinung Dr. Giselle Petrovas täuschte. Als Strafverteidigerin war sie entschlossen, kompromisslos und zweifellos eine der besten ihres Fachs, eine Berühmtheit, unter Polizeiermittlern gefürchtet.

Doch sie war diesmal nicht der Grund seiner Sorgen.

»Na dann«, sagte Veckenstedt, »schreibt eure Berichte, den Rest besprechen wir morgen früh. Macht Feierabend, den habt ihr euch verdient.«

»Feierabend?« Gähnend nagte Albers an ihrem Gemüse. »Für mich beginnt jetzt die Nachtschicht zu Hause.«

VIERZEHN

Suse sah dem Bus nach, der buchstäblich vor ihrer Nase seine Türen geschlossen hatte und weggefahren war. Wollte sie wirklich auf den nächsten warten, nur um sich in das überfüllte, stickige Gefährt zu zwängen, noch dazu mit zwei Kindern, eines davon im Buggy? Sie stellte Dennis aufs Buggybrett am Kinderwagen, denn Laufen konnte er so gar nicht ausstehen, und beschloss den Weg nach Hause zu Fuß zurückzulegen. Ihr würde die frische Luft guttun, vielleicht sogar ein wenig ihr Kopfweh und ihre Wut lindern.

Wo ist Papa eigentlich?

Vor allem war sie zornig auf sich selbst. Sie hatte das Thema nicht wieder anschneiden wollen. Die Frage war einfach so aus ihr herausgeplatzt. Der Tag war einfach zu anstrengend gewesen, die aufgestaute Frustration hatte sich ein Ventil gesucht. Dabei hatte sie sich geschworen, nicht mehr zornig auf ihre Mutter zu sein. Suse war sich völlig darüber im Klaren, dass ihre Mutter am allerwenigsten Schuld an ihren Problemen trug. Aber verflixt, seit ihrem Erwachen heute Morgen ging irgendwie alles schief, Jaquies Verschwinden, der Anruf der Lehrerin, die Plackerei im Laden, obendrein ihr pochender Schädel. Sie wollte nur noch nach Hause, ein ernstes Wort mit ihrer Tochter reden, ein sehr ernstes Wort, und danach vielleicht –

»... mit Tapsi?«, fragte Dennis.

»Wie bitte?«

»Ist Jaquie zu Hause?«

»Davon gehe ich doch mal aus.«

»Ja«, freudig klatschte Dennis in die Hände, »Tapsi ist wieder da.«

Suses Anspannung wuchs, je näher sie ihrem Wohnblock kamen. Ihre Kopfschmerzen hielten sich hartnäckig. Immerhin, bei ihrem Übermieter herrschte Ruhe.

Sie entriegelte die Wohnungstür. »Jaquie?«

»Tapsi!« Ihr Sohn stürmte in die Diele.

Alle Zimmer lagen im Dunkeln. Ein ungutes Gefühl machte sich in Suse breit. *»Jaquie?«*

»Tapsi!«, rief Dennis mit brüchiger Stimme. »Tapsi?«

Nichts, nur das vertraute Chaos in der Küche, das schmutzige Geschirr in der Spüle, der ganze Rummel auf dem Tisch und inmitten der Wollmäuse am Boden der Hundeknochen. Immerhin, Theo war im Buggy eingeschlafen. Suse stellte den Kinderwagen mit angelehnter Tür im Schlafzimmer ab.

»Dennis«, sagte sie, »zieh deine Schuhe aus und den Schlafanzug an ...«

»Und wann tut Jaquie kommen?«

»Erst einmal essen wir zu Abend.«

»Ist Tapsi dann auch da?«

»Das weiß ich nicht, ich ...«

»Aber Oma hat gesagt ...«

»Verflixt, Dennis!«, fuhr Suse ihn an. Tränen schossen ihm in die Augen. »Dennis«, sie hockte sich vor ihm hin, »es tut mir leid, ich ... ich wollte nicht schreien.«

Er schluchzte. Seine Lippen bebten.

Sie wischte ihm die Tränen von den Wangen. »Weißt du was? Erst einmal ziehst du dich um. Danach versuchen wir Jaquie und Tapsi zu finden, okay?«

Mit hängenden Schultern schlich er ins Kinderzimmer.

Suse schimpfte auf die Gedankenlosigkeit ihrer Mutter. Sie verfluchte ihre Kopfschmerzen, während sie die Nummer ihrer Tochter wählte, zum x-ten Mal am heutigen Tag.

The person you have called is temporarily not available.

Sie schlug vier Eier in die brutzelnde Pfanne und verquirlte sie.

Dennis kletterte auf seinen Platz, seinen Minion an sich gedrückt.

»Es gibt Rührei«, sagte Suse. »Das magst du doch gern.«

Er brachte ein schwaches Kopfnicken zustande. Lustlos stocherte er auf seinem Teller herum. Während Suse ihn zum Essen zu animieren versuchte, kehrte ihr Blick immer wieder zur Straße zurück, als erwartete sie, dort im Laternenlicht jeden Moment Jaquie auftauchen zu sehen.

Sie drückte die Wahlwiederholung.

The person you have ...

Noch ehe sie wusste, was sie tat, klickte sie sich durch ihr Kurzwahlverzeichnis. *Ludger.* Sie zweifelte, dann betätigte sie die Wahltaste. Nach dreimal Klingeln ging die Mailbox ran. Natürlich, er wollte nicht mit ihr reden.

Sie wählte seine Festnetznummer.

»Hier bei Schneider«, meldete sich eine weibliche Stimme.

Allein bei ihrem Klang kam Suse die Galle hoch. Diana Schneider. Ludgers neue Freundin. Suse versuchte, ihren Groll zu bezwingen. »Ich möchte Ludger sprechen.«

»Der ist nicht da.«

»Ich *muss* mit ihm reden.«

»Ich sagte doch ...«

»Es geht um seine Kinder«, sagte Suse.

Ein genervtes Seufzen kam aus dem Hörer. »Findest du nicht, es reicht, dass du immer deine ...«

»Es sind auch Ludgers Kinder!«

»... deine Kinder vorschiebst um ...«

»Es geht um Jaquie!«

»Ist Jaquie wieder weg?«

»Das werde ich ganz sicher nicht mit dir besprechen.«

»Und du hast mal wieder keine Ahnung, wo sie steckt.«

»Gib mir Ludger!«

»Hörst du mir nicht zu? Er ist nicht da.«

»Sag ihm, er soll mich anrufen!« Suse legte auf.

Im Schlafzimmer brabbelte Theo vor sich hin.

Sie bemerkte Dennis' verschreckten Blick.

Ist Jaquie wieder weg?

»Alles wird gut«, murmelte Suse. Sie war sich nicht sicher, wem sie hier eigentlich Mut zusprechen wollte. Ihrem Sohn? Oder sich selbst? Verflixt, hatte sie heute Morgen ernsthaft geglaubt, alles hätte sich zum Besseren gewendet? So lange wie diesmal war ihre Tochter noch nie weggeblieben.

In ihre Wut mischte sich ein anderes, unangenehmeres Gefühl.

Ich denke, du solltest die Polizei verständigen.

Suse wählte den Notruf. »Meine Tochter ist verschwunden.«

FÜNFZEHN

Frei fuhr vorbei am Frankfurter Tor. Die beiden Kegeltürme verschwanden im Wolkenfeld, das tief und dunkel über der Stadt hing.

20.23 Uhr.

Albers tippte auf ihrem Handy, empfing eine Antwort, seufzte, schrieb erneut. Irgendwann legte sie das Telefon beiseite, löste ihren Pferdeschwanz und versank erschöpft im Sitz. »Also?«

»Was?«

»Ach komm, fünfzehn Minuten, seit wir losgefahren sind, und du hast keinen Ton gesagt.«

»Worüber willst du reden?«

»Ich möchte wissen, worüber *du* reden willst?«

Es gab nichts, was Frei erzählen wollte.

»Ehrlich, Henry, ich versteh's nicht.« Albers schüttelte den Kopf. Vor dem Lichtschein eines vorbeigleitenden Restaurants glich sie mit ihren wilden Locken einer Medusa. »Du selbst meintest heute Mittag, du hättest erwartet, dass wir Haare von Franz Weinstein in dem Siphonsieb finden.«

»Nein, das habe ich nicht gesagt.«

»Aber ...«

»Ich sagte, ich hätte mir so etwas gedacht.«

»Das läuft doch aufs Gleiche hinaus: Du hattest ihn als Mörder seiner Frau im Verdacht.«

»Nein«, sagte Frei.

»Siehst du«, Albers gähnte voller Inbrunst, »und das verstehe ich nicht.«

»Fragst du dich nicht, warum Bruno Chinski, der Bruder der ermordeten Sina Weinstein, ihrem Ehemann, also ihrem mutmaßlichen Mörder, ein falsches Alibi gegeben hat?«

»Na ja, schon, aber spielt das eine Rolle? Und überhaupt, was heißt hier *mutmaßlich*? Wir wissen, dass er gelogen hat. Dass er auf dem Hotelzimmer war. Dass er ...«

»Und warum hüllt er sich in Schweigen?«

»Das ist sein gutes Recht, er braucht sich nicht selbst zu belasten.«

Wenig überzeugt bog Frei nach rechts in die Kreutzigerstraße.

Leute waren kaum unterwegs. In den Bars herrschte gähnende Leere.

Albers ächzte. »Nur mal angenommen, Franz Weinstein sagt die Wahrheit und war nicht auf dem Hotelzimmer – wie sollen seine Haare in das Sieb gekommen sein?«

»Jemand will, dass wir glauben, er sei auf dem Zimmer gewesen.«

»Okay. Theoretisch möglich. Was die Frage aufwirft: Wo war er dann?«

Die gleiche Frage stellte sich Frei auch.

»Und warum«, Albers' Handy gab ein Signal von sich, »verrät er nicht, wo er war? Dann wäre er aus dem Schneider.«

»Weil es niemanden gibt, der ihm sein Alibi bestätigt.«

»Und wenn schon, ihm wird der Mord an seiner Frau zur Last gelegt. Jeder in seiner Situation würde verraten, wo er gewesen ist, egal ob es jemand bestätigen kann oder nicht. Er dagegen hält den Mund. Warum?«

Darauf wusste Frei nichts zu entgegnen.

Albers brummte zufrieden. »Weil er kein Alibi hat. Weil er auf dem Hotelzimmer war. Weil er seine Frau getötet hat. Da wird ihm auch seine Staranwältin, diese Dr. Petrova, nicht mehr helfen können. Basta.«

Frei hielt am Boxhagener Platz.

Seine Kollegin las die eingegangene *WhatsApp*-Nachricht. Zähneknirschend lugte sie hinauf in den zweiten Stock eines sanierten Altbaus. In einem der Zimmer brannte noch Licht. Im Kinderzimmer.

»Auf ein Neues.« Mit einem Seufzen hob sie ihre Handtasche und ihren Stoffbeutel aus dem Fußraum. »Gute Nacht.«

Kurz nach 9.

Frei verband sein Handy per Bluetooth mit dem Radio.

Go straight to the place, where you first lost your balance, klangen Elbow aus den Lautsprechern, *and find your feet with the people that you love.*

Er spürte, wie er sich entspannte.

SECHZEHN

Suses Unruhe wuchs, je länger sie warten musste. Sie hatte Theo gebadet und in sein Bettchen verfrachtet, wo er inzwischen friedlich schlummerte. Sogar Dennis war, wenngleich erst nach viel Wehklagen, schließlich frisch geduscht Seite an Seite mit seinem Minion, eingeschlafen.

Wieso zum Teufel ließ sich die Polizei so viel Zeit?

Sie wollte sich mit dem Abwasch ablenken, entschied sich dann aber, das Chaos auf dem Küchentisch zu beseitigen. Sie hielt gerade die Babybreigläser in der Hand, als ihr klar wurde, dass sie keinen blassen Dunst hatte, wohin damit. Ganz zu schweigen von den vielen Milchtüten.

Draußen vor dem Haus fuhr ein Streifenwagen vor. Suse eilte zur Tür, damit die Kinder nicht vom Klingeln geweckt wurden.

Zwei Polizisten mühten sich ins Treppenhaus, der eine Mitte 50, beleibt und mit einer Glatze, die er notdürftig mit ein paar Strähnen zu bedecken versuchte. Er trug eine grimmige Miene zur Schau.

Sein Kollege war nicht viel jünger, ebenso füllig, allerdings mit lockigen Haaren und einem sympathischen Gesicht. »Frau Pirnatt, Sie haben uns angerufen?«

»Ja, es geht um meine Tochter. Sie ist nicht da.«

»Dürfen wir hereinkommen?«

Suse ging voraus in die Küche. Es knirschte, als einer der Polizisten mit seinem Schuh auf den Hundeknochen trat.

»Entschuldigen Sie«, sagte der Lockenkopf.

Sein Kollege, der mit der Glatze, beäugte naserümpfend

den sich kringelnden Staub auf dem Boden und das Durcheinander auf dem Tisch.

Rasch rückte Suse die Stühle zurecht.

Der Lockenkopf wartete, bis sie sich gesetzt hatte, bevor auch er sich niederließ. »Wie alt ist Ihre Tochter?«

»14, aber …«

»Und wie lange ist sie schon weg?«

»Seit gestern, gestern Mittag nach der Schule. Seitdem war sie nicht mehr zu Hause.«

»Sie war letzte Nacht schon weg?«, meldete sich der glatzköpfige Polizist zu Wort. Er lehnte am Kühlschrank, die Arme über Kreuz, sein Blick nach wie vor griesgrämig. Noch ehe Suse ihm antworten konnte, fuhr er fort: »Aber es ist Ihnen erst jetzt aufgefallen?«

»Nein«, hastig schüttelte Suse den Kopf, was den Druck auf ihre Schläfen jäh verstärkte, »schon ... heute Morgen.«

»Aha, und warum nicht gestern Abend?«, hakte der Glatzkopf nach.

»Ich ...«, sein vorwurfsvoller Tonfall schüchterte Suse ein. »Ich hatte einen anstrengenden Tag, die Arbeit, die Kinder und …«

»Und was ist mit deren Vater?«

»Der hat sich von uns getrennt. Ich kümmere mich allein um sie. Deshalb war ich müde gestern Abend und bin einfach eingeschlafen.«

»Aha«, machte der Glatzkopf, ohne sich große Mühe zu geben, seine Missbilligung zu verbergen. »Aber, wenn Sie heute Morgen schon bemerkt haben, dass Ihre Tochter verschwunden ist, wieso haben Sie dann noch einmal einen ganzen Tag mit Ihrem Anruf gewartet?«

»Zuerst war ich nur wütend, weil sie wieder die ganze Nacht weggeblieben ist.«

»Es ist also nicht das erste Mal?«

»Nein, das ... das ist schon mal vorgekommen.«

»Einmal?«, brummte der Glatzkopf.

Suse schrumpfte unter seinem anklagenden Blick. »Ein paar Mal.«

Der andere Polizist, der mit den Locken, nickte mitfühlend, was Suse etwas beruhigte. »Wo ist ihre Tochter denn die letzten Male gewesen? Bei ihrem Vater?«

»Nein, nein«, beeilte sie sich zu sagen, »bei ihm ganz sicher nicht. Sie war bei Freunden, also ... was sie in letzter Zeit für Freunde hält.«

»Das heißt?«

»Sie kennen das Viertel hier?«

»Oh ja«, knurrte der Glatzkopf.

»Dann können Sie sich die Antwort vorstellen«, sagte Suse. »Nicht, dass Sie ... dass Sie denken, ich hätte den Umgang meiner Tochter toleriert, aber in letzter Zeit ist sie so ... so störrisch, aufmüpfig und ...«

Und so verletzend wie ihr Vater, hätte sie beinahe gesagt. Zuletzt war Ludger ebenso unerträglich gewesen, hatte sich an allem gestört, ihr ständig Vorhaltungen gemacht, ihr die Schuld an allem und nichts gegeben, sie nicht mehr in den Arm genommen, ihr jede liebevolle Aufmerksamkeit verweigert, obwohl sie doch die meiste Arbeit mit den Kindern und –

»Frau Pirnatt«, sagte der Glatzkopf.

Sie schrak aus ihren Gedanken. Wie war seine Frage noch gleich gewesen? Irgendwas wegen Jaquies Vater?

»Nein«, sagte Suse, »sie ist nicht bei ihrem Vater.«

»Hatten Sie Streit?«

»Ich habe doch gesagt, wir leben getrennt.«

»Nein«, der Glatzkopf schnaubte, »nicht Sie und Ihr Ex-Mann. Sie und Ihre *Tochter*. Gab es da Streit?«

Suse rieb sich die Stirn. Sie fühlte sich heiß an. »Was heißt Streit?«

»Na, einen Streit. Einen Disput. Eine Meinungsverschiedenheit. Einen ...«

»Ja, ich weiß, was das Wort *Streit* bedeutet!«, fiel ihm Suse ins Wort. »Sie ist 14, ein schwieriges Alter. Natürlich hatten wir Streit. Wie alle Eltern mit pubertierenden Kindern. Ums Taschengeld, ums Ausgehen, um die Leistungen in der Schule, ihre Freunde, falsche Freunde, vor allem um diesen … diesen Jungen.«

»Aha, sie hat also einen Freund?«

»Ja.«

»Wie ist sein Name?«, fragte der Lockenkopf.

»Er heißt ...« Suse kramte in ihrem glühenden Schädel. Vergeblich. »Das weiß ich nicht mehr.«

»Gibt es irgendetwas anderes, was uns weiterhelfen könnte?«

»Ja, er hängt mit den anderen herum, hier im Viertel. Und er ... er bringt nur Ärger. Ich will nicht, dass sie sich mit ihm trifft, aber sie lässt sich ja nichts mehr sagen. Und von ihrer Lehrerin habe ich heute Mittag erfahren, dass sie schon seit Tagen nicht mehr in der Schule war. Das ist ganz allein seine Schuld, ganz sicher.«

»Ist sie möglicherweise seit gestern bei ihm?«

»Ich ... ich hoffe nicht, aber ... ja, das ist möglich. Allerdings war sie noch nie so lange weg. Ich habe kein gutes Gefühl, verstehen Sie. Was, wenn ihr etwas passiert ist?«

»Sie haben seit gestern Mittag nichts mehr von ihr gehört? Kein Anruf? Keine Nachricht?«

»Nein. Und ihr Handy ist ausgeschaltet, ich hab ständig versucht, sie zu erreichen. Immer wieder, den ganzen Tag über.«

»Nun«, der Glatzkopf zückte seinen Notizblock, »dann nehmen wir am besten eine Vermisstmeldung auf. Was hatte Ihre Tochter gestern Mittag an?«

»Eine blaue Jeans und ihre Lieblingsjacke. Rot.«

»Hat sie irgendetwas mitgenommen? Eine Tasche? Oder Kleidung?«

»Das … das weiß ich nicht.«

»Aha.« Der Glatzkopf tauschte einen erstaunten Blick mit seinem Kollegen. »Sie haben nicht nachgesehen?«

Suse zögerte. Nein, hatte sie nicht. Wieso eigentlich nicht? »Das ... das alles ist nicht einfach, verstehen Sie? Mein Mann hat mich verlassen, vor einem Dreivierteljahr, seitdem bin ich allein mit den Kindern.«

»Das haben Sie uns bereits gesagt.«

»Außerdem gehe ich halbtags arbeiten, weil ... weil er keinen Unterhalt bezahlt und ...« Suses Stimme erstarb. Warum erzählte sie das? Wieso glaubte sie, zu einer Rechtfertigung verpflichtet zu sein? Weshalb vermittelte der Polizist ihr das Gefühl, dass sie selbst schuld an Jaquies Verschwinden sei und dass sie –

»Frau Pirnatt?«, fragte der Lockenkopf.

Sie hob den Blick. Der Druck hinter ihren Schläfen war inzwischen unerträglich. Sie presste die Finger dagegen, spürte unter der Haut die Schwellung eines keimenden Pickels. Auch das noch!

»Ist alles in Ordnung?«

Sie nickte, was den Schmerz nicht besser machte.

»Haben Sie ein Foto von Ihrer Tochter?«

Suse stand auf, ging wie in Trance ins Kinderzimmer. Spielzeugschwerter spießten sich in ihre Fußsohlen. Sie spürte es kaum. Dennis zuckte im Schlaf.

Auf dem Wandregal über Jaquies Bett standen vier kleine Bilderrahmen. Eines der Fotos zeigte ein Porträt von ihr. Suse brachte es den Polizisten. »Was haben Sie damit vor?«

»Wir geben eine Suchmeldung an alle Streifenwagen in der Gegend raus. Mithilfe Ihrer Beschreibung und dem Foto werden die Kollegen nach Ihrer Tochter Ausschau halten.«

»Das ist alles?«

»Es sieht nicht so aus, als wäre Ihre Tochter ernsthaft in Gefahr«, sagte der Glatzkopf. »Sie ist vermutlich einfach nur abgehauen. Die Erfahrung hat uns gelehrt, Jugendliche in diesem Alter und in Ihrer«, demonstrativ ließ er seinen Blick über das Chaos in Suses Küche schweifen, »Situation, die reißen gerne mal aus. Nach kurzer Zeit kehren sie immer wieder zurück.«

»Aber –« Suses Handy klingelte.

Es war eine unterdrückte Nummer. Sie ließ es läuten.

»Wollen Sie nicht rangehen?«, fragte der Glatzkopf. »Vielleicht ist es Ihre Tochter.«

Nein, ist sie nicht. Suse nahm den Anruf entgegen. »Hallo?«

Keine Antwort.

»Hallo?«

Nichts. Oder war da ein Atmen?

Sie presste das Telefon fest an ihr Ohr. *Miro, dieser Mistkerl!* Er gab partout nicht auf.

Suse spürte, wie die Polizisten sie beobachteten.

Sie trennte die Verbindung. »Verwählt.« Alles andere hätte zu noch mehr Fragen geführt. Unangenehme Fragen, die sie nicht beantworten wollte. Der Glatzkopf hatte sich sowieso schon seine Meinung über sie gebildet, daran ließen seine Blicke, seine Worte, sein ganzes Auftreten ihr gegenüber keinen Zweifel.

In Ihrer Situation ...

Er würde sich in seinem Urteil nur bestätigt fühlen, wenn Suse ihm von Miro erzählte, mit dem sie –

»Frau Pirnatt?«, fragte der Lockenkopf. »Ist wirklich alles in Ordnung?«

Sie verscheuchte ihre Gedanken.

»Das ist die Nummer des Reviers.« Er drückte ihr eine Visitenkarte in die Hand. »Dort können Sie anrufen, falls Ihnen noch etwas einfällt.« Er ging in die Diele, der Glatzkopf folgte ihm. »Auf jeden Fall sollten Sie jetzt Ruhe bewahren. Ich bin mir sicher, mein Kollege hat recht: Schon bald wird Ihre Tochter wieder vor der Türe stehen.«

Schweigend brachte Suse die beiden zur Tür. Sie wartete, bis sie das Haus verlassen hatten.

Im Kinderzimmer knipste sie die kleine Lampe neben Jaquies Bett an. Der gedämpfte Lichtschein war wie Balsam für ihre schmerzgeplagten Nerven.

Neben den Bildern auf dem Wandregal stapelten sich ein paar Bücher und CDs. Über die Lehne eines Sessels hingen zwei Slips. Ihre ausgeleierten T-Shirts und Hosen hatte Jaquie achtlos in die Schrankschubladen geworfen. Auf dem

Schränkchen lagen vollgekritzelte Zettel, Flyer und Postkarten. Wie ein sinkendes Schiff ragte Jaquies Laptop unter der Bettdecke hervor. Schwer zu sagen bei all dem Durcheinander, ob etwas fehlte oder nicht.

Suse betrachtete die verbliebenen Fotos auf dem Regal. Eines zeigte Jaquie und ihren Vater, beide in Shorts und Flipflops, ihre bunten Rucksäcke geschultert, kurz vor einem Ausflug ins *Tropical Island*. Okay, die beiden hatten ziemlich viel Spaß miteinander gehabt und das nicht nur an jenem Tag, aber dennoch: Suse begriff nicht, weshalb ihre Tochter nach allem, was ihr Vater ihnen angetan hatte, noch immer dieses Bild aufbewahrte.

Auf dem zweiten Foto waren Jaquie und Tapsi zu sehen, der Retriever noch ein Welpe. Das dritte Bild zeigte Jaquie, Dennis und Suse, mit der ersten Wölbung ihres Babybauchs. Es war Ludger gewesen, der die Aufnahme gemacht hatte.

Unwillkürlich kehrte Suses Blick zurück zum ersten Foto. Etwas daran weckte ihre Aufmerksamkeit. Aber was? Oder war es nur ihr fiebriger Kopf, der ihr etwas vorgaukelte?

Das Bild von Jaquie und ihrem Vater war vor zwei Jahren entstanden, wenige Wochen, bevor Suse herausgefunden hatte, dass sie mit Theo schwanger war. Damals war sie glücklich gewesen.

SIEBZEHN

Frei erreichte Grünau – Einfamilienhäuser, gepflegte Vorgärten, Spielplätze. Kein Grunewald, aber zweifellos auch kein Spandau.

... find your feet with the people that you love.

Er parkte in der Auffahrt neben dem Volvo seiner Frau.

Kurz nach halb 10.

In der Diele stellte er seine Derbyschuhe in den Garderobenschrank. Er schob die Schuhe seiner Familie in eine Reihe.

Auf dem Küchentisch fand er eine Nachricht seiner Frau: *Falls du noch etwas essen möchtest – schau in den Kühlschrank. xs I*

Obwohl er heute nur wenig gegessen hatte, verspürte er keinen Appetit. Er schichtete Zeitschriften zu einem Haufen, entsorgte den Zettel in den Papierkorb. Einen Fleck auf den Fliesen wischte er mit der Sockenspitze fort.

Ich weiß, was Sie da machen ...

Leise erklomm er die Treppe ins Schlafzimmer.

Seine Frau war eingenickt – zwischen ihren Händen ein Taschenbuch, ihr Gesicht verträumt zur Seite gesunken, ihre Augen geschlossen, die Lippen leicht geöffnet, mit ihren langen, braunen Haaren, ihrem spitzen Kinn, am Hals ein kleiner Leberfleck, mit etwas Phantasie geformt wie ein kleines Herz.

Letztes Jahr war sie 40 geworden. Man sah ihr das Alter nicht an.

Aus einem der Kinderzimmer erscholl Lachen.

Frei nahm das Buch, *Das Lavendelzimmer* von Nina George,

glättete den zerknickten Buchrücken, legte es aufs Nachtschränkchen und dimmte das Licht.

Er klopfte an Emilias Tür.

Keine Antwort, bis auf ihr Kichern.

Er pochte noch einmal, etwas lauter.

»Jaha?«, kam es gereizt.

»Hallo, Emmi.« Er schob seinen Kopf durch den Türspalt, weiter traute er sich nicht herein.

Seine Tochter war fast 15, und ihr Zimmer das blanke Cha os. Bücher, CDs, Kleider, sogar Schuhe, alles lag wild verstreut auf dem Boden, auf den Regalen, unter dem Bett. Selbst die Poster baumelten an einigen Ecken von der Wand, als dienten auch sie nur einem Zweck: ihn um den Verstand zu bringen.

Sie selbst hockte mit ihrem iPhone auf der zerknüllten Bettdecke.

»Wie war dein Tag?«, fragte er. »In der Schule alles okay?«

»Ja, klar.«

»Was machst du?«

»Telefonieren, siehst du doch.«

»Mit deiner Freundin?«

»Ja.«

»Ich dachte, ihr habt euch den ganzen Tag gesehen?«

»Papa!«, fauchte sie.

Er wollte etwas erwidern. Ihr ungeduldiger Blick trieb ihn in die Flucht. Wann genau war seine kleine, niedliche Tochter eigentlich zu dieser pubertären Furie mutiert?

Im anderen Kinderzimmer herrschte Ruhe. Wie immer glomm eine Nachtleuchte neben dem Bett. Sein Sohn schlief tief und fest. Anders als bei seiner Schwester besaß bei Benedikt alles einen Platz – im Schrank die Kleidung, oben die Shirts, in der Mitte die Hosen, unten seine Socken und die Unterwäsche. Auf den Regalen Fantasyromane, Schulbücher, Bücher über vergangene Schachweltmeisterschaften, berühmte Siege, Züge und Taktiken. Auf dem Tisch das Schachbrett.

Regelmäßig focht er Kämpfe gegen seinen Vater. Allabendlich nach seiner Heimkehr tat Frei einen Zug, auf den sein Sohn am nächsten Tag reagierte. Obwohl er sich an Benedikts Begabung gewöhnt hatte, war Frei jeden Abend aufs Neue verblüfft.

Während er sich im Badezimmer bettfertig machte, wog er die Schritte seiner verbliebenen Figuren ab. Sollte er den Bauern ziehen? Den Turm opfern?

Er wischte Zahnpastakleckse aus dem Waschbecken, trocknete die Emaille, schob auf dem Regal die Zahnputzbecher, die Flacons, sein Aftershave und alle anderen Utensilien in eine Reihe.

Im Ankleidezimmer legte er die Kleidungsstücke für den nächsten Tag heraus – ein blaues Hemd mit passendem blauen Schlips, dazu ein dunkelgrauer Anzug.

Danach kehrte er zum Schachbrett zurück. Er zog seinen weißen Läufer. Kein raffinierter Zug, dennoch hoffte er, Benedikt würde eine Weile daran zu grübeln haben.

Frei hörte seine Tochter plappern. Er klopfte noch einmal an ihrer Tür. »Emmi?«

»Was denn?«

»Ich will dir nur eine gute Nacht wünschen.«

»Ja, Papa.«

»Und mach bitte nicht mehr so lange.«

»Ja doch.«

»Hast du mich …?«

»Jaha, ich hab dich verstanden!« Sie funkelte ihn an.

Nicht zum ersten Mal stellte er fest, wie sehr sie ihrer Mutter glich, ihre braunen Haare, ihr spitzes Kinn, ihre blauen, blitzenden Augen.

Pubertät hin, Furie her, er konnte ihr nicht böse sein. »Gute Nacht, Emmi. Ich hab dich lieb.«

»Nacht, Papa.« Das klang schon etwas versöhnlicher.

Mit einem Lächeln schlich er ins Schlafzimmer.

23 Uhr.

Isabell war erwacht. »Telefoniert sie noch immer?«

»Tut mir leid, ich wollte dich nicht wecken.«

»Nicht schlimm«, sie richtete sich auf und gab ihm einen Kuss. »Ich muss sowieso noch mal ins Bad.«

In ihrem Seidenhemd huschte sie davon und ließ ihn allein mit ihrem Duft, Schlaf, leichter Schweiß, *Chanel,* eine widersprüchliche Mischung, dennoch vertraut und sehr angenehm.

Er stellte den Handywecker auf halb 7 und legte sich ins Bett.

»Und?« Isabell kroch zu ihm unter die Decke. »Wie stehen die Chancen, dass du Benni diesmal schlägst?«

»Ich habe ihn durchschaut.«

»Tatsächlich?«

»Ich glaube, er orientiert sich an Carlsen und seiner Partie gegen Karjakin.«

»Verstehe«, sagte Isabell, aber ihr Blick gab sich keine Mühe, die Lüge zu tarnen.

»Ich habe am Wochenende eines seiner Bücher gelesen«, erklärte Frei. »Dabei ist es mir bewusst geworden.«

Lächelnd bettete Isabell ihren Kopf auf seine Schulter, ihr Bein um seine Schenkel, ihre Hand erst auf seiner Brust, auf seinem Bauch, dann glitt sie in seine Pyjamahose.

»Schade«, flüsterte sie, »dass wir kein sturmfrei haben.« Ihre Finger streiften seinen Schwanz.

Er mochte ihre Berührungen, ihre Nähe, ihre Leidenschaft, auch nach fast sechzehn Ehejahren noch.

Schade, dass wir kein sturmfrei ...

Er war fast eingeschlafen, als er Emilia kichern hörte. Kurz darauf kehrte in ihrem Zimmer Ruhe ein.

»Manchmal«, murmelte er, »habe ich das Gefühl, sie legt ihr Handy gar nicht mehr aus der Hand.«

»Sie hat einen Freund.«

Ruckartig fuhr er empor. »Wie lange schon?«

»Ein paar Wochen, glaube ich.«

»Und das sagst du mir erst jetzt?«

»Ich habe es auch erst heute erfahren. Du weißt doch, wie sie ist.«

»Weißt du, *wer* es ist?«

»Keine Sorge«, Isabell schmunzelte. »Alles ist gut.«

»Sie ist erst 14!«, widersprach er.

»Himmel, Henry, es ist nur Schwärmerei.«

Er atmete ein.

»Das ist normal in ihrem Alter.«

Atmete wieder aus.

Isabell drückte ihn zurück aufs Kissen. »Vergiss nicht. wie wir damals waren.«

Er schloss die Augen.

Isabell löschte das Licht, küsste ihn und kuschelte sich an ihn.

Keine fünf Minuten später verriet ihr gleichmäßiger Atem, dass sie eingeschlafen war.

Vergiss nicht, wie wir damals waren.

Frei brauchte eine Ewigkeit, bis er endlich Schlaf fand.

Sie sitzt in der Stille. Minutenlang. Stundenlang? Zeit hat jede Bedeutung verloren. Der Hund ist längst verstummt. Auch der Mann brüllt nicht mehr herum.

Mittlerweile ist sie sich gar nicht mehr sicher, ob sie die beiden tatsächlich gehört hat. Oder ob ihr panischer Verstand ihr nur einen Streich gespielt hat.

Sie versucht, sich zu beruhigen und zu erinnern.

Was ist geschehen?

Die Ereignisse stehen ihr klar vor Augen: Es war später Abend. Überstürzt ist sie dann weggelaufen. Es gab schließlich gute Gründe abzuhauen. Unterwegs hat sie sich kurz verstecken müssen.

Und dann?

Dann war sie an diesem Ort erwacht.

Sie richtet sich auf, lehnt sich gegen die Tür. Die Kopfschmerzen sind nicht mehr ganz so schlimm, auch der Schwindel hat nachgelassen. Das flaue Gefühl im Magen bleibt.

Ihr Blick meidet den Steinboden mit dem Blut und den Haarbüscheln, während sie sich in dem halbdunklen Raum umschaut. Ein kleiner Raum ohne Fenster, ohne Möbel. Nur eine Matratze liegt in der gegenüberliegenden Ecke. Die Wände sind nur grob verputzt. Es riecht nach Blut, ihrem Erbrochenen, außerdem muffig wie in einem – Keller.

Ein Verlies, aus dem es kein Entkommen gibt. Sie ist gefangen.

Aus ihrem Mund dringt ein Schluchzen.

Um ein Haar überhört sie das Schlüsselrasseln.

ACHTZEHN

Frei erwachte, weil sich ein Finger in seine Wange bohrte.

»Papa«, neben dem Bett stand Benedikt – klein, schlaksig, mit struppigen Haaren, seine Schlafanzughose wie immer auf links, »du musst einen Zug machen.«

Frei blinzelte. »Nur einen Zug am Tag, Benni, und zwar am Abend, das weißt du doch.«

»Du musst einen Zug machen.«

»Außerdem solltest du dich anziehen und frühstücken, damit Mama dich zur ...«

»Papa, du musst einen Zug machen.«

Frei streckte sich und seine Gelenke knackten. »Wieso?«

Benedikt kratzte sich das Kinn, als begreife er die Frage nicht. So erstaunlich seine Begabung, seine Logik und gedankliche Schärfe im Schachspiel waren – in der einfachsten zwischenmenschlichen Kommunikation versagten sie.

»Wieso muss ich einen Zug machen, Benni?«

»Du bist schachmatt«, sagte Benedikt. Eine sachliche Feststellung. In seiner Stimme lagen weder Freude noch Spott, beides war ihm gleichermaßen fremd. »Papa, du musst einen Zug machen.«

»Selbstverständlich«, sagte Frei.

Sofort flitzte Benedikt aus dem Schlafzimmer, etwas unbeholfen, wie es seine Art war. Es schepperte im Flur. Er schrie.

»Oh nee!«, schimpfte Emilia. *»Benni, pass doch auf!«*

Ihr Bruder stolperte in sein Zimmer davon.

»Mama, Benni hat ...«

»Ja, Liebes«, unterbrach Isabell von unten, »ich weiß, aber ...«

»Jetzt kann ich meine Zehen noch mal neu lackieren.«

»Dann solltest du dich beeilen. Oder willst du dein Frühstück ...«

»Ja, ist ja gut.«

Frei blickte auf sein Handy.

Kurz nach 7 Uhr.

Seine Frau hatte den Wecker abgestellt, damit er sich noch ein paar Minuten mehr Schlaf gönnen konnte, aber sie hatte dabei nicht an –

»Papa!«, rief Benedikt. *»Du musst einen Zug machen.«*

Draußen vor dem Fenster krümmten sich die Bäume im Wind. Am Himmel türmten sich die Wolken. Ein weiterer verregneter Herbsttag stand bevor.

Frei ging hinüber zu seinem Sohn.

Dessen Schlafanzug war mit rotem Nagellack beschmiert, aber das kümmerte ihn nicht. Seine ganze Aufmerksamkeit galt dem Schachbrett.

Frei beugte sich über das Spielfeld.

Tatsächlich, schachmatt.

Er war stolz auf Benedikt, zugleich bedauerte er, dass er dieses Empfinden nicht mit ihm teilen konnte, indem er ihn zum Beispiel an sich drückte. Oder ihm durchs struppige Haar fuhr.

Aber das hätte sein Sohn nicht verstanden. Es ging ihm nie ums Gewinnen, um Anerkennung oder dergleichen, sondern nur um das Spiel an sich, um Taktik – und um feste Rituale, die ihm den Alltag erleichterten. Die Nachtleuchte zum Beispiel, ohne die er nicht einschlafen konnte. Seine Schlafanzughose auf links, aus welchem Grund auch immer. Oder eben ein neuer Schachzug seines Vaters, über den er tagsüber grübeln konnte. Außerdem war ihm körperliche Nähe unerträglich.

»Also los«, sagte Frei.

Benedikt begann die Figuren neu aufzubauen.

Freis erster Zug war der weiße Springer.

Grüblerisch rieb sich sein Sohn das Kinn.

Im Badezimmer lackierte Emilia ihre Fußnägel.

»Papa!«, fauchte sie, als er den Toilettendeckel anhob. »Kannst du damit nicht warten?«

»Kann ich wenigstens duschen?«

»Ich muss meine Nägel machen.«

»Das kannst du auch in deinem Zimmer erledigen.«

»Da ist kein Platz.«

Er wollte ihr erklären, dass sie an dem Chaos womöglich selbst Schuld trug. Dann scheuchte er sie einfach hinaus. Bisweilen hatte ihre Logik noch etwas von einem Kind, oder von ihrem kleinen Bruder – unschuldig und erheiternd.

Aber sie hatte auch lackierte Fuß- und Fingernägel.

Sie hat einen Freund.

Frei versuchte nicht daran zu denken, während er duschte, sich rasierte, den Rasierschaum aus dem Waschbecken wischte, den Spiegel von Wasserspritzern befreite und abschließend erneut die Utensilien auf dem Regal ordnete.

Halb 8.

»Guten Morgen«, sagte er, als er fertig angekleidet in die Küche kam.

Benedikt kaute versonnen an seinen zwei Stullen, wie immer eine mit Rübenkraut und Käse, eine mit Nutella.

»Ist das Bad jetzt endlich wieder frei?«, maulte Emilia, die mit der einen Hand auf ihrem iPhone tippte, mit der anderen ihr Müsli löffelte. Sie wartete die Antwort ihres Vaters nicht ab, sprang vom Stuhl und polterte die Treppe hoch.

»Guten Morgen«, schmunzelte Isabell – noch in ihrem Seidenhemd, einen Bademantel darüber, das Haar zerzaust, ohne Make-up.

Für Frei war sie trotzdem schön.

»Schachmatt?«, lächelte sie.

Er erwiderte ihr Lächeln. »Tja ...«

»Tja, noch mehr üben!« Sie zupfte eine Fussel von seinem Hemd. »Übrigens, ich habe dich gestern im Fernsehen gesehen. Als ihr mit diesem Weinstein aus dessen Villa gekommen seid.«

Freis Lächeln schwand.

»Du schaust gut aus in deinem neuen Anzug.«

»Du hast ihn ausgesucht.«

»Genau deswegen steht er dir ja.«

»Selbstverständlich.« Allerdings trug er Anzüge nicht, weil er Wert auf Stil legte. Für ihn strahlten Anzüge vor allem Seriosität aus. Professionalität.

»In den Nachrichten hieß es, er habe seine Frau umgebracht«, sagte Isabell.

»Es scheint so.«

»Scheint?« Isabell sah ihn verwundert an.

Als er nicht antwortete, drückte sie ihm einen Kuss auf die Wange. Sie zog seinen Krawattenknoten zurecht, dann setzte sie sich zu Benedikt an den Tisch.

Frei schenkte sich einen Kaffee ein. Er mochte es, dass seine Frau nicht nachbohrte. Dass sie zufrieden war mit dem, was er über die Arbeit erzählte. Er spürte, wie er sich wieder entspannte.

Während er an seiner Tasse nippte, erwog er sogar die Möglichkeit, dass sein Chef – *und Louisa!* – recht hatten.

Die Lösung ist am Ende häufig banal.

Vielleicht war die naheliegende Lösung diesmal tatsächlich auch die richtige.

Eine Frau geht fremd, der Ehemann kommt dahinter, er bringt sie um, aus Eifersucht, verletztem Stolz, Ehre. Davor war auch – oder gerade – ein moralinsaurer Prediger wie Franz Weinstein nicht gefeit.

»Mama!«, schrie Emilia von oben. *»Ich kann das Glätteisen nicht finden.«*

»Hast du im Badezimmerschrank nachgeguckt?«

»Da ist es nicht!«

»Himmel, dann ist es wohl in deinem Zimmer.«

»Mama! Ich komme zu spät!«

Isabell verdrehte die Augen.

»Das ist normal in ihrem Alter«, lächelte Frei.

»Okay, schachmatt.« Lachend verschwand seine Frau zur Treppe.

Als er sich zu Benedikt an den Küchentisch setzen wollte, entdeckte er das iPhone seiner Tochter. In ihrer Hektik war es offenbar unbemerkt vom Zeitschriftenstapel gerutscht.

Für einen Moment stand er regungslos.

Sein Sohn kaute gedankenverloren an der Nutella-Schnitte. Oben waren seine Frau und Emilia dem Glätteisen auf der Spur.

Vergiss nicht, wie wir damals waren.

Wie von selbst griff Freis Hand nach dem iPhone. Dass er ihr Passwort kannte, wusste seine Tochter nicht.

Ich weiß, was Sie da machen …

Laut Anrufliste hatte sie ihr letztes Telefonat gestern Abend geführt, fast achtzig Minuten lang, mit einem gewissen Ron. Zumindest war das der Name, unter dem sie die Nummer in ihrem Adressbuch gespeichert hatte.

Frei prägte sich Rons Nummer ein.

Nein, Weinstein hatte keinen blassen Schimmer, was Ordnung ihm bedeutete.

»Henry!«, rief Isabell. *»Dein Telefon!«*

Er legte Emilias iPhone neben die Zeitungen zurück und eilte nach oben. Aus dem Schlafzimmer kam ihm seine Frau mit dem läutenden Handy entgegen.

Kurz vor 8.

Albers meldete sich am anderen Ende. »Morgen, Henry, schlechte Nachrichten.«

»Franz Weinstein?«

»Nein, die Stadtteilbibliothek in Spandau.«

Etwas in Frei spannte sich an. Er begegnete dem Blick seiner Frau.

Frühstück?, formten ihre Lippen lautlos.

Er verneinte ebenso stumm.

»Eine Leiche.«, sagte Albers. »Diesmal ist es kein Hund.«

NEUNZEHN

Endlich hat Suse ihre Tochter gefunden. Sie ruft erfreut deren Namen. Jaquie rennt davon. Suse nimmt die Verfolgung auf, doch schon nach wenigen Schritten prallt sie mit einem Mann zusammen. Ihrem Mann. Reflexartig packt sie ihn, schlägt auf ihn ein. Er stößt sie zurück. Suse stolpert, fällt, erhascht einen letzten Blick auf ihre fliehende Tochter und deren –

Suse stürzt, schreit und erwachte mit einem unkontrollierten Zucken.

Sie brauchte einige Sekunden, bis sie begriff, wo sie sich befand. Das Schreien, das in ihren Ohren schrillte, stammte von dem bitterlich heulenden Theo.

»Ist ja gut«, krächzte Suse, während sie sich mühsam aufrichtete. Sie fühlte sich verkatert wie nach einer durchzechten Nacht. »Ist ja gut, ich ... ich bin ja gleich da.«

Erst spät war sie gestern Abend eingeschlafen – oder war es schon heute früh gewesen? Immer wieder war sie erwacht, hatte einen Blick aufs Handy geworfen, sich unruhig herumgewälzt und seltsam geträumt.

Die verwirrenden Bilder ihres Traums hatten sich nahezu verflüchtigt, einzig der Anblick von Jaquie und deren ... Verflixt, was war es gewesen? Suses dumpf pochender Schädel sperrte sich gegen die Erinnerung. Aber wieder kam sie nicht gegen das unbestimmte Gefühl an, etwas übersehen zu haben.

Sie schielte zum Telefon. Nach wie vor war weder ein Anruf noch eine Nachricht von ihrer Tochter eingegangen.

Auch nicht von der Polizei. Ob sie Jaquie gefunden hatten? Suse war versucht, erneut den Notruf zu wählen. Sie verwarf den Gedanken. Die Beamten hätten sich bei ihr gemeldet, wenn es etwas zu berichten gebe.

Auf jeden Fall sollten Sie Ruhe bewahren.

Doch Theo brüllte, was seine kleinen Lungen hergaben. Der Übermieter stampfte wütend mit den Füßen.

»Ist ja gut!« Suse kletterte aus dem Bett. »Ist ja gut!« Sie war sich nicht sicher, wem ihre Worte galten: ihrem elendigen Übermieter, ihrem Baby oder nur sich selbst? In ihrem Kopf rumorte der Schmerz.

Sie ignorierte ihn, während sie den plärrenden Theo frisch machte. Immer wieder ging ihr Blick zum Telefon, als könnte sie es auf diese Weise zum Klingeln bewegen.

Theo hörte nicht auf zu weinen. Seinen Schnuller spuckte er immer wieder aus. Suse eilte mit ihm ins Kinderzimmer. »Dennis, aufstehen, sonst –«

Die Decke lag aufgeworfen auf seinem Bett. Von ihm selbst fehlte jede Spur.

Mit einem unguten Gefühl stapfte Suse über das versprengte Spielzeug zur Terrassentür. Sie raffte den Vorhang beiseite. Die Tür war verriegelt, der Garten verlassen. Am Himmel türmten sich die Wolken finster wie am Vortag. Wie ein schlechtes Omen …

Sie hastete in die Küche. *»Dennis?«*

Erleichtert blieb sie stehen. In seinem Schlafanzug stand ihr Sohn auf einem Stuhl vor der Spüle. Gemeinsam mit seinem Minion spähte er zur Straße hinaus. »Was machst du da?«

»Wir tun auf Jaquie und Tapsi warten.«

»Ach Dennis ...«

»Darf ich zu Hause bleiben?«

»Das ganz sicher nicht.«

»Aber ich muss gucken ...«

»Nein, Dennis«, sie schob Theo in seinen Hochstuhl, trat schmerzhaft auf den Hundeknochen und biss sich auf die Zähne. »Du musst gucken, dass du nicht zu spät in die Kita kommst.« Und sie selbst durfte nicht wieder zu spät zur Arbeit kommen.

Sie setzte Dennis an den Tisch, schmierte ihm Brote, wärmte den Babybrei auf und fütterte Theo. Gott sei Dank, endlich gab er Ruhe.

Suse ertappte sich, wie sie selbst immer wieder zum Fenster hinausschaute. Autos und Busse rauschten vorbei. Menschen hasteten durch Wind und Regen. Ein Tag wie jeder andere.

Allein bei dem Gedanken an ihre Arbeit, die Kasse, deren nerviges *Piep* und ihr erzwungenes Lächeln für die Kunden, spannte sich ihr Nacken an. Auch der Druck auf ihren Kopf nahm stetig zu. Sie rieb sich die Schläfe, spürte den anschwellenden Pickel. Nein, sie konnte nicht so tun, als wäre alles wie immer. Denn mit jeder Minute, die verstrich, nahm ihre Sorge zu. Aber sie brauchte den Job, sie brauchte das Geld, sie hatte keine andere Wahl, nicht wenn –

»... Jaquie nicht kommen tut«, sagte Dennis.

»Was?«

»Wenn sie nicht kommen tut ...«

»Natürlich kommt Jaquie wieder«, unterbrach ihn Suse.

Wenig überzeugt klammerte sich Dennis an seinen Minion. »Aber sie ist weggelaufen.«

»Wie kommst du denn darauf?«

»Hat die Polizei gesagt.«

»Verflixt, Dennis, hast du gestern Abend wieder gelauscht? Du –« Der schrille Ton der Türklingel bohrte sich in Suses Schädel.

»Da ist Jaquie!« Dennis rutschte vom Stuhl. *»Und Tapsi!«*

Als Suse in die Diele trat, hatte er die Wohnungstür bereits geöffnet. Enttäuscht blickte er ins Treppenhaus.

»Ist Jaquie zu Hause?«, fragte ein junges Mädchen. »Ich bin mit ihr verabredet.«

ZWANZIG

Frei quälte sich durch den morgendlichen Berufsverkehr stadteinwärts auf der Autobahn. Der Himmel war eine graue Masse, die träge vorantrieb.

You're a girl in this vicinity, sangen Elbow, *I'm a dog without a collar on.*

Viel hatte ihm Albers nicht über den neuen Mordfall mitteilen können – eine Leiche in der Spandauer Stadtteilbibliothek, in der sie erst gestern Morgen den grotesk zugerichteten Hund vorgefunden hatten. Spärliche Informationen, die dennoch für ein mulmiges Gefühl genügten.

Oder entsprang sein Unwohlsein einer anderen Sorge?

This cattle-market cabaret, is the Sabbath every –

Er schaltete das Radio ab, als der Verkehr am Dreieck Funkturm erneut zum Stehen kam. Er klickte sich durch die Einstellungen seines Handys und unterdrückte seine Rufnummer. Dann wählte er die Nummer, die er sich gemerkt hatte. Rons Nummer.

Das Besetztzeichen erklang.

Fast halb 10.

Erste Regentropfen sprenkelten die Windschutzscheibe, als die Wohnbunker Spandaus vor ihm auftauchten, trostlos wie am Vortag. Im Obstweg blockierten mehrere Streifenwagen die Zufahrt zur Bibliothek. Das Grundstück war von Schutzpolizeibeamten weiträumig abgesperrt worden. Gerade hievte Kollege Götzke seinen schweren Leib in den Bauwagen, in dem erneut die Bauarbeiter versammelt saßen.

Obwohl es nichts zu sehen gab, hatten sich die ersten

Schaulustigen eingefunden, Nachbarn, Hundehalter, Jugendliche, ein paar ramponierte Gestalten aus dem Viertel.

Frei drückte die Wahlwiederholung. Diesmal klingelte es.

Im Eingang zur Bibliothek tauchte Charlie auf, von Scheitel bis Sohle in weißer Schutzkleidung.

»Hallo?«, meldete sich eine junge Stimme.

»Guten Morgen, Charlie«, sagte Frei. »Ich wollte wissen, ob ich ...«

»Hier ist nicht Charlie.«

»Ganz sicher?«

»Das wüsst' ich wohl, oder?«

»Mit wem spreche ich denn dann?«

»Ron.«

Die Beifahrertür ging auf und Albers ließ sich auf den Sitz fallen. Stoffbeutel, Handtasche und Regenschirm plumpsten in den Fußraum.

»Und du bist wirklich nicht Charlie in Spandau?«, fragte Frei.

Ron lachte. »Nee, Ron in Schöneweide.«

»Ron wer?«

»Ron Poland. Aber jetzt muss ich auflegen, mein Ausbilder ruft.« Er trennte die Verbindung.

Albers schüttelte ihre Locken. Regentropfen sprenkelten das Armaturenbrett. »Scheißwetter!«

Sie wirkte noch blasser als am Vortag.

Frei deaktivierte seine Rufnummernunterdrückung. »Hat euch der Kleine wieder nicht schlafen lassen?«

»Nicht wirklich.«

»Zumindest hat er deinen Blazer diesmal verschont.«

»Oh ja.« Mit einem gequälten Lächeln blickte Albers an

ihrem neuen, sauberen Blazer herab. »Wir machen Fortschritte.« Sie fischte ihren zweiten Haargummi aus der Mittelkonsole und band sich einen Pferdeschwanz.

Frei ordnete den Kram im Ablagefach.

Seine Kollegin zeigte zur Bibliothek, unter deren Vordach Charlie voller Ungeduld wartete. »Wollen wir?«

Dreiviertel 10.

Sie waren kaum aus dem Wagen gestiegen, als ein kleiner, dicker, faltiger Mann auf sie zuwatschelte. »Hey, Herr Frei, was können Sie mir über den Mord sagen?«

»Auch Ihnen einen guten Morgen, Herr Sackowitz.«

»Ja, ja«, Sackowitz winkte unwirsch ab. »Aber der Mord? Was ist mit dem Mord?«

»Wer sagt Ihnen, dass hier ein Mord passiert ist?«

»Ach kommen Sie!« Sackowitz lächelte, Falten zerfurchten sein Gesicht. Jahrelanger Alkoholgenuss hatte seinen Tribut gefordert, und auch ein Herzanfall war nicht spurlos an dem Journalisten vorübergegangen.

Er grinste noch immer. »Die Mordkommission ist doch nicht ohne Grund hier.«

»Nichts ist ohne Grund.«

»Wie bitte?«

Achselzuckend hob Frei das Absperrband für seine Kollegin, bevor er selbst drunter durchschlüpfte. Am Transporter der Spurensicherung streiften sie sich Einwegoveralls und Plastiküberschuhe über.

Charlies Blick unter der weißen Plastikkapuze sprach Bände. *Hab ich's doch gewusst.* »Die Bauarbeiter haben heute Morgen damit begonnen, die Zwischenwände in dem Büchereisaal abzureißen, ihr wisst schon, der Stadtumbau West.« Sein vorwurfsvoller Tonfall war nicht zu überhören. »Und ihr erinnert euch auch an die Backsteinmauer, an der gestern der Hund hing, oder?«

»Selbstverständlich«, sagte Frei.

»Dort haben sie die Leiche entdeckt.«

»Hat man sie etwa auch an die Mauer ...?«

»Nein, dahinter.«

»Dahinter?«

»Kommt mit!« Charlie stapfte in das Gebäude.

Im Flur war der Müll zwischenzeitlich entsorgt worden. Stattdessen standen Werkzeuge, Glaswolle, Rigipsplatten und eine Palette mit Fliesen herum.

Auch im Büchereisaal war der Unrat verschwunden, trotzdem herrschte unangenehmes Chaos. Überall lagen Backsteinbrocken verstreut, Mörtelreste und der staubige Putz zerschlagener Trennwände.

Inmitten herumwuselnder Kriminaltechniker stand Dr. Franziska Bodde, die Leiterin des Tatort- und Erkennungsdienstes. Sie grüßte mit der Andeutung eines Kopfnickens. Dann beratschlagte sie sich weiter mit einem ihrer Mitarbeiter, der auf eine Backsteinmauer zeigte.

Zwar hatten die Bauarbeiter auch mit ihrem Abriss begonnen, von der Zimmerdecke abwärts. Nach etwas mehr als der Hälfte hatten sie aber damit aufgehört. Dahinter war in einem winzigen Hohlraum, nicht einmal einen Meter groß, eine Leiche sichtbar geworden.

Frei hatte ein Déjà-vu. Neben ihm stöhnte Albers auf.

Der Kopf der Leiche war kaum noch als ein solcher zu erkennen. Eigentlich war es nur ein Klumpen aus Blut, Hirnmasse und Schädelknochen, zu allem Unglück jetzt auch noch übersät mit Gesteinsbrocken und Baustaub. Es war nicht zu erkennen, ob es sich um Frau oder Mann handelte.

»Wie bei dem Hund gestern«, sagte Charlie. »Dem hat man auch den Schädel eingeschlagen.«

»Hast du den Gerichtsmediziner verständigt?«, fragte Frei.

»Gleich als Erstes.«

»Herr Frei«, Dr. Bodde trat zu ihnen, »wenn Sie wollen, holen wir die Leiche jetzt heraus.«

»Sind Sie schon fertig?«

»Nein, aber sollte es *hier*«, Dr. Boddes Hand beschrieb den ganzen Raum, »Spuren vom Täter gegeben haben, wurden sie durch die Bauarbeiten heute Morgen vernichtet.«

Tatsächlich war die Stelle, an der sich das Blut, das Gedärm, die Innereien des Hundes befunden hatten, unter Bauschutt begraben.

Einzig die Stiefelabdrücke der Bauarbeiter zeichneten sich ab.

Dr. Bodde gab ihren Mitarbeitern ein Zeichen.

Stück für Stück trugen die Kriminaltechniker den Rest der Mauer ab. Ihr Hämmern dröhnte in den Ohren. Dichter Staub wirbelte auf.

»Charlie?«, fragte Frei, nachdem sie in den Flur geflohen waren. »Was ist mit dem Müll, der gestern hier herumlag?«

»Wurde abtransportiert. Wahrscheinlich liegt er schon auf der Deponie.«

»Vielleicht aber auch nicht. Überprüfe das.«

»Ja, aber ...«

»Und was ist mit dem Hund?«

»Was soll damit sein?«

»Möglicherweise gibt es eine Verbindung zwischen seinem Tod und der Leiche da drinnen.«

»Möglicherweise?«

»Noch können wir ...«

»Chê!«, schimpfte Charlie. *»Verdammt!* Das ist doch wohl offensichtlich, und wenn du gestern ...«

»Ja«, unterbrach ihn Frei, »gut möglich, dass du recht hast. Tut mir leid. Aber wir können uns jetzt entweder darüber ärgern oder alles daransetzen, mögliche wichtige Hinweise vor der Vernichtung zu retten. Also, wo ist der Hund?«

»Wie du verlangt hast«, presste Charlie mühsam beherrscht hervor. »Die Tierkörperbeseitigung hat ihn gestern abgeholt. Sie meinten, sie würden ihn noch am gleichen Abend entsorgen, also verbrennen.«

»Wissen wir, wer der Besitzer war?«

»Nein, der Hund war nicht gechippt.«

»Falls es Ihnen hilft …«, meldete sich Dr. Bodde zu Wort. »Die Backsteinwand, so viel kann ich Ihnen schon nach einer ersten Analyse sagen, stand noch nicht lange an dieser Stelle.«

»Wie lange?«

»Zwei, drei Tage, nicht sehr viel länger. Der Mörtel war noch nicht einmal vollständig getrocknet.«

»Die Leiche wurde also erst kürzlich eingemauert?«

»Ja.«

»Und danach hat man den Hund an die Wand genagelt?«

»Welchen Hund?«

Frei überging die Frage. »Und das hat gestern keiner gemerkt, Charlie? Dass da eine Mauer steht, die es gar nicht geben darf?«

Charlie setzte seinen *Hab-ich's-doch-gewusst*-Blick auf. »Wir haben ...«

»Nein, nicht wir, die Bauarbeiter!«

»Da hat wohl beim Anblick des Hundes keiner darauf geachtet.«

»Die Bibliothek ist in öffentlicher Hand, also gibt es mit Sicherheit einen Objektschutz.«

»Die Firma *BerSec*.«

»Ist jemand von *BerSec* vor Ort?«

»Ja«, sagte Charlie, »ich habe den Geschäftsführer herbestellt.«

Auf dem Weg zum Ausgang streifte Frei seinen Plastikoverall ab. »Ich will mit ihm reden.«

EINUNDZWANZIG

Irritiert schaute Suse das Mädchen an. Es trug ein blaues Kleid, darüber ein schwarzes Regencape. Das runde Gesicht unter der Kapuze kam Suse bekannt vor. Sie versuchte sich zu erinnern, aber ihr schmerzender Kopf verweigerte den Dienst. »Bist du eine Freundin von Jaquie?«

»Also eigentlich ...«, verlegen knibbelte das Mädchen am Riemen seines Rucksacks, »eigentlich nur in ihrer Klasse.«

»Wie heißt du?«

»Natalia.«

»Und warum bist du heute mit Jaquie verabredet?«, fragte Suse.

»Also«, Natalia ließ ihren schweren, bunten Rucksack zu Boden plumpsen, »wir machen Projektarbeit. Die Lehrerin hat gesagt, ich bin in einer Gruppe mit Jaquie. Und weil wir heute erst zwei Stunden später Unterricht haben, haben wir uns verabredet.«

»Weißt du, wo Jaquie ist?«, kam Dennis' Stimme aus der Diele.

Natalias Blick verriet ihre Verwunderung. In der Küche stieß Theo ein Quieken aus.

»Wenn du in Jaquies Klasse bist«, sagte Suse, »dann weißt du, dass sie seit Tagen den Unterricht schwänzt, oder?«

Natalia zögerte. Sie mochte keine Freundin von Jaquie sein, aber verpetzten wollte sie sie auch nicht.

»Ich weiß davon, keine Sorge«, sagte Suse. »Aber obwohl sie die Schule schwänzt, habt ihr euch heute für ein Projekt verabredet?«

»Das war schon letzte Woche. Ist Jaquie nicht da?«

»Schon seit vorgestern Abend. Hast du das nicht gewusst?«

»Nein.«

»Sie hat dir nicht abgesagt?«

»Dann wäre ich ja nicht gekommen.«

»Kennst du ihren Freund, diesen ... diesen ...«

»Nein, auch nicht«, sagte Natalia. »Wir kennen uns doch gar nicht so gut.« Nichts deutete daraufhin, dass sie die Unwahrheit sagte.

Theo begann ungeduldig zu quengeln.

»Na super!« Verärgert schulterte Natalia ihren Rucksack und stapfte hinaus zur Straße. »Und ich darf mich jetzt allein mit dem Projekt herumschlagen.«

Schlagartig wurde Suse klar, was ihr Unterbewusstsein seit gestern Abend beschäftigte. Sie wirbelte herum und stieß mit ihrem Sohn zusammen, der in der Diele stand.

»Aua«, heulte er auf.

Theo begann zu schreien.

Suse war kaum bei ihm, da drehte ihr Übermieter die Musik auf.

Bumm Bumm Bumm.

Jeder Schlag drohte ihren Schädel zu zersprengen. Ächzend verfrachtete sie Theo ins Laufgitter und drückte ihm seinen Schnuller zwischen die Lippen. Er spuckte ihn aus, krähte, strampelte. Sie ließ ihn schreien.

»Und du«, sie schob Dennis ins Kinderzimmer, »du ziehst dich jetzt an!« Sie legte ihm Hose und Pullover raus. *»Sofort!«*

Dann riss sie die Schubladen von Jaquies Schrank auf und wühlte sich durch Hosen, Shirts und Unterwäsche. Bestürzt hielt sie inne, als sie zwischen den BHs ein Kondom und eine Zigarettenschachtel fand. Wo kam das denn her? Was wollte Jaquie damit? Sie war erst vierzehn! *Vierzehn!* Und warum hatte Suse das nicht schon viel früher entdeckt? Immerhin legte sie doch immer nach dem Waschen die frischen Sachen ihrer Tochter in die Schubladen.

Verflixt, darüber konnte sie sich später noch Gedanken machen. Sie suchte weiter. Als sie in den Schubladen nicht fündig wurde, durchsuchte sie das Chaos unter Jaquies Bett.

Bumm Bumm Bumm.

Immer wieder fiel ihr Blick auf das Foto von Jaquies Ausflug nach *Tropical Island*, zusammen mit ihrem Vater. Beide hatten sie ihre Rucksäcke auf dem Rücken geschnallt. Jaquie trug ihren heiß geliebten *Lilo&Stitch*-Rucksack. Ein kompakter Reiserucksack.

Noch einmal hielt Suse Ausschau danach – doch Jaquies Rucksack war weg.

ZWEIUNDZWANZIG

Frei holte den Regenschirm seiner Kollegin aus dem Wagen. Die ersten Regentropfen hatten sich zu einem anhaltenden Nieseln gesteigert. Trotzdem hatte die Zahl der Schaulustigen zugenommen. Noch mehr Reporter drückten sich hinter der Absperrung herum, sogar der Transporter eines Fernsehsenders war abgestellt.

Kurz vor 11.

Neben einem grünen Pick-up mit gelber Aufschrift – *BerSec | Wachschutz & Sicherheitstechnik* – stand ein großer, hagerer Mann in grüner Uniform und ebenso gelbem *BerSec*-Brustaufnäher. Nervös zog er an einer Zigarette. Mit der anderen Hand stemmte er seinen Regenschirm gegen den Wind.

»Das ist Alois Dudzik«, sagte Charlie, »der Geschäftsführer.«

Frei entdeckte einen Lehmfleck am Saum seiner eigenen Hose. Mit einem Taschentuch wischte er ihn weg.

Stirnrunzelnd beobachtete ihn Dudzik. »Was ist eigentlich passiert? Keiner will mir etwas sagen. Gab es einen ... einen Mord?«

Frei behielt das Taschentuch in der Hand. »Wann sind Sie das letzte Mal zur Kontrolle hier gewesen?«

»Hören Sie«, Dudzik tat einen weiteren hektischen Zug von seiner Zigarette, »Sie wissen als Polizist sicher genauso gut wie ich, dass Berlin an allen Ecken und Kanten spart.«

»Stimmt, aber das ist keine Antwort auf meine Frage.«

»Was ich damit sagen will: Für das Geld, das man mir

zahlt, kann ich nicht vierundzwanzig Stunden am Tag nach dem Rechten sehen.«

»Ja, auch das ist mir klar. Aber wie oft können Sie denn *nach dem Rechten* sehen?«

»Zweimal am Tag, morgens und abends.«

»Und wie oft *haben* Sie nach dem Rechten gesehen?«, hakte Frei nach.

Dudzik inhalierte den Rauch seiner Zigarette.

»Früher oder später finden wir es sowieso heraus«, sagte Frei.

Geräuschvoll stieß Dudzik den Qualm aus seiner Lunge. »Hören Sie, ich habe nur eine begrenzte Mitarbeiterzahl, unsere Zeit ist dementsprechend knapp. Und hier«, er warf die Kippe in eine Pfütze am Bordstein, »ist monatelang überhaupt nichts passiert, das Gebäude sollte kernsaniert werden, also ...«

»... dachten Sie, Sie überlassen es den Chaoten.«

»Nein, nein«, beeilte sich Dudzik zu sagen. »Nur sind wir eben nicht mehr so häufig ...«

»Wann das letzte Mal?«, unterbrach ihn Frei.

»Vor einer Woche?«

»Soll das eine Frage sein? Ich brauche bitte eine Antwort!«

»Vor einer Woche!«

»Und Ihnen ist dabei nichts aufgefallen?«

»Mir sowieso nicht«, Dudzik kramte in seiner Hosentasche. »Wenn überhaupt, dann meinen Mitarbeitern, auf deren Tour das Gebäude liegt.«

»Haben Ihre Mitarbeiter etwas erwähnt?«, fragte Frei.

»Nur das Übliche – Graffitis, Vandalismus – wie Sie schon sagten, Chaoten. Sie wissen doch, wie es hier im Viertel zugeht. Aber ... *Verflucht!*« Eine Windböe riss Dudzik fast den Regenschirm aus der Hand.

Auf der Straße bremste ein Wagen, dem der Gerichtsmediziner entstieg. Er schlüpfte unter dem Flatterband hindurch und zog sich einen weißen Schutzanzug an. Sein sonnengebräuntes Gesicht war nur noch ein dunkler Fleck unter der hellen Kapuze.

»Herr Frei«, grüßte er gewohnt knapp.

»Guten Morgen, Herr Dr. Wittpfuhl.«

11.31 Uhr.

Dr. Wittpfuhl verschwand in die Bibliothek. »Sehr schön«, drang sein Husten nach draußen, während das Hämmern verklang. »Da komme ich ja genau richtig.«

»Also?« Dudzik brachte eine Packung *Pall Mall* zum Vorschein. »Können Sie mir jetzt endlich sagen, worum es hier eigentlich geht?«

»Bevor Sie gehen«, sagte Frei anstelle einer Antwort, »geben Sie bitte meinem Kollegen«, er deutete auf Charlie, »eine Liste Ihrer Mitarbeiter.«

»Wieso denn das?«

»Reine Routine. Oder wie sagten Sie? Nur das Übliche.« Frei ließ ihn stehen, entsorgte sein Taschentuch und zwängte sich in einen neuen Einwegoverall.

»Henry«, plötzlich stand Götzke neben ihm, schwer atmend, sein Gesicht puterrot, »sollen wir mit der Befragung der Bauarbeiter beginnen?«

»Ihr habt noch nicht damit angefangen?«

»Ich dachte ...«

»Worauf wartet ihr?« Kopfschüttelnd ging Frei in die Bibliothek.

Obwohl die Fenster offen standen, hing eine dichte Staubwolke im Raum. Dafür aber war die Mauer zum Großteil abgetragen.

Dr. Wittpfuhl nahm die Leiche in Augenschein.

Noch immer war sie über und über mit Schutt und Staub bedeckt, sodass kaum Einzelheiten zu erkennen waren. Wohl aber, dass sie am Boden saß und beide Arme ausgebreitet hielt. Arme, denen die Hände abgetrennt worden waren. Die Armstümpfe hatte man an die Rückwand genagelt. Gekreuzigt.

Wie bei dem Hund.

Zwischen den Steinbrocken, die den Oberkörper der Leiche halb bedeckten, lugte bunter Stoff hervor. Bedruckt mit Comic-Figuren.

»Was ist das?«, fragte Frei.

Albers zog es hervor. »Ein *Lilo&Stitch*-Rucksack.«

DREIUNDZWANZIG

Suse nahm sich die Schubladen ihrer Tochter ein weiteres Mal vor. Sie hielt die Kopfschmerzen kaum noch aus, aber sie musste wissen, was zusätzlich zum Rucksack noch fehlte.

Bumm Bumm Bumm.

Die rosa Adidas-Sneakers waren verschwunden, die Jaquie erst kürzlich von ihrem Vater geschenkt bekommen hatte. Allein bei der Erinnerung daran, wie freudig sie die Schuhe vorgeführt hatte, überkam Suse wieder Wut. Ständig machte Ludger den Kindern solche Geschenke, als könnte er auf diese Weise sein schlechtes Gewissen bereinigen. Das Geld für den Unterhalt dagegen blieb er seit Monaten schuldig. Allein dafür hätte Suse ihn –

Bumm Bumm Bumm.

Auch die schwarze, hautenge Leggins, die Jaquie von ihrem Taschengeld gekauft hatte, war nicht mehr da. Auch einige der Slips, die sie für ihre Tochter günstig im Winterschlussverkauf erstanden hatte, schienen zu fehlen. Jaquies Kulturbeutel war ebenfalls weg.

Die Frage des Polizisten gestern Abend kam Suse in den Sinn. *Hat Ihre Tochter etwas mitgenommen?*

Sie hielt Ausschau nach ihrem Handy, konnte es aber nicht finden. Im Laufgitter hatte sich Theo inzwischen beruhigt. Das Telefon allerdings war nirgendwo zu sehen. Suse entdeckte es auf der Küchenanrichte. Wie war es dorthin gekommen? Egal, der Krach beim Übermieter hörte auf. Gott sei Dank, wenigstens das!

Suse schickte ein Stoßseufzer zum Himmel.

Aber wo war die Karte, die der Lockenkopf ihr gestern gegeben hatte? Sie hatte keinen blassen Schimmer.

Kurzerhand wählte sie den Notruf. Noch bevor der Beamte ausgesprochen hatte, sagte Suse: »Ich habe gestern Abend eine Vermisstmeldung aufgegeben.«

»Da sind Sie hier falsch, das ist der Notruf. Rufen Sie das Revier ...«

»Ich weiß die Nummer nicht.«

»Wie ist Ihr Name?«

»Pirnatt. Susanne Pirnatt.« Sie hörte das Klackern einer Tastatur.

»Ich verbinde«, sagte der Beamte.

Kurz darauf meldete sich ein anderer Polizist.

»Pirnatt«, stellte Suse sich vor. »Meine Tochter ist weg.«

»Wollen Sie eine Vermisstmeldung aufgeben?«

»Nein, das hab ich schon, gestern waren Beamte bei mir.«

»Wie war der Name?«

»Ich weiß nicht, ich ...«, Suse dachte nach, »aber der eine hatte Locken, der andere ...«

»Nein«, unterbrach sie der Beamte. »Wie war *Ihr* Name?«

»Pirnatt. Susanne Pirnatt.«

Wieder lauschte sie seinem Tastaturgeklapper. »Worum geht es denn?«

»Um meine Tochter, worum sonst.«

»Ist sie nach Hause zurückgekehrt?«

»Nein!« Verflixt, allmählich verlor Suse die Geduld. »Kann ich mit einem der Beamten sprechen, die gestern Abend ...«

»Tut mir leid, Frau Pirnatt, die beiden Kollegen hatten Spätschicht, sie treten erst am heutigen Nachmittag wieder ihren Dienst an.«

»Und wer sucht nach meiner Tochter?«

»Seien Sie unbesorgt, die Kollegen haben noch in der Nacht alles Wichtige veranlasst. Sobald wir etwas herausbekommen, setzen wir uns mit Ihnen in Verbindung.«

Suse trennte die Verbindung. In derselben Sekunde rasselte das Telefon in ihrer Hand.

»Suse«, es war ihre Mutter, »hast du mich gerade angerufen?«

»Nein, wieso?«

»Weil bei dir besetzt war.«

»Jetzt hast du mich ja erreicht.«

»Und wieso bist du noch zu Hause?«

Suse schaute auf die Uhr. »Verflixt!« Sie hatte die Zeit völlig aus den Augen verloren.

»Ach Kind«, seufzte ihre Mutter,»was ist denn wieder los?«

»Kannst du noch mal hierherkommen?«

»Susanne, ich hab dir doch gesagt ...«

»Verflixt, Mama!« Suse wandte sich zur Diele. Wieder trat sie auf den Hundeknochen. Zornig kickte sie ihn weg. Er krachte gegen den Schrank und wirbelte zwischen die Kisten unter dem Küchentisch. »Glaubst du, ich mache das alles extra?«

»Natürlich nicht, aber wenn du willst, dass ich dir helfe ...«

Nein, will ich nicht, dachte Suse, aber ich habe keine andere Wahl. Sie konnte sich keinen Babysitter leisten. Ihre Schwester Elena hatte sich mit ihrem Mann und ihrer kleinen Tochter nach Leipzig verdrückt, weshalb sie sich nur selten sahen, und ihre Freundinnen fragen, kam für Suse ebenso wenig infrage. Sie waren mit eigenen Kindern ausgelastet, außerdem hatten sich die meisten von ihnen auf die Seite von –

»Susanne!«, rief ihre Mutter. »Hörst du mir überhaupt zu?«

»Was hast du gesagt?«

»Ich sagte, alles wär sowieso viel einfacher, wenn du deinem Vater ...«

»Nein, Mama!«

»Verdammt, Suse, du bist so stur wie deine Schwester Elena, die ...«

»Aus gutem Grund, das weißt du, verflixt!«, fluchte Suse. »Genauso wie du weißt, dass ich nichts mehr davon hören möchte. Wie oft soll ich dir das noch sagen?«

Ihre Mutter schwieg. Suse sah sie mit traurigem Blick in ihrem rustikalen Wohnzimmer sitzen, wo sie an ihren Deckchen zupfte und die Kerzen zurecht schob, bis alles seinen festen Platz hatte. In dem Dilemma ihres eigenen Lebens bot einzig ihr sorgsam arrangiertes Zuhause noch einen Halt.

»Jaquie ist immer noch nicht da«, sagte Suse. »Ich habe die Polizei verständigt.«

»Also gut«, ihre Mutter schnaufte angestrengt, »ich mache mich auf den Weg.«

Im Kinderzimmer klaffte die Tür offen. Ihr Sohn schaute schon wieder in den Garten hinaus. *»Dennis!«*

Am liebsten hätte Suse ihn gepackt, durchgerüttelt und angeschrien. »Hab ich dir nicht gesagt, du sollst die Tür nicht öffnen?«

Er zog den Kopf zwischen die Schultern. Seine Füße waren dreckig.

»Verflixt, warst du etwa wieder allein im Garten?«

Sein Kinn sackte auf die Brust.

»Hast du nicht schon genug angerichtet?« Sie zeigte hinaus auf das kleine Blumenbeet, dessen Pflanzen er neulich erst beim Toben zertrampelt hatte. »Und nicht zu vergessen – *Tapsi!* Hättest du ihn gestern nicht rausgelassen, dann wäre er ganz bestimmt nicht –«

Abermals klingelte es an der Tür.

VIERUNDZWANZIG

Frei sah zu, wie Albers den Rucksack mit ihrem Handy fotografierte, bevor sie ihn öffnete. Sie brachte zwei T-Shirts zum Vorschein. Beide gab sie in jeweils einen Beweismittelbeutel. Es folgten eine schwarze Leggins, rosa *Adidas*-Sneakers sowie drei Tanga-Slips, Größe S. Ein Kulturbeutel barg eine Zahnbürste, Zahnpasta, einen Abdeckstift, Eyeliner und Lipgloss mit Erdbeergeschmack.

In der linken Rucksacktasche befand sich ein Plüschherz. *Ich hab dich lieb.* Auf der rechten Seite eine Geldbörse mit Kleingeld und ein Ausweis. »Ausgestellt auf Jacqueline Pirnatt«, las Albers vor, »14 Jahre alt, wohnhaft im Pillnitzer Weg, das ist ... nur zwei Straßen weiter.«

Frei drehte sich zu dem Gerichtsmediziner um.

»Nein«, sagte Dr. Wittpfuhl wie auf Kommando. Er hockte vor der Leiche, deren Oberkörper er zwischenzeitlich vom Schutt befreit hatte. »Definitiv nicht. *Dieses* Opfer ist männlich, etwa zwischen 16 und 20 Jahre alt. Genauer kann ich Ihnen das erst nach der Obduktion sagen, Sie sehen ja selbst, in welch suboptimalen Zustand für eine erste Leichenschau sich das Opfer befindet.«

Albers stapelte die Beweismittelbeutel und trug sie nach draußen.

Kurz vor 12.

»Herr Dr. Wittpfuhl«, sagte Frei, »können Sie mir trotzdem schon etwas über die Todesumstände sagen?«

»Auch das würde ich Ihnen lieber ...«

»Bitte, eine erste Einschätzung.«

Dr. Wittpfuhl brummte unwillig. »Das Opfer wurde erschlagen.«

»Ach, tatsächlich?«, warf Charlie ein.

Dr. Wittpfuhl bedachte ihn mit einem grimmigen Blick.

»Haben Sie eine Vermutung, womit dem Opfer der Schädel zertrümmert wurde?«, fragte Frei.

»Nein«, erwiderte Dr. Wittpfuhl, »beim besten Willen, das kann ein Hammer, eine Eisenstange oder auch ein Backstein gewesen sein. Das Einzige, was ich Ihnen schon jetzt versichern kann: Die Brutalität, die angewandt wurde, zeugt ...«

»... von einer ziemlichen Wut«, beendete Charlie den Satz.

Wieder funkelte ihn Dr. Wittpfuhl an.

»Und *das* ist auch die Todesursache?«, hakte Frei nach.

»Das nehme ich an«, Dr. Wittpfuhl inspizierte den staubigen Oberkörper der Leiche, ihren Hals und die bleichen Armstümpfe. »Zumindest kann ich keine anderen Verletzungen erkennen.«

»Ihm wurden die Hände abgetrennt, es wurde an die Wand genagelt«, bemerkte Charlie.

»Also jetzt reicht's!«, platzte Dr. Wittpfuhl der Kragen. »Wenn Sie der Auffassung sind, dass ich hier überflüssig bin, bitte schön, dann ...«

»Herr Dr. Wittpfuhl«, unterbrach ihn Frei, während er Charlie mit einem scharfen Blick tadelte, »ich glaube, was mein Kollege Sie eigentlich fragen möchte: Wurden dem Opfer erst die Hände abgetrennt, wurde es erst an die Wand genagelt, oder wurde es ...«

»... zuerst erschlagen«, sagte Dr. Wittpfuhl. »Das könnte Ihr Kollege durchaus selbst erkennen, würde er nicht all seinen jugendlichen Eifer ...«

»Herr Dr. Wittpfuhl, bitte!«

»Ja, ja, entschuldigen Sie«, Dr. Wittpfuhl wies auf die Leiche. »Schauen Sie sich die Armstümpfe des Opfers an, es ist kaum Blut geflossen. Es gab also keinerlei Blutzirkulation mehr. Demnach«, er schaute zu Charlie, »wurden die Hände post mortem abgetrennt.«

Noch ehe Charlie etwas erwidern konnte, fragte Frei: »Können Sie was zum Todeszeitpunkt sagen?«

»Vor zwei, drei Tagen.«

»Genauer geht es nicht?«

»Wie ich erwähnte, der Zustand der Leiche macht gegenwärtig kein genaueres Urteil möglich. Obendrein haben die Bedingungen, denen sie in dem winzigen Hohlraum ausgesetzt war – wenig Luftzufuhr, hohe Wärme – den Verwesungsprozess maßgeblich beeinflusst. Deshalb, zwei oder drei Tage, alles Weitere *nach* der Obduktion.« Dr. Wittpfuhl wandte sich zum Ausgang, blieb aber abrupt vor Charlie stehen. »Sie sind noch nicht lange dabei, oder?«

»Drei Wochen, wieso?«

»Wir wurden uns noch nicht vorgestellt.«

»Mein Name ist Phan Cha Lee.«

»Wie?«

»Phan. Kriminalkommissar Phan.«

»Woher kommen Sie?«

»Lichtenberg«, sagte Charlie.

Dr. Wittpfuhl schnaubte entnervt. »Was ich wissen wollte: Woher stammt Ihr Name?«

»Vietnam. Ist das ein Problem?«

»Nein, *das* nicht«, brummte Dr. Wittpfuhl und stapfte davon.

Unterdessen kehrte Albers zurück. »Es gibt eine Vermisstmeldung in dieser Gegend.«

»Ein Junge?«, fragte Charlie.

»Nein, ein Mädchen wurde gestern Abend von ihrer Mutter vermisst gemeldet.« Albers schwenkte den Beweismittelbeutel mit dem Personalausweis. »Jacqueline Pirnatt.«

»Ein Junge wird nicht vermisst?«, fragte Frei.

»Nicht in der Gegend.«

Charlie wandte sich an Dr. Bodde. »Haben Sie die Hände des Opfers hier irgendwo gefunden?«

Die Kriminaltechnikerin verneinte.

»Chê!«, fluchte Charlie. *»Verdammt!* Ohne Fingerabdrücke dürfte die Identifizierung des Opfers schwierig werden.«

»Gut möglich, dass genau das beabsichtigt ist«, sagte Dr. Bodde.

»Aber ja«, pflichtete Charlie ihr bei, »das alles schaut nicht wie Zufall aus – erst der Hund, jetzt der Junge, beide erschlagen, beide gekreuzigt ...«

»Von welchem Hund ist ständig Rede?«, wollte Dr. Bodde wissen.

Charlie beachtete sie nicht. »Das schaut nach Ritualmorden aus, oder was sagst du, Henry?«

»Ich sage, die Spekulationen sollten jetzt nicht ins Kraut schießen.«

»Spekulationen?«, fuhr Charlie auf. »Ich habe gestern Mittag schon gesagt, dass ...«

»Richtig«, unterbrach ihn Frei, »trotzdem sollten wir keine voreiligen Schlüsse ziehen.«

Angesäuert verzog Charlie das Gesicht.

»Erst einmal«, fügte Frei hinzu, »koordinierst du bitte mit

Götzke und den anderen Vernehmungsbeamten die Befragung der Anwohner nach Auffälligkeiten in den letzten zwei bis drei Tagen. Ob ihnen jemand mit einem Hund aufgefallen ist. Und natürlich, ob sie die vermisste Jacqueline Pirnatt gesehen haben.«

Charlie rührte sich nicht vom Fleck.

»Worauf wartest du?«

»Hast du nicht eine Sache vergessen?«, fragte Charlie. »Eine wichtige Frage!«

Frei machte sich auf dem Weg nach draußen.

»Ich meine«, Charlie folgte ihm, »ein vierzehnjähriges Mädchen wird wohl kaum den Jungen erschlagen, ihn gekreuzigt und eingemauert und dabei ihren Rucksack vergessen haben.«

»Unwahrscheinlich.«

»Also könnte der Tote vielleicht ihr Freund sein, zumindest legt das Plüschherz in ihrem Rucksack den Schluss nahe, dass sie schon einen Freund hatte. Vielleicht gehörte ihm sogar der Hund.«

»Denkbar.«

»Möglicherweise wurden beide entführt, das Mädchen und ihr Freund, und er ... er wurde getötet.«

»Und was ist die Frage?«

»Warum wurde ihr Rucksack mit ihm eingemauert?«

»Stimmt, aber es gibt noch eine wichtigere Frage.« Frei streifte sich den Plastikoverall ab.

Charlie sah ihn stirnrunzelnd an.

Frei zog sein Sakko an, strich die Falten glatt. Dann prüfte er den Knoten seiner Krawatte.

Zwanzig nach 12.

Es war Albers, die sagte: »Die viel wichtigere Frage, die wir uns stellen sollten: Wo ist Jacqueline Pirnatt? Und was ist ihr widerfahren?«

Frei strich sich durchs Haar. »Lass uns zu ihrer Mutter fahren.«

ଔ

Ihr verzweifelter Blick irrt durch den Kellerraum, aber da ist nichts, wo sie sich verstecken kann. Trotzdem eilt sie weg von der Tür.

Sie rutscht in der Blutlache aus, kämpft gegen den Würgereiz.

Das Schlüsselrasseln kommt näher.

Endlich erreicht sie die gegenüberliegende Ecke, fällt auf die Matratze, presst sich in die Schatten. Ihr Herz klopft.

In derselben Sekunde verdunkelt sich das Sichtfenster an der Tür. Jemand blickt in das Verlies.

Absurderweise kommt ihr ihr Vater in den Sinn. Sie verscheucht den Gedanken. Ihr Vater mag in der Vergangenheit viele Dummheiten begangen haben, und ohne Zweifel noch immer tun, aber das hier –

Helles Licht blendet sie, als die Tür entriegelt und geöffnet wird.

Der Mann ist nur ein schwarzer Umriss vor dem gleißenden Licht. Er kommt auf sie zu.

Sie weicht zurück. Hinter ihr ist nur noch die Mauer, gegen die sie schmerzhaft prallt. Ihr Puls rast.

Er bleibt vor ihr stehen. Er rümpft hörbar die Nase, während sie seinen Blick spürt, mit dem er das Erbrochene auf ihrem Körper betrachtet.

»Ist das widerlich«, hört sie ihn sagen.

Warum bin ich hier?, möchte sie ihn fragen. Es kommt nur ein Krächzen. Ihre Kehle ist trocken, ihre Lippen verklebt. »Wa ... Wa ... «, sie hustet, »warum ...«

»Halt den Mund!«, unterbricht er sie.

Sie begreift nicht, schüttelt den Kopf. »Warum –«

»Ich sagte«, schreit er, *»halt den Mund!«*

Diesmal hält sie sich an seinen Befehl. Sie bemerkt den langen, schweren Gegenstand, den er in seiner Hand hält. Blut klebt daran.

Ihr stockt der Atem.

»Hast du kapiert?«

Hastig nickt sie. »Ja, ja«, stammelt sie. Ein Fehler!

In der gleichen Sekunde holt er aus.

FÜNFUNDZWANZIG

Suse starrte das Pärchen im Treppenhaus an.

Der groß gewachsene Mann trug einen vornehmen Anzug, der mit Regentropfen besprenkelt war. Die Frau hatte einen Blazer an, eine dichte, blonde Lockenmähne, die sie zu einem strengen Zopf gebunden hatte. Sie hatte Ringe um die Augen, wirkte müde, dennoch strahlte sie, ebenso wie der Mann, eine beängstigende Förmlichkeit aus.

»Kriminalpolizei«, sagte der Mann und hielt einen Ausweis hoch. »Ich bin Kriminalhauptkommissar Frei, das ist meine Kollegin, Kriminaloberkommissarin Albers.«

Suses Magen erstarrte vor Schreck.

Sobald wir etwas herausbekommen, setzen wir uns mit Ihnen in Verbindung.

»Haben Sie ...«, Suses Gedanken überschlugen sich, »... haben Sie meine Tochter gefunden.«

»Nein, leider noch nicht«, bedauerte der Kommissar. »Trotzdem müssen wir Ihnen einige Fragen stellen. Dürfen wir hereinkommen?«

Auf dem Weg durch die Diele bemerkte Suse ihren Sohn. »Zieh dich bitte endlich an«, sagte sie, »und dann wartest du hier, hast du verstanden?«

In der Küche schob sie die Überreste vom Frühstück beiseite, fegte Toastbrotkrümel vom Tisch, wollte sich nach einem Staubflocken bücken, als ihr klar wurde, dass sie das Unvermeidliche nur aufschob.

»Sie leben allein?«, fragte die Kommissarin.

Suse sank auf einen Stuhl. Ihr Magen war in Aufruhr, ihr

Kopf hämmerte. »Ja, mein Mann, mein *Ex-Mann* und ich, wir ...«, sie rieb sich die Schläfe und zuckte zusammen, als sie ihren Pickel streifte, »... wir leben getrennt.«

»Wie lange schon?«

»Vor einem Jahr, ich war schwanger, da … da hat er mich sitzen lassen. Mit den Kindern.«

»Wie alt sind sie?«

»Ich bin ...«

»Nein, ich meine Ihre Kinder.«

»Meine Tochter ist 14, mein Sohn 6, das Baby fast ein Jahr. Aber warum wollen Sie das wissen?«

»Sie haben Ihre Tochter gestern Abend vermisst gemeldet?«, fragte die Kommissarin anstatt einer Antwort.

Ihr Kollege ließ seinen Blick über das Chaos gleiten.

Bevor er sich setzte, wischte er mit der flachen Hand über den Stuhl, als wollte er prüfen, ob er sich seinen edlen Zwirn nicht ruinierte.

Was dachte er? Dass er –

»Frau Pirnatt«, sagte die Kommissarin.

Suse wandte sich ihr zu. Wie hatte ihre Frage gelautet? Ach so: »Ja, ich mache mir Sorgen. Jaquie ...«

»Jacqueline?«

»Ja, meine Tochter, sie ist am Tag vorher ...«

»Sie war also schon die vorangegangene Nacht weg?«

»Sie ist am Tag davor, am Nachmittag, zu einer Freundin, sie wollte danach nach Hause kommen. Aber dann war sie gestern Morgen wieder nicht da.«

»Wieder?«

»Das habe ich doch gestern schon Ihren Kollegen gesagt, sie ist 14, ein kritisches Alter, verstehen Sie? Außerdem macht ihr die Trennung zu schaffen, dass ihr Vater uns verlassen hat.«

»Aber Sie wissen, dass sie vorgestern Nachmittag bei einer Freundin war?«

»Ja, die habe ich angerufen. Ihre Mutter hat gesagt, Jaquie wollte nach Hause. Aber hier ist sie nicht angekommen und … ich kann sie auch nicht erreichen: Ihr Telefon ist aus.«

»Hatten Sie beide Streit?«

»Verflixt«, fuhr Suse auf, »ja, hatten wir. Auch die Frage habe ich gestern Abend schon beantwortet. Ich verstehe nicht, wie das helfen soll …«

»Frau Pirnatt«, unterbrach sie der Kommissar, »es hilft uns bei der Frage, ob Ihre Tochter möglicherweise ausgerissen und wohin oder mit wem sie –«

Suses Handy klingelte. Sie erkannte die Nummer auf Anhieb. »Entschuldigung«, sagte sie, »da muss ich rangehen.«

»Frau Pirnatt«, meldete sich ihr Chef aus der Drogerie, »was meinen Sie? Bekomme ich Sie heute noch zu Gesicht oder ...«

»Meine Tochter ist verschwunden!«, unterbrach sie ihn.

»Wenn das wieder eine Ausrede von Ihnen ist ...«

»Gerade ist die Polizei hier.«

»Das ist also keine Lüge?«

»Nein«, versicherte Suse.

Ihr Chef antwortete nicht.

»Hallo?«, fragte Suse. »Sind Sie noch dran?«

»Na gut«, hörte sie ihn sagen, »aber morgen brauche ich Sie wieder hier, ansonsten ...« Den Rest sprach er nicht aus. »Und vergessen Sie nicht – morgen sind Sie mit Frühschicht dran.«

Im Schlafzimmer stieß Theo ein Quieken aus.

Suse spürte die Blicke der Polizisten. »Meine Arbeit«, sagte sie entschuldigend, »ich ... ich muss halbtags gehen, sonst ...«

»Was ist mit Ihrem Mann?«

»Er zahlt keinen Unterhalt. Seine Firma ist pleite, behauptet er jedenfalls, und ...« Suse stockte. Theo begann zu schreien. »Einen Moment!« Sie eilte ins Schlafzimmer. Als sie Theo aus seinem Bettchen hob, setzte oben die Musik wieder ein.

Bumm Bumm Bumm.

Gab es eigentlich niemanden sonst im Haus, der sich an diesem fortwährenden Lärm störte?

Während sie mit Theo auf dem Arm zurück in die Küche ging, fiel ihr Blick ins Kinderzimmer. Dennis hockte vor der Terrassentür, noch immer im Schlafanzug, natürlich. Suse betrachtete Jaquies Bett, den Laptop, das Regal mit den CDs und Fotos, die durchwühlten Schubladen.

Sie eilte hinüber zu den Polizisten. »Vielleicht ist Jaquie ...« Sie stutzte. Auf dem Küchentisch standen die Babybreigläser ordentlich gestapelt, die Milchtüten in einer Reihe, das Spielzeug aufgeräumt daneben.

Bumm Bumm Bumm.

Suse konnte sich nicht daran erinnern, aufgeräumt zu haben, aber –

»Frau Pirnatt?«, fragte die Kommissarin.

Suse setzte sich. »Vielleicht ist Jaquie tatsächlich ausgerissen. Wahrscheinlich mit diesem ... diesem Typen.«

»Wie kommen Sie darauf?«

»Ihre Kollegen gestern Abend, sie haben mich gefragt, ob etwas fehlt.«

»Und?«

»Ich habe vorhin noch einmal nachgeschaut. Ihr Rucksack. Jacqueline hat ihren Rucksack mitgenommen. Ein großer Rucksack. Außerdem jede Menge Klamotten, die ...«

»Frau Pirnatt«, fiel ihr der Kommissar ins Wort. Er bemerkte einen Fleck an seinem Sakko und wischte ihn ab.

Bumm Bumm Bumm.

Er gab seiner Kollegin ein Zeichen, die daraufhin ihr Handy zum Vorschein brachte. »Ist das der Rucksack Ihrer Tochter?«

Auf dem Telefondisplay flimmerte ein Foto.

»Ja«, plötzlich hatte Suse wieder ein flaues Gefühl im Magen, »wie kommen Sie daran?«

»Er wurde heute Morgen gefunden.«

»Wo?«

»Nicht weit von hier«, sagte der Kommissar.

»Und Jacqueline?« Suses Magen verkrampfte sich. »Was ist mit Jacqueline?«

SECHSUNDZWANZIG

Frei zupfte Staubflocken von seinem Sakkosaum.

»Verdammt!«, stieß Susanne Pirnatt hervor. *»Jetzt sagen Sie schon! Was ist mit Jacqueline?«*

»Wie gesagt, das wissen wir gegenwärtig leider noch nicht.«

»Aber Sie ... Sie haben ihren Rucksack gefunden.«

»Auch dazu können wir im Augenblick nichts sagen.«

»Wo haben Sie ihn gefunden? *Wo?«*, flehte Pirnatt. Ihr Baby zuckte zusammen. Sie schien es nicht zu bemerken. Verzweifelt pulte sie an ihrem Pickel, während sie auf Antwort wartete.

In der Wohnung oben wummerte der Bass.

13.34 Uhr.

»Frau Pirnatt«, Albers ergriff das Wort, »dieser Typ, den Sie gerade erwähnt haben, ist das der Freund Ihrer Tochter?«

»Ja verdammt!« Pirnatt fuhr herum. Ihr Kleines erschrak erneut. Es schmatzte. »Wegen dem bin ich ja so in Sorge. Er ist kein guter Umgang für sie.«

»Wie ist sein Name?«

»Das ... das weiß ich nicht.«

»Sie kennen den Freund Ihrer Tochter nicht?«

»Ich sagte doch, sie ... sie ist in einer ... einer schwierigen Phase, redet nicht mehr über alles mit mir.«

Albers wollte etwas erwidern.

»Was ist mit Ihnen?«, kam ihr Pirnatt zuvor. Ihr Baby quengelte. »Haben Sie Kinder?«

»Warum?«

»Haben Sie?«

»Seit Kurzem«, sagte Albers.

Pirnatt schaute zu Frei. »Und Sie?«

»Eine Tochter, bald 15.«

»Na also, dann wissen Sie ja, wie das ist, oder nicht?«

Unweigerlich musste er an Emilia denken, und daran, wie sehr auch sie sich verändert hatte. Und dass auch sie jetzt offenbar einen Freund hatte. Ron Poland aus Schöneweide.

Sie kennen den Freund Ihrer Tochter nicht?

Er konzentrierte sich auf Pirnatt. Ihr Kleines wimmerte. »Sie kennen den Freund Ihrer Tochter nicht, aber ...«

»Ich hab sie mit ihm gesehen«, fiel Pirnatt ihm ins Wort, »zusammen mit den anderen, die sich im Viertel herumtreiben, Sie wissen schon, keine Schule, keine Arbeit, stattdessen machen sie nur Ärger.«

»Zum Beispiel?«

»Was weiß ich, Alkohol, Drogen, solche Sachen. Und wenn man erstmal damit anfängt – so was endet immer Böse.«

»Sie wissen aber nichts Bestimmtes?«

»Das tun sie doch alle«, sagte Pirnatt, »alle hier im Viertel. Ich hab ihr gesagt, sie soll sich fernhalten von ihnen, aber was soll ich machen? Sie einsperren?« Verbittert winkte sie ab. Ihre Hand stieß gegen eine der Milchtüten auf dem Tisch. Diese krachte zu Boden. Das Kleine verkrampfte sich. Für einen Moment gab es keinen Ton mehr von sich.

Nur das Gewummere vom Übermieter war zu hören.

»Was ist mit Jacquelines Freundinnen?«, fragte Albers. »Könnten die mehr über ihren Freund wissen?«

»Ja, vielleicht, aber –« Das Baby gab ein lang gezogenes Quäken von sich. Pirnatt verkniff ihr Gesicht, als bohrte sich der Schrei geradewegs in ihren Schädel.

»Frau Pirnatt?«, fragte Frei.

Pirnatt starrte durch ihn hindurch.

»Ist alles in Ordnung mit Ihnen?«

Das Baby brüllte.

»Sollen wir einen Arzt rufen?«

Pirnatts Blick klärte sich.

Sie keuchte.

Endlich nahm sie das heulende Kind wahr. »Nein, nein«, sie schaukelte es auf dem Arm. »Es ... es geht schon, es hat bestimmt nur Hunger. Wie war Ihre Frage?«

Frei wartete, bis sich das Kleine beruhigt hatte. »Wie steht es mit Jacquelines Vater, Ihrem Mann?«

»Mein Ex-Mann!« Pirnatts Miene verfinsterte sich. »Was soll mit ihm sein?«

»Vielleicht kennt er ihren Freund.«

»Das glaube ich nicht.«

»Wie ist sein Verhältnis zu ihr?«

»Ludger hat uns wegen einer anderen Frau verlassen, mich und ... und die Kinder.« Plötzliche Wut brachte Pirnatts Stimme zum Beben. »Also, was glauben Sie, wie sie ... wie sie auf ihn zu sprechen ist?«

»Hat sie noch Kontakt zu ihm?«, fragte Frei.

»Nur selten, und wenn, dann ... dann meist nur Streit. Erst letztes Wochenende, da hat er wieder ihren Besuch vergessen. Sie stand vor der Tür, und nur seine Freundin war da. Schön war das nicht für Jacqueline, ausgerechnet die Frau, die ... die ihre Familie zerstört hat.«

»Wohnt Ihr Ex-Mann mit der Frau zusammen?«

»Ja, er ist zu ihr gezogen, nur einen Block entfernt, sodass wir uns fast täglich über den Weg laufen. Laufen müssen.«

»Haben Sie seine Adresse?«, fragte Frei.

»Cosmarweg 17, bei ... *Diana Schneider.*« Pirnatt spuckte den Namen voller Abscheu aus. »Wieso wollen Sie das wissen?«

»Selbstverständlich müssen wir auch mit Ihrem Mann reden.«

»Muss das sein?«

»Es geht um seine Tochter. Sie ist verschwunden.«

»Als wenn er sich bisher für seine Kinder interessiert hätte.« Demonstrativ drückte Pirnatt ihr wimmerndes Baby an sich.

Kurz vor 2.

Der Übermieter drehte die Musik lauter. Der Bass dröhnte so intensiv, dass auf der Küchenanrichte ein Löffel in einer Obstschale vibrierte.

»Das ...«, Pirnatt stöhnte, »das geht schon seit Tagen so.«

Albers sprang auf und verließ die Wohnung.

Kurz darauf verstummte die Musik.

»Mama?« Ein kleiner Junge tapste barfuß und in einen quietschgelben Schlafanzug gehüllt herein. Er schleifte eine fleckige Minion-Puppe hinter sich her. »Ist Jacqui wieder da?«

»Nein«, Pirnatt zog ihn an sich, »noch nicht, Dennis.«

Albers kehrte in die Küche zurück.

»Und Tapsi?«, fragte der Junge.

»Kommt auch bald wieder, ganz bestimmt.«

»Wann tut denn bald sein?«

»Nicht mehr lange.« Pirnatt drückte ihren Sohn an sich. Ihrem Baby hauchte sie einen Kuss auf die Stirn. Dann saß sie für Sekunden nur so da, ihre beiden Kinder im Arm, in sich versunken.

»Frau Pirnatt?«, fragte Albers.

»Nicht mehr lange«, murmelte Pirnatt und wieder wirkte sie wie entrückt, »und dann ... dann wird alles wieder gut.«

»Und wenn nicht?«, wisperte ihr Sohn. Er klammerte sich an seinen Minion. »Tu ich dann einen neuen Hund kriegen?«

»Sie haben einen Hund?«, fragte Albers überrascht.

»Der Hund von Jaquie«, erklärte der Junge.

»Was ist mit ihm?«, fragte Frei.

»Er ist weg«, sagte der Junge, »genau wie Jaquie.«

»Wie lange schon?«

»Seit vorletzter Nacht«, antwortete Pirnatt.

»Um welche Rasse handelt es sich?«

»Ein Retriever, aber ...«

»Welche Farbe?«

»Braun, also, braunrot.« Pirnatt kratzte ihren Pickel. »Was sollen diese Fragen nach Tapsi?«

Frei schaute zu seiner Kollegin. An ihrer Miene erkannte er, dass sie seinen Gedanken teilte.

Das alles schaut nicht wie Zufall aus.

»Frau Pirnatt«, sagte Albers, »wurde Jacqueline in letzter Zeit bedroht? Hatte sie Angst?«

»Wie meinen Sie das?«

»Wir würden uns gerne im Zimmer Ihrer Tochter umsehen.«

»Wieso?«

»Vielleicht finden wir einen Hinweis auf ihren Freund, ihren Verbleib, oder sonst irgendetwas, das uns bei der Suche nach ihr weiterhilft.«

»Glauben Sie, danach habe ich nicht schon geguckt?«

»Möglicherweise haben Sie etwas übersehen«, sagte Frei. »Etwas, das mit dem Wissen von heute eine ganz neue Bedeutung hat.«

»Sie meinen, weil ... weil Tapsi ...?« Pirnatt erstarrte. Der Pickel an ihrer Stirn blutete. »Haben Sie *deshalb* nach Tapsi gefragt? Haben Sie Tapsi gefunden? Zusammen mit dem Rucksack? Was ist mit dem Hund? *Was?«*

SIEBENUNDZWANZIG

Suse wurde schlecht, ihr Mund immer trockener.

Verflixt, warum rückten sie nicht mit der Wahrheit heraus?

»Er wurde bei einem anderen Fall gefunden«, sagte der Kommissar.

»Wer? Tapsi? Der Rucksack? Was für ein Fall? Jetzt sagen Sie doch!«

»Darüber dürfen wir im Augenblick noch nicht reden.«

Ihr kam ein furchtbarer Gedanke. »Wer, sagten Sie, sind Sie? Kriminalpolizei?« Sie glaubte zu begreifen.

Steckte Jacqueline in Schwierigkeiten? Wurde sie bedroht? Hatte sie Angst?

»Tapsi ist tot, oder?« Suses Herz schlug hinauf bis zum Hals. »Man hat ihn … getötet?«

»Frau Pirnatt ...«

»Oh mein Gott!« Suse schlug sich vor Entsetzen die Hand vor den Mund. Dennis zuckte zusammen. Theo begann zu heulen.

Der Kommissar sagte etwas. »Dennis, komm ...«

Suse bekam es kaum mit. »War es …«, sie schluckte, »dieser … hat er ... Tapsi ... *Oh mein Gott,* ich hab's gewusst, und jetzt ... *Jacqueline* ...« Sie kämpfte gegen die Tränen, die ihre Augen füllten. *»Jacqueline, wo ...«* Mit einem Mal brach die ganze Anspannung aus ihr heraus.

Nur beiläufig bekam sie mit, wie die Kommissarin ein Glas Wasser und Papiertaschentücher holte.

Suse schnäuzte, wischte sich die Augen. Sie bemerkte Blut an dem Papier. Woher kam es? Dann fiel es ihr wieder ein. Der Pickel. Sie betupfte die Wunde. Ihr Kopf dröhnte. Ihr Herz pochte. Ihr Magen war ein harter Klumpen.

Auf ihrem Schoß war Theo inzwischen eingeschlummert. Dennis dagegen war nicht mehr bei ihr. Auch der Kommissar hatte die Küche verlassen.

Die Stille, die einkehrte, war beängstigend. Der Übermieter hatte seine Musik ausgestellt? Sogar der Regen hatte aufgehört.

»Frau Pirnatt«, sagte die Kommissarin, »gibt es jemanden, den ich für Sie verständigen soll?«

Suse schüttelte den Kopf.

»Ihre Familie? Haben Sie Geschwister?«

»Meine ...«, sie nickte, »meine Mutter, sie ... sie ist auf dem Weg.« Sie griff nach dem Wasserglas und trank einen Schluck. »Es ... es geht schon.«

Die Kommissarin musterte sie skeptisch.

»Nur Kopfschmerzen«, fügte Suse hinzu.

»Möchten Sie ein Aspirin?«

»Ich habe keine ...«

»Kein Problem«, die Kommissarin kramte aus ihrer Handtasche eine Tablette hervor. »Bitte.«

Dankbar spülte Suse sie hinunter. »Ich ... ich weiß nicht, was gerade mit mir los war.«

»Sie sind in Sorge um Ihre Tochter.«

»Ich will nur, dass Sie sie finden. Dass Sie sie wohlbehalten nach Hause bringen.«

»Wir benötigen eine Liste mit Jacquelines Freundinnen«, sagte die Kommissarin.

Suse konzentrierte sich auf die Namen. *Urte.* Und diese ... Wie war noch gleich ihr Name? Ihr pochender Schädel machte es ihr nahezu unmöglich, sich zu konzentrieren. Sie erhob sich, wankte.

Die Kommissarin griff nach Theo, als wolle sie ihn schützen. Glaubte sie etwa, Suse würde ihr Kind fallen lassen?

Sie drückte Theo fest an sich. »Ich ... ich muss an den Laptop meiner Tochter.«

Im Kinderzimmer hatte der Kommissar den Computer eingeschaltet und im Browser Jaquies Facebook-Account geöffnet. Allerdings hatte er kein Auge dafür, auch nicht für das Kondom und die Zigarettenschachtel, die Suse auf dem Schrank hatte liegen lassen.

Seine Aufmerksamkeit galt einem Foto in seiner behandschuhten Hand.

»Was ist das?«, fragte Suse verwirrt.

In seiner anderen Hand hielt er einen Schlüsselbund, daran mehrere Schlüssel, ein Totenkopfanhänger und ein Namensschildchen. *Zackie.*

»Ja«, unvermittelt fiel es Suse ein, »das ist er, der Name von Jaquies Freund. Jetzt erinnere ich mich wieder. Zackie.«

»Und weiter?«, fragte der Kommissar.

»Das … das weiß ich nicht.«

Er zeigte ihr das Foto. Jacqueline war mit einer Freundin zu sehen, im Kreise mehrerer Jungs. »Ist dieser Zackie auf dem Bild?«

»Ja«, sie tippte auf einen der Teenager, »der da, aber ... woher haben Sie das Foto? Und den Schlüsselanhänger?«

»Beides lag auf dem Kissen dort. Das Bett Ihrer Tochter, oder?«

»Ja, aber ...« Suse hatte doch erst heute Morgen alles durchsucht? »Das ist unmöglich, das … hätte ich gesehen.«

Der Kommissar reichte den Schlüsselbund seiner Kollegin, die ihn mitsamt dem Foto in jeweils eine Plastiktüte tat.

»Was ... «, Suse schluckte, »... was haben Sie jetzt vor?«

»Wir müssen jetzt schnell handeln und mit den Ermittlungen vorankommen.« Er drückte ihr eine Visitenkarte in die Hand. »Falls Ihnen noch etwas einfällt – rufen Sie mich an. Jederzeit.«

»Wir brauchen bitte die Kontakte von Jaquies Freundinnen«, erinnerte die Kommissarin.

Suse setzte sich vor Jaquies Laptop und suchte die Namen im Adressbuch.

Sobald Suse sie auf einen Zettel geschrieben hatte, machten die Polizisten sich auf den Weg.

Suse blieb in der Diele zurück. Die Wirkung des Aspirins setzte ein, die Kopfschmerzen ließen endlich etwas nach. Trotzdem hatte sie Mühe, sich zu erinnern. Hatten der Schlüsselanhänger und das Foto tatsächlich auf Jaquies Bett gelegen? Wie um alles in der Welt hatte sie das übersehen können? Andererseits hatte sie heute auch zum ersten Mal bemerkt, dass ihre Tochter Kondome und Zigaretten in ihrem Zimmer aufbewahrte und sich noch nicht einmal allzu große Mühe beim Verstecken gab.

Sie schaute durch das Küchenfenster nach draußen. Ein Stück die Straße rauf nahte ihre Mutter. Die beiden Polizisten liefen zu ihrem Wagen. Die Kommissarin warf einen Blick zurück. Was sie wohl über Suse dachte? Als ob das eine Rolle spielte! Die einzige Frage, die zählte: Wo war Jaquie?

ACHTUNDZWANZIG

Auf dem Weg zum Auto bemerkte Frei Babybrei an seinem Sakkoärmel.

»Ich weiß nicht, wie es dir ergeht«, neben ihm kramte Albers in ihrer Handtasche, »aber ich fand das Verhalten der Mutter befremdlich.«

Er wischte den Brei ab. »Befremdlich?«

»Na ja«, Albers warf einen Blick auf ihr Handy, »sie wirkt sehr zerstreut, zum Teil geradezu geistesabwesend. Außerdem hat sie keinen blassen Schimmer, wie der Freund ihrer Tochter heißt oder wer deren Freundinnen sind. Das Foto und den Schlüsselbund kannte sie ebenso wenig, obwohl beides unübersehbar auf dem Bett lag.« Sie schob das Telefon zurück in die Tasche. »Und wie es ausschaut, hat sie einen ganzen Tag verstreichen lassen, bevor sie eine Vermisstmeldung aufgegeben hat. *Einen ganzen Tag!*«

»Ihr Mann hat sie mit drei Kindern sitzen lassen, darunter ein Baby und ein pubertärer Teenager. Außerdem arbeitet sie Teilzeit. Und nun ist eines der Kinder auch noch verschwunden. Ich finde es nicht erstaunlich, dass sie überfordert ist.«

»Das ist doch ...«

»Du bist schon mit *einem* Kind gestresst.«

»Scheiße ja, das kannst du laut sagen.« Wie zum Beweis gähnte Albers.

Sie warf ihren Pferdeschwanz über die Schulter, als wollte sie auf diese Weise auch ihre Müdigkeit fortschleudern. »Aber –«

»Hey, Sie!« Hardy Sackowitz stapfte auf sie zu. »Der Mord in der Bibliothek ...«

»Sind Sie uns gefolgt?«, unterbrach ihn Frei barsch.

Der Reporter überging die Frage mit einem schiefen Lächeln. »Wie ich erfahren habe, lag an gleicher Stelle gestern Morgen schon ein Hund, ziemlich übel zugerichtet.«

»Ich weiß nicht, wovon Sie reden.«

»Meine Quelle klang sehr überzeugend. Also: Gibt es eine Verbindung zwischen dem Hund gestern, dem Mord heute und Ihrem Besuch *hier.*« Sackowitz zeigte auf das Haus. »Wie ich hörte, wird hier ein junges Mädchen vermisst? War es *seine* Leiche, die Sie in der Bibliothek gefunden haben?«

»Nein, war es nicht.« Nur mit Mühe unterdrückte Frei seine Verärgerung. Er stieg in den Audi, hielt die Tür aber offen. »Und wagen Sie es ja nicht, die Mutter des Mädchens zu behelligen, haben Sie mich verstanden?« Mit einem Knall schlug er die Tür dicht.

Kaum dass Albers neben ihm saß, fuhr er los. Mehrmals vergewisserte er sich im Rückspiegel, dass Sackowitz ihnen nicht erneut folgte.

Albers klaubte eine Möhre aus ihrem Stoffbeutel. »Wird er sich dran halten und Frau Pirnatt nicht bedrängen?«

»Nein.«

»Wir sollten eine Streife vor ihr Haus stellen.«

»Nur um sie vor einem aufdringlichen Reporter zu beschützen? Ich befürchte, dazu sind die Kollegen personell zu schwach besetzt.«

»Scheiße.« Albers biss knirschend in ihre Karotte. »Und was meinst du, von welcher Quelle er gesprochen hat?«

»Einer der Bauarbeiter, der sich etwas dazuverdient hat.«

»Allerdings liegt Sackowitz nicht ganz falsch mit seiner Bemerkung. Gestern der Hund, also, Jacqueline Pirnatts Hund.«

»Ob es tatsächlich ihrer war, wissen wir nicht.«

»Hast du etwa Zweifel?«

Das alles schaut nicht wie Zufall aus.

»Kaum«, gab Frei zu, während er nach links in den Magistratsweg bog. »Trotzdem bleibt es ein Verdacht. Der tote Hund ist längst verbrannt, wir können nichts mehr verifizieren.«

»Also gut, gestern *wahrscheinlich* ihr Hund, heute dann ihr Freund Zackie ...«

»Auch über die Identität des Toten besteht noch keine Klarheit.«

»Selbst wenn es sich nur um Mutmaßungen handelt, *ihr Hund, ihr Freund* ...« Albers seufzte. »Beide wurden brutal getötet und gekreuzigt, und es ist *ihr* Rucksack, den wir bei der Leiche gefunden haben, während *sie* selbst vermisst wird. Ganz ehrlich? Ich habe ein verdammt mieses Gefühl bei der Sache.«

Zumindest in diesem Punkt pflichtete Frei ihr bei.

Das schaut nach Ritualmorden aus.

Er verdrängte den Gedanken und sagte: »Solange wir nicht wissen, wieso sie verschwunden ist, geschweige denn, was ihr widerfahren ist, besteht die Hoffnung, dass sie lebt. Unsere vordringliche Aufgabe sollte daher die Suche nach ihr sein. Wir geben eine dringende Suchmeldung nach ihr raus.«

»Mehr wollte ich gar nicht hören.« Albers nahm einen Biss von ihrem Gemüse, bevor sie die Kollegen auf dem Präsidium kontaktierte.

Der Regen setzte wieder ein. Innerhalb weniger Sekunden wuchs er zu einem heftigen Schauer an. Der Audi schlingerte in den überschwemmten Spurrillen.

Dreiviertel 3.

Sie erreichten den Cosmarweg – auf der einen Seite die grauen Zweckbauten Spandaus, dagegen nach Norden hin eine Siedlung neuer, adretter Einfamilienhäuser. Der Anblick hätte nicht widersprüchlicher sein können.

Hausnummer 17 war ein solider Backsteinbau mit gepflegtem Vorgarten. In der Garageneinfahrt parkte ein kleiner Daihatsu.

Frei wählte Charlies Nummer.

»Kann ich dich zurückrufen?«, meldete sich Charlie. »Ich stecke mitten in einer Befragung.«

»Deswegen rufe ich an.«

»Ja, schon klar«, ätzte Charlie. »Aber meinst du nicht, ich hätte dir längst Bescheid gegeben, wenn uns einer der Anwohner einen Hinweis auf ...«

»Zackie!«, unterbrach ihn Frei.

»Wie bitte?«

»Möglicherweise der Name des Toten. Vielleicht hat einer der Anwohner von ihm gehört, erkundigt euch danach. Außerdem mailt dir Louisa eine Kontaktliste – die Freundinnen der vermissten Jacqueline Pirnatt. Schicke Vernehmungsbeamte zu ihnen, sie sollen sie nach Auffälligkeiten befragen, einer Bedrohung, die Jacqueline möglicherweise in letzter Zeit erwähnt hat. Und selbstverständlich auch nach diesem Zackie.«

»Heißt der wirklich so?«

Sie kennen den Freund ihrer Tochter nicht?

»Vermutlich sein Spitzname«, sagte Frei. »Mehr haben wir bisher nicht.« Er trennte die Verbindung.

Seine Kollegin stieg aus dem Wagen und entfaltete ihren Regenschirm.

Frei dagegen blieb sitzen. Einem Impuls folgend nahm er noch einmal sein Handy und wählte.

»Hallo, Henry«, meldete sich Götzke schwer schnaufend. »Was gibt's?«

»Bitte überprüfe einen Namen für mich.«

»Klar, wen?«

»Ron Poland. Wohnhaft in Schöneweide.«

»Hat er mit dem Fall zu tun?«, fragte Götzke.

»Indirekt«, log Frei, »aber es ist wichtig.« Er legte auf.

Sein Blick fand die Mittelkonsole. Schon wieder war deren Inhalt durcheinandergeraten. Im Fußraum vor dem Beifahrersitz lag Albers' Handtasche.

Frei schaufelte Haarbürste, Labello, Gummibärchen, Haftmarker und die Powerbank hinein.

15.08 Uhr.

Als er ins Freie trat, fegte ihm der Wind Regentropfen ins Gesicht.

Albers wartete gähnend unter ihrem Schirm vor dem Haus.

»Hier!« Er drückte ihr die Tasche in die Hand. »Die hast du vergessen.«

Auf sein Klingeln hin öffnete eine Frau Mitte 30 – schwarze Birkenstocksandalen, eine Leggins, spitzenbesetzte Bluse, eine Goldkette mit perlenförmigem Anhänger.

Frei stellte sich und seine Kollegin vor. »Frau Diana Schneider?«

»Ähm, ja?«

»Wir möchten zu Herrn Ludger Pirnatt? Ist er zu Hause?«

»Nein, er ist unterwegs. Worum geht es?«

»Um seine Tochter Jacqueline.«

»Ach so, ich ...« Schneider stutzte. »Ist ihr etwas passiert?«

Frei wischte sich Regentropfen aus dem Gesicht. »Dürfen wir hereinkommen?«

Schneiders Hand fuhr Richtung Hals. Für einen Bruchteil schien sie mit sich zu ringen. Dann ging sie mit flappenden Sandalen voraus in ein kleines, aufgeräumtes Wohnzimmer im Landhausstil. Weiße Teppiche, weiße Schränke, weiße Sofas.

Nach dem Chaos in Pirnatts Wohnung eine Wohltat für Frei.

Zwanzig nach 3.

»Die Mutter von Jaquie – also, von Jacqueline – rief gestern an. Sie meinte ...« Schneider setzte sich auf die Couch. »Ist sie immer noch weg?«

»Deswegen müssen wir mit Ihrem Vater reden«, sagte Albers.

»Das tut mir leid, er ist in Frankfurt an der Oder, seit gestern Abend schon, geschäftlich.«

»Macht er sich keine Sorgen um seine Tochter?«

»Ähm, sie ist ein Teenager.«

»Mit anderen Worten: Sie ist ihm egal.«

»Nein!«, widersprach Schneider empört. »Das ist nicht wahr. Aber sie lebt bei ihrer Mutter. Was soll er tun? Das Verhältnis zu ihr, also, zu seiner Frau, ist nicht das beste.«

»Und wie war sein Verhältnis zu Jacqueline?«, fragte Frei.

»Direkt nach der Trennung alles andere als einfach, verständlicherweise. Inzwischen hat sich das gelegt.«

»Seine Frau behauptet das Gegenteil.«

»Das wundert mich nicht, aber in Wahrheit ist es wohl eher so, dass nicht er Schwierigkeiten mit Jaquie hat, sondern ihre Mutter.«

Eine Katze stolzierte ins Zimmer herein. Mit großen Augen musterte sie Frei. Sie stieß ein unwilliges Mauzen aus, als stellte sie mit stummem Vorwurf fest: *Du magst mich nicht.*

Frei erwiderte ihren Blick. *Ich mag dich schon, nur nicht deine Haare.*

Demonstrativ schmiegte sie sich an das Bein seiner Kollegin.

Albers streckte die Hand nach dem Stubentiger aus, während sie fragte: »Wann haben Sie Jacqueline das letzte Mal gesehen?«

»Am Wochenende.«

»Ihr Vater hat sie vergessen«, sagte Frei.

»Nein, nein«, beeilte sich Schneider zu sagen, »hat er nicht, er hat sich nur verspätet. Und wir hatten einen schönen Nachmittag zusammen. Auch wenn seiner Frau das nicht passt.«

»Wie kommen Sie darauf?«

»Weil sie es nicht erträgt, dass er sie verlassen hat. Und nein, er hat sie nicht wegen mir verlassen, auch wenn Sie Ihnen das bestimmt auf die Nase gebunden hat. Hat sie doch, richtig?«

Frei reagierte nicht. Albers streichelte die Katze.

»Also hat sie!«, stellte Schneider grimmig fest. »Das war

klar, sie behauptet das bei jeder sich bietenden Gelegenheit. Aber nur damit Sie es wissen: Ihre Ehe war schon vorher kaputt, und daran trifft auch sie nicht unerhebliche Schuld. Aber das hat sie Ihnen sicherlich nicht verraten.«

Albers liebkoste die schnurrende Katze. In ihrer Handtasche erklang ein Signal. Sie ignorierte es. »Hat Jacqueline von einem Freund gesprochen, als sie bei Ihnen war?«

»Sie erwähnte etwas.«

»Einen Namen?«

»Ähm, nein.«

»Zackie?«

»Offen gestanden hat sie nicht wirklich von einem Freund gesprochen, also, eigentlich war es nur ihr Verhalten, sie wirkte wie ... ausgewechselt. Hat gestrahlt vor Freude. Mir war klar, dass da ein Junge dahintersteckt.«

»Könnte sie ihrem Vater von ihm erzählt haben?«

»Ludger hat nichts in dieser Richtung erwähnt.«

»Rufen Sie ihn bitte trotzdem an«, sagte Frei.

Schneider griff zum Telefon.

Zehn vor 4.

Eine Weile lauschte sie dem Freizeichen.

»Tut mir leid«, sie hob bedauernd die Schultern. »Er geht nicht ran. Wahrscheinlich ist er in einer Besprechung, da wird er jede Störung vermeiden wollen. Schließlich geht es um seine Baufirma, die ...«

»Er hat eine Baufirma?«, fragte Frei überrascht.

»Ähm, nun, also«, druckste Schneider herum, »Ludger hatte eine Firma, mehr oder weniger. Es gab einige Turbulenzen, eine Insolvenz, aber das neue Projekt hier in Spandau ...«

»Welches Projekt?«, unterbrach Frei sie erneut.
»Der Stadtumbau West.«

NEUNUNDZWANZIG

Suse hatte ihre Mutter kaum in die Wohnung gelassen, als es an der Tür klopfte.

Im Treppenhaus stand ein kleiner, dicklicher Mann. »Frau Pirnatt?«

»Ja?«

»Sackowitz mein Name, ich bin Reporter beim *Kurier* und ...«

»Was wollen Sie?«, fragte Suse.

»Susanne«, rief ihre Mutter, »lass dich nicht ...«

»Ich möchte Ihnen bei der Suche nach Ihrer Tochter helfen!«, sagte der Reporter.

»Suse«, ihre Mutter wollte die Tür zuschlagen, »das ist doch ...«

»Warte!« Suse hielt sie zurück. »Woher ...«

»... ich weiß, dass Ihre Tochter vermisst wird?« Der Reporter zeigte ein Lächeln, von dem nicht sicher war, ob es Mitgefühl oder nur Stolz über sein Wissen ausdrücken sollte. »Sehen Sie, das meine ich.«

»Susanne!«, mahnte ihre Mutter.

Suse winkte ab. »Was meinen Sie?«

Noch immer lächelte der Reporter. »*Ich* weiß, dass Ihre Tochter verschwunden ist. Aber was wissen Sie? Gar nichts, oder?« Er trat einen Schritt näher. »Gerade war die Polizei bei Ihnen, richtig? Was hat man Ihnen erzählt? Hat man Ihnen überhaupt etwas erzählt?«

Sie schwieg.

»Genau, so machen Sie es nämlich immer. Halten alle

wichtigen Informationen zurück.« Der Reporter schielte über ihre Schulter in die Wohnung. »Vielleicht sollten wir uns in Ruhe unterhalten. Sie erzählen mir etwas über Ihre Tochter und ich ...«

Plötzlich glaubte Suse zu begreifen. Sie wollte die Tür zumachen.

»Hat man Ihnen etwas über die Leiche gesagt?«, hallte die Stimme des Reporters durchs Treppenhaus.

Suse erstarrte. »Welche Leiche?«

Wieder glitt ein Lächeln über die fleischigen Lippen des Reporters. »Die, die man in der Bibliothek gefunden hat, keine zwei Blöcke weiter.«

Eine Leiche? Suses Atem stockte und ihr Magen zog sich zusammen. *Nicht weit von hier?*

»Man hat Ihnen nichts davon gesagt, oder?«

»Unser ...«, Suses Stimme war ein Flüstern, » ... unser Hund ...«

»Das war *Ihr* Hund?«

»Ich ... ich weiß nicht, die ...«

»Aber natürlich«, sagte der Reporter, »das ergibt Sinn.« Dann runzelte er die Stirn und wackelte nachdenklich mit dem Kopf. »Obwohl: Man hat den Hund gestern schon gefunden. Und heute dann einen Toten.«

»Einen Toten?« Suse verspürte Erleichterung.

»Oder eine Tote«, fügte der Reporter hinzu. »So genau weiß ich das auch noch nicht.«

Sofort spannte sich Suse wieder an. »Jaquie?« Noch während sie die Frage stellte, schüttelte sie den Kopf. Nein, wenn die Polizei Jaquies Leiche gefunden hätte, hätte man es ihr doch erzählt.

Hat man Ihnen überhaupt etwas erzählt?

Nein, das ergab keinen Sinn. Sie hatten nach Anhaltspunkten gesucht, die dabei helfen könnten, Jaquie zu finden. Aber wer ...

Lag das nicht auf der Hand?

»Zackie«, murmelte sie.

»Zackie?«, horchte der Reporter auf. »Wer ist das?«

Panik stieg in Suse auf.

»Was ist mit ihm?«

Alkohol, Drogen, solche Sachen. Und wenn man erstmal damit anfängt ... so was endet immer Böse.

»Mama«, Suse schnappte ihre Jacke, zog ihre Schuhe an, »bleib du bei den Kindern.« Sie trat ins Treppenhaus und schlug die Tür hinter sich zu.

»Frau Pirnatt?«, rief der Reporter verdutzt.

Sie rannte über den Bürgersteig davon.

DREISSIG

Frei wechselte einen Blick mit seiner Kollegin. Ihr Gesicht spiegelte seine eigene Verblüffung.

Der Stadtumbau West.

»Wie heißt der Investor, mit dem sich Herr Pirnatt in Frankfurt an der Oder trifft?«, fragte Albers.

»Das kann ich Ihnen nicht sagen, aber ...«, irritiert zupfte Schneider an ihrem Perlenanhänger, »den Namen der Firma, den hat Ludger erwähnt. Es war ... *Trans Trading*, ähm, nein, *KirgTrans Trading*. Genau, *KirgTrans Trading*.«

»Wie kam der Kontakt zustande?«

»Ich weiß nicht, man hatte ihn kontaktiert, glaube ich.«

»Hatte er in jüngster Zeit Schwierigkeiten, von denen seiner Firma abgesehen?«

»Wie meinen Sie das?«

»Fühlte er sich bedroht? Unter Druck gesetzt? Erpresst?«

»Ähm, nein, aber ...« Immer nervöser friemelte Schneider an der Perle.

Auch die Katze spürte ihren Aufruhr. Sie mauzte vorwurfsvoll, bevor sie sich in den Flur davonstahl.

»Wieso fragen Sie das?«

»In welchem Hotel in Frankfurt an der Oder nächtigt Herr Pirnatt?«, fragte Albers anstelle einer Antwort.

»Das ... das weiß ich nicht«, inzwischen war Schneiders Stimme nur noch ein furchtsames Flüstern, »man hatte das Zimmer für ihn gebucht und –«

Freis Handy klingelte.

»Frau Schneider«, sagte er nach einem Blick auf das Display, »sobald Sie etwas von ihm hören, richten Sie ihm bitte aus, er soll sich bei uns melden. So schnell wie möglich.« Er legte seine Visitenkarte auf den Tisch. »Es geht um seine Tochter.«

Bestürzt starrte Schneider auf das Kärtchen.

Freis Telefon läutete noch immer.

16.19 Uhr.

Auf dem Weg zur Tür stolperte er fast über die Katze. Er schlug einen großen Bogen um sie.

Erst draußen im Regen nahm er den Anruf entgegen.

Es war Charlie. »Bingo!«, sagte er. »Einer der Anwohner kannte tatsächlich den Namen Zackie. Ich hab's überprüft, demnach ist sein richtiger Name Ilja Zackowski, 17 Jahre alt, wohnhaft bei seinem Vater, Mareyzeile 9, einschlägig vorbestraft, das Übliche: Gewaltdelikte, Einbruch, wiederholter Drogenbesitz und -handel.«

»Zu ihm gibt es keine Vermisstmeldung?«

»Nichts dergleichen.«

»Er ist also seit drei Tagen verschwunden, aber niemand hat es gemerkt?«

»Anscheinend nicht.«

»Nicht einmal sein Vater?«

»Soll ich zu ihm fahren?«, fragte Charlie.

»Das übernehmen wir.« Frei setzte sich in den Wagen. »Und schicke bitte auch Götzke dorthin.«

»Götzke? Wieso denn Götzke?«

»Weil du derweil bitte Ludger Pirnatt überprüfst.«

»Den Vater des vermissten Mädchens?«

»Ja. In diesem Zusammenhang schaue bitte auch, was du über eine Firma namens *KirgTrans Trading* in Frankfurt an der Oder herausfinden kannst.« Noch ehe Charlie nachfragen konnte, kappte Frei die Leitung.

Albers fiel neben ihm auf den Beifahrersitz. Sie warf den tropfenden Regenschirm in den Fußraum, klappte ihre Handtasche auf und – stutzte.

Schmunzelnd schaute sie zu Frei.

Er bemerkte Katzenhaare an ihrer Jeans und ihrem Blazer. Die ersten hatten schon ihren Weg auf den Sitz gefunden. Albers verdrehte die Augen, als wollte sie sagen: *Du findest immer was, oder?*

Er pflückte die Haare vom Polster. »Mit deinem Kleinen alles in Ordnung?«

»Du meinst, bis auf die Tatsache, dass er fortwährend schreit?« Sie kramte ihr Handy aus der Tasche und las die eingegangene WhatsApp-Nachricht. »Ja, dem Kleinen geht's gut, nur meinem Göttergatten nicht.«

»Was ist mit ihm?«

»Hat sich beim Möhrenschneiden in den Finger geschnitten. Ich soll neue Pflaster mitbringen.« Sie tippte eine Antwort, bevor sie das Telefon zurück in ihre Tasche stopfte. »Also?«

Frei rollte die Katzenhaare zu einem winzigen Knäuel. »Also was?«

»Vater Pirnatt wirft ein neues Licht auf den Fall.«

»Es deutet einiges darauf hin.«

»Seine Pleitefirma, dieser Investor, dessen vermutliche Beteiligung am Stadtumbau West, ein Teil davon die Sanierung der Bibliothek, und ausgerechnet dort haben wir den toten Hund, die Leiche des Jungen und den Rucksack seiner vermissten Tochter gefunden.«

Das alles schaut nicht wie Zufall aus.

Frei nickte. »Zumindest wäre es sträflich, nicht auf eine mögliche Verbindung zu prüfen.«

»Das verbindende Glied ist *KirgTrans Trading*.« Albers lachte gallig auf. »Allein der Name schreit nach krummen Geschäften. Scheiße, Henry, wenn *deshalb* Pirnatts Tochter verschwunden ist und ihr Freund ermordet wurde, also weil Pirnatt irgendwelche kriminellen Machenschaften über den Kopf gewachsen sind ...«

»Hoffen wir, dass er sich schon bald bei uns meldet.«

»Was, wenn nicht?«

»Dann schreiben wir ihn zur Fahndung aus.«

»Und hilft uns das bei der Suche nach seiner Tochter?«

»Nicht direkt«, gab Frei zu, »aber möglicherweise bringt uns dieser Zackie weiter.« In wenigen Worten gab er wieder, was Charlie herausgefunden hatte. »Wenn Ilja Zackowski tatsächlich der Tote ist und Jacquelines Freund, vielleicht weiß dann sein Vater etwas, das uns weiterhilft. Obwohl ...«

... seit drei Tagen verschwunden, aber niemand hat es gemerkt.

Zwanzig vor 5.

Frei lenkte den Wagen zur Heerstraße. »Ich befürchte eher nicht.«

EINUNDDREISSIG

Aufgeregt bahnte sich Suse einen Weg durch die schaulustige Menge, die sich trotz des Regens vor der Bibliothek versammelt hatte. Sie prallte gegen Schultern, Ellbogen und schließlich eine Fernsehkamera. Irgendjemand verpasste ihr einen Tritt. Sie nahm den Schmerz kaum wahr.

Endlich vor dem Absperrband hielt sie Ausschau nach dem Kommissar oder seiner Kollegin, konnte jedoch keinen der beiden ausmachen. Wie waren noch gleich ihre Namen gewesen? Spielte das überhaupt eine Rolle?

Suse drängelte sich zu einem der uniformierten Polizisten, die hinter der Absperrung Stellung hielten. »Hey, Sie!«

Er ignorierte sie.

»Hey, Sie! Sie müssen mir helfen!«

Grimmig zog er seine Augenbrauen hoch. »Was ist denn?«

»Wer wurde da drinnen ermordet?«

Seine Miene wurde noch finsterer. »Dazu darf ich nichts sagen.«

»Aber ich muss wissen ...«

»Tut mir leid«, unterbrach er sie scharf.

»Meine Tochter«, sagte sie verzweifelt, »sie ist verschwunden!«

»Haben Sie eine Vermisstmeldung aufgegeben?«

»Ja doch, aber ...«

»Dann werden sich die Kollegen um alles Weitere kümmern.«

Suse wollte etwas erwidern.

»Glauben Sie, es handelt sich bei dem Opfer um Ihre

Tochter?«, kam ihr ein Mann zuvor. Er streckte ihr ein Diktiergerät entgegen.

Verwundert schüttelte sie den Kopf. »Nein, aber ...«

»Wie lange ist Ihre Tochter schon verschwunden?«, unterbrach sie eine Frau.

Suse wurde bewusst, dass sie die Aufmerksamkeit der Umstehenden erregt hatte. Einige Leute erkannte sie, die meisten Gesichter waren ihr fremd.

Eine Kamera wurde auf sie gerichtet. »Wie heißt Ihre Tochter?«

»Wie alt ist sie?«

»Was, glauben Sie, ist mit ihr passiert?«

»Gibt es eine Verbindung zu dem Mord?«

Noch mehr Fragen prasselten auf sie ein, jede weitere noch absurder. Plötzlich war sie umringt von Reportern, die ihr immer dichter auf die Pelle rückten. Irgendjemand trat ihr auf den Fuß. Sie schrie auf, bekam Panik. Sie bahnte sich einen Weg durch die Menge und rannte davon.

Erst als sie sich sicher war, dass niemand ihr folgte, blieb sie keuchend stehen und wischte sich Regen und Schweiß von der Stirn. Sie bemerkte Blut an ihrer Hand. Erschrocken befühlte sie ihr Gesicht. Hatte sie jemand gekratzt? Sie konnte sich nicht daran erinnern. Noch immer hallten die Fragen der Journalisten in ihren Ohren.

Wie um alles in der Welt waren sie darauf gekommen, dass Suse die Antworten kannte? Sie selbst hatte doch keinen blassen Schimmer, was geschehen war. Obwohl –

Man hat den Hund gestern schon gefunden. Und heute dann einen Toten.

Und auch Jaquies Rucksack. Bei einer Leiche. *Zackie.*

Eine Frau mit Kinderwagen kam ihr entgegen.

»Ich suche Zackie«, sprach Suse sie an.

»Wen?«

»Kennt Ihr Zackie?«, wollte Suse von zwei Jugendlichen wissen.

»Nö.«

»Er hängt hier immer ab«, beschrieb sie einem älteren Ehepaar. »Alkohol, Drogen, solche Sachen.«

»Damit haben wir nichts zu tun.«

»Zackie?«, fragte sie wieder und wieder und wieder wie in Trance.

»Was is' mit dem?«, antwortete ein junger Mann.

»Du kennst ihn?«

»Yo.

»Wo wohnt er?«

»Wieso?«

»Ich muss es wissen.«

»Pft, ich kann nicht einfach ...«

»Verflixt!«, schrie Suse ihn an. *»Wo?«*

Der Typ wich vor ihr zurück.

»Bitte, es ist wichtig!«, fügte sie flehentlich hinzu. »Es geht um meine Tochter, sie ist in Gefahr!«

»Mareyzeile 9«, murmelte der Typ.

Das war nur ein paar Blöcke weiter. Suse lief los.

Keine fünf Minuten später erreichte sie einen Plattenbau, ähnlich dem, in dem sie selbst lebte. Im heranbrechenden Abend lag er in gnädigen Schatten. Mit den Lichtern, die in den Wohnungen brannten, wirkte er beinahe einladend. Allerdings scholl aus angekippten Fenstern blechern Fernsehkrach, das Gezanke zweier Männer, Babygeschrei, Hundekläffen. Auf dem verwahrlosten Basketballfeld gegenüber hingen Jugendliche ab, rauchten, tranken und grölten herum.

Suse trat vor die zersplitterte Glastür. Im unbeleuchteten Bataillon der Klingelknöpfe brauchte sie eine Weile, bis sie den richtigen Namen fand. *Zackowski.*

Sie klingelte Sturm. Niemand öffnete. Sie hielt den Finger auf den Knopf gepresst.

»Verdammte Scheiße!«, knarzte es aus der Gegensprechanlage. *»Was soll'n das?«*

»Machen Sie auf!«

»Wer is'n da?«

»Pirnatt.«

»Wer?«

»Pirnatt, Jaquies Mutter.«

»Kenn' ich nich'.«

»Meine Tochter ist mit Zackie zusammen.«

»Is' mir doch egal.«

»Hören Sie«, schrie Suse, »meine Tochter ist weg und ...«

»Was hab ich mit ihrer Tochter zu schaffen?«

»Sie war mit Zackie ...«

»Dann frag'n Sie den!«

»Aber er ist ...« Etwas knackte. »Hallo?«, rief Suse.

Keine Antwort. Sie drückte erneut die Klingel. Und noch einmal.

»Scheiße!«, fluchte es. »Was'n noch?«

»Ist Zackie zu Hause?«

»Nee, is' er nich'.«

»Ich glaube ...«

»Lass'n Se mich endlich in Frieden!«

»... er ist ...« Wieder knackte es.

Suse wollte abermals klingeln, da bemerkte sie ein Stück die Straße rauf einen Wagen. Der Kommissar und seine Kollegin von heute Morgen stiegen aus. Einem Impuls folgend lief Suse den beiden entgegen. Dann wurde ihr klar, dass die beiden wohl nur wenig erfreut über ihre Anwesenheit sein würden.

Rasch stahl sie sich in die Dunkelheit davon.

Auf dem Weg nach Hause fragte sie sich, was sie weiter unternehmen konnte. Ihr fiel nichts ein. Außerdem musste sie sich allmählich wieder um ihre Kinder kümmern. Inzwischen war es Abend, und die Vorstellung, dass ihre Mutter immer noch auf Theo und Dennis aufpasste, gefiel ihr nicht.

Sie entriegelte ihre Wohnungstür.

»Also wirklich, Susanne!« Ihre Mutter trat sofort in die Diele. »Was hast du dir bloß ...«

Suse ließ sie nicht ausreden. »Was ist mit den Kindern?«

»Theo schläft«, grummelte ihre Mutter, »und Dennis ist bettfertig.«

»Danke«, sagte Suse. »Ich möchte jetzt – « Ihre Worte erstarben. Sie roch ihn, noch ehe sie ihren Vater sah.

Er hockte am Küchentisch und hatte das alte Transistorradio hervorgekramt, das irgendwo zwischen den Kisten verschüttgegangen gewesen war. Es dudelte Rockmusik. Im Takt dazu wippte Dennis auf seinem Schoß. In der anderen Hand hielt ihr Vater eine Flasche Bier.

ZWEIUNDDREISSIG

Frei eilte durch den Regen auf die kaputte Glastür zu. Seine Kollegin blieb auf halber Strecke stehen. »Louisa?«

Albers spähte hinüber zu einem Basketballfeld.

»Bullen!«, zischte es aus den Schatten. Ein Joint flog im hohen Bogen ins Gebüsch.

»Was?«, fragte Frei.

Albers schüttelte den Kopf. »Ich dachte, ich hätte Frau Pirnatt gesehen.«

Frei folgte ihrem Blick. Außer den Halbstarken auf dem maroden Sportfeld konnte er allerdings niemanden entdecken. Er lief weiter und suchte zwischen den vielen Klingelknöpfen nach *Zackowski*.

Kurz vor 5.

»Was'n jetz' schon wieder?«, knarzte es aus der Gegensprechanlage.

»Herr Zackowski?«

»Wer is'n da?«

»Kriminalpolizei«, sagte Albers.

»Ach verdammt!« Zackowski hustete. »Was hat er jetz' schon wieder ausgefressen?«

»Dürfen wir hereinkommen?«

»Zackie is' nich' hier.«

»Deswegen müssen wir mit Ihnen reden.«

»Hör'n Se, das is' sein Kram, er is' alt genug und ...«

»Machen Sie bitte die Tür auf«, unterbrach ihn Frei.

Ein weiterer Fluch schepperte aus dem Lautsprecher, aber immerhin: Der Summer ging.

Im Treppenhaus stank es nach Bohnensuppe, Schimmel und Urin. Der Boden war übersät mit Kippen und Kaugummis, der Fahrstuhl zerkratzt und besprüht.

In der neunten Etage wartete ein Mann mit Kugelbauch und Glatze, eine Kippe im Mundwinkel. Aus seiner Wohnung waberte eine Qualmwolke. »Er is' nich' da, das könn' Se mir ruhig glauben.«

Frei blieb im Treppenhaus stehen.

Albers folgte seinem Beispiel. »Wann haben Sie Ihren Sohn das letzte Mal gesehen?«

»Weiß nich', er kommt und geht, wie er will«, sagte Zackowski.

»Gehört dieser Schlüsselbund ihm?« Albers hielt den Beweismittelbeutel hoch.

»Steht doch drauf, *Zackie*. Woher hab'n Se den?«

»Haben Sie eine Ahnung, wo er sein könnte?«

»Also hat er wieder Scheiß gebaut, wa?«

»Kam so etwas öfter vor?«

»Wollen Se mich veräppeln? Das steht doch alles in Ihr'n Akten, so oft, wie ...« Zackowski ließ einen krächzenden Husten hören. Nachdem sich seine Lunge wieder beruhigt hatte, zog er an seiner Zigarette. »So oft, wie Ihre Kollegen hier war'n.«

»Sagt Ihnen der Name Pirnatt etwas?«, fragte Frei.

»Pirnatt, hm, Pirnatt«, grübelte Zackowski, während Rauch aus seinen Nasenlöchern quoll. »Ja, ich glaub, die war grad da.«

»Wann?«, fragte Frei.

»Na, grad eben, hat rumgetobt wie 'ne Furie, weil ihre Tochter ...«

»Es war die Mutter, die hier war?«

»Ja, sag ich doch.«

»Was hat sie gewollt?«

»Weiß nich'.«

»Gerade eben haben Sie gesagt, es wäre um ihre Tochter gegangen.«

»Nee ...«

»Nein?«

Zackowski zuckte zusammen. »Ja, doch, es ging um ihre Tochter«, er zerdrückte seine Kippe am Türrahmen und schnippte sie ins Treppenhaus, »mit der Zackie irgendwas hätt'.«

»Und?«, fragte Frei. »Hat er?«

»Woher soll ich'n das wissen?«

»Denken Sie nach!«

»Ich weiß nich', keine Ahnung. Hat mich nich' interessiert.«

»Interessiert Sie eigentlich überhaupt irgendetwas?«, fragte Frei hörbar genervt.

Zackowski wich zurück. »Ich sag' doch, er is' alt genug, er soll selber fertig werden mit dem Scheiß, den er verbockt. Und jetzt«, er tastete seine Hosentaschen nach einer Packung Zigaretten ab, »haben Se noch Fragen oder sin' wir fertig?«

»Wir benötigen Iljas Zahnbürste oder einen Kamm«, sagte Albers.

»Was woll'n Se denn damit?«

»Für einen DNA-Abgleich.«

Für zwei, drei Sekunden blieb Zackowski still. »Warum«, hustete er dann, »sind Se wirklich hier?«

»Verstehen Sie das bitte nicht falsch«, sagte Albers. »Wir müssen ...«

»Ihm is' was passiert, stimmt's?«

»Das wissen wir noch nicht.«

»Aber Se glauben, dass er ...« Zackowskis Stimme erlahmte. Wieder erging er sich sekundenlang in Schweigen. »Se sind wegen dem Toten hier, wa? Ich hab davon gehört. Man hat 'ne Leiche gefunden, drüben in der Bibliothek. Und jetz' glauben Se, es is' Zackie.«

»Auch das ...«

»Das Bad is' die zweite Tür links.« Zackowski trat beiseite.

Albers verschwand in der vernebelten Diele.

Zackowski schaute zu Frei. »Wissen Se ...« Seine Miene veränderte sich. »Wahrscheinlich«, resigniert sackten seine Schultern herab, »wahrscheinlich musst' es so kommen.«

Albers' Gestalt löste sich aus dem Qualm.

Wortlos schloss Zackowski die Tür hinter ihr.

Während sie der Aufzug hinab ins Erdgeschoss trug, haftete ein seltsames Gefühl an Frei. Schal wie der Zigarettenqualm. Draußen klopfte er sich erst einmal den Anzug aus.

17.28 Uhr.

Der Regen hatte nachgelassen. Von den Jugendlichen auf dem Basketballfeld war nichts mehr zu sehen. Stattdessen stand Charlie vor seinem Wagen.

Aus einem zweiten Zivilfahrzeug wuchtete Götzke seinen drallen Körper.

Albers drückte ihm den Beweismittelbeutel mit der Zahnbürste in die Hand. »Das muss zur Analyse ins Labor.«

Götzke rührte sich nicht vom Fleck. Er schnaufte schwer.

»Schnellstmöglich!«, fügte Albers hinzu.

Unschlüssig schaute Götzke zu Frei. »Wegen diesem ...«, er holte Luft, »... diesem Ron Poland, den ich überprüfen sollte.«

Sie kennen den Freund Ihrer Tochter nicht?

»Was ist mit ihm?«, fragte Frei.

»Nichts«, sagte Götzke. »16 Jahre alt, absolut unbescholten.«

»Danke.« Frei ignorierte die fragenden Blicke seiner beiden Kollegen. »Charlie, wieso bist du hier?«

»Ich soll dir ausrichten, dass Herr Veckenstedt für morgen früh um halb 9 eine Besprechung anberaumt hat.«

»Um mir das zu sagen, bist du hergefahren?«

Charlie schüttelte entrüstet den Kopf, als wollte er sagen: *Trau mir doch endlich etwas zu!*

»Nein«, sagte er, »ich bin hier, weil ich mit der Überprüfung von Ludger Pirnatt durch bin. Die Datenbanken geben nichts über ihn her, also ... fast nichts. Seine Firma, *Pirnatt Bau* in Weißensee, ist vor einem Jahr insolvent gegangen, und das ist interessant: Es gab damals den Verdacht auf Geldwäsche und Korruption.«

»Nur einen Verdacht?«

»Es konnte ihm nichts Konkretes nachgewiesen werden, ich habe mir die Ermittlungsakte angesehen.«

»Auch das hättest du mir am Telefon mitteilen können«, sagte Frei.

»Ja, schon klar«, Charlies Stimme bekam einen ungeduldigen Klang, »aber ich habe auch diesen vermeintlichen Investor in Frankfurt an der Oder überprüfen lassen, und jetzt wird's richtig interessant: *KirgTrans Trading* ist nichts weiter als ein Geflecht diverser Briefkastenfirmen, die sich im weißrussischen Nichts verlieren. *Das* stinkt doch förmlich nach Geldwäsche und Korruption.«

»Krumme Geschäfte«, sagte Albers, »wie ich befürchtet habe.«

»Organisierte Kriminalität«, konkretisierte Charlie. »Und das passt zu der brutalen Tat«, er hob die Hände, noch bevor Frei etwas erwidern konnte. »Okay, okay, keine Ritualmorde, da habe ich mich heute Morgen verrannt, schon klar. Aber so etwas wie ein Racheakt der Russenmafia ...«

»Oder eine Botschaft von ihr«, beendete Albers seinen Satz. »Ich meine, *zwei* groteske Kreuzigungen, erst der Hund der Tochter, dann deren Freund – als wollte man Ludger Pirnatt demonstrieren, wozu man fähig ist. Mit der entführten Tochter hat man ein Druckmittel gegen ihn in der Hand.«

»Was stehen wir dann noch hier herum?«, fragte Charlie. »Warum knöpfen wir uns nicht diesen Pirnatt vor? Es geht um seine Tochter, sie schwebt in Lebensgefahr.«

»Angeblich ist er in Frankfurt an der Oder. Und nicht erreichbar.«

»Chê!«, fluchte Charlie. *»Verdammt!* Und jetzt?«

»Lassen wir ihn zur Fahndung ausschreiben.« Frei holte sein Handy hervor. »Derweil nimm du ihn bitte genauer unter die Lupe, sein Umfeld, seine Kontakte, einfach alles, was du finden kannst.«

»Und ihr?«, fragte Charlie. »Was macht ihr?«

Frei wählte eine Nummer. Niemand nahm ab.

Dreiviertel 6.

Er winkte Albers zum Wagen. »Ich kenne jemanden, der uns weiterhelfen kann.«

DREIUNDDREISSIG

Suse starrte ihren Vater an. *»Was willst du hier?«*

Das Radio dudelte, während er einen Schluck aus der Bierflasche nahm. Dann zuckte er mit den Achseln. »Deine Mutter war nicht zu Hause.«

»Also keiner, der dir dein Abendbrot schmiert?«

»Es gibt keinen Grund, gleich schnippisch zu werden.«

Oh doch, es gibt sogar tausend Gründe.

»Dennis«, sie entwand ihn der Umklammerung ihres Vaters, »Zeit zum Schlafengehen.«

»Jetzt lass den Jungen doch«, protestierte ihr Vater.

Dennis' Blick irrte verunsichert zwischen ihm und Suse hin und her.

»Sofort!« Suse schaltete das Radio ab.

Ihr Sohn schlich ins Kinderzimmer.

»Gute Nacht, mein Junge«, rief ihm ihr Vater hinterher, »und denk immer dran, du kannst ...« Er stieß geräuschvoll auf.

»Verflixt, Papa!«, schimpfte Suse.

Wieder hob er die Schultern und nahm einen neuerlichen Schluck.

Angewidert starrte sie ihn an. »Also, was willst du hier?«

»Ich werde mich doch wohl um meine Enkelin sorgen dürfen. Immerhin ist sie verschwunden.«

»Schon seit zwei Tagen! Und heute hat die Polizei ihren Rucksack gefunden. Bei«, sie traute sich kaum, es auszusprechen, »bei einer Leiche. Der Leiche von ihrem Freund.«

»Ach?«, machte ihr Vater.

»Mehr hast du nicht dazu zu sagen?«

»Was willst du hören?« Er leerte die Flasche mit einem Zug.

»Wie viel hast du heute schon wieder getrunken?« Noch während die Frage über ihre Lippen kam, verfluchte sie sich dafür. Sie kannte die Antwort. *Viel zu viel.*

»Du mal wieder!«, rülpste ihr Vater. Mit einer Wendigkeit, die sie ihm bei dem Pegel nicht mehr zugetraut hätte, sprang er auf.

Suse tat einen erschrockenen Satz zurück und prallte mit dem Rücken gegen den Türrahmen. Den Schmerz nahm sie kaum wahr. Sie war sich sicher, er würde sie wieder schlagen.

Vielleicht sah er die Angst in ihren Augen. Oder er war noch nicht besoffen genug … Jedenfalls hielt er in der Bewegung inne und stand schwankend vor ihr. »Du mal wieder!«, nuschelte er. »Spielst hier den Moralapostel.«

Sein Blick war herablassend, seine Fahne widerlich.

»Solltest dir stattdessen mal an deine eigene Nase fassen.

Was Jaquie uns erzählt hat ...«

»Du solltest jetzt besser gehen!«, zischte Suse.

»... ich kann mich nicht erinnern, dass ich dich ...«

»Geh!«

»Du«, mit zitterndem Finger zeigte er auf sie, »du bist doch das alles«, seine Hand machte eine kreisende Bewegung, die nicht nur ihre Wohnung beschrieb, deren Enge, das Chaos, ihre Verzweiflung, ihren Schmerz, vielleicht sogar ihr ganzes verflixtes Leben. »Daran bist du doch selbst schuld!« Sie begegnete seinem trüben Blick, sah die Falten in seinem Gesicht, die Äderchen auf seiner Nase.

Angeekelt schüttelte sie den Kopf.

»Pft!«, machte er, dann wankte er ins Treppenhaus. »Hilde, wir verschwinden!«

Suses Mutter blieb in der Diele stehen.

»Hilde, verdammt, jetzt komm schon!«

Suse sah in das verzweifelte Gesicht ihrer Mutter.

»Sie wird schon sehen, was sie davon hat«, rief ihr Vater.

Ihre Mutter lächelte gequält, als wollte sie sagen: *Du weißt doch, er meint es nicht so.*

Suse schüttelte den Kopf. *Doch, er meint es ganz genau so!*

Ihre Mutter eilte davon. Die Tür fiel hinter ihr ins Schloss.

Tränen trübten Suses Blick.

»Mama?«, vernahm sie Dennis' wispernde Stimme. Er stand im Durchgang zum Kinderzimmer, seinen Minion ängstlich an sich gedrückt. »Warum tust du mit Opa streiten?«

Sie wischte ihre Tränen weg, brachte ihn ins Bett, breitete die Decke über ihm aus. »Manchmal«, sie schluckte, »manchmal streiten Menschen eben.« Sie drückte ihm einen Kuss auf die Stirn, dann wollte sie den Vorhang vors Fenster ziehen.

Im nächtlichen Garten stand ein Mann.

VIERUNDDREISSIG

Frei drückte die Wahlwiederholung. Erneut ging niemand ran. Es war kurz vor halb 7, der Himmel warf einen schmierig gelben Schein auf die Stadt. Auf der Stadtautobahn staute sich der Feierabendverkehr.

Seit ihrer Abfahrt in Spandau hüllte sich Albers in Schweigen. Sie tippte auf ihrem Handy, zwischendurch lachte sie einmal auf.

Frei setzte den Blinker zur Abfahrt Kurfürstendamm.

»Er hat nichts mit diesem Fall zu tun, oder?«, fragte Albers unvermittelt.

»Wer?«

»Ach komm, Henry, bitte, ich bin zwar müde, aber nicht dumm. Dieser Ron Poland!«

»Nein, damit hat er nichts zu tun.«

»Und warum hast du ihn überprüfen lassen?«

»Ist nicht mehr wichtig.«

»Ja, das habe ich mitbekommen«, antwortete Albers. »Offenbar liegt nichts gegen ihn vor. Aber du hattest einen konkreten Verdacht?«

»Keinen Verdacht, er ist nur ...« Frei hielt inne. *Nur was?*

Albers hob die Augenbrauen.

Frei bremste in die scharfe Kurve zur Ausfahrt. »Emmis Freund.«

»Der Freund deiner Tochter?«

»Ja.«

»Scheiße, Henry, das kannst du nicht machen, das ist ein Verstoß. Gegen den Datenschutz.« Albers lachte, wenig amüsiert. Ihr Handy piepte. »Das muss ich dir doch nicht sagen, ausgerechnet dir.«

Kopfschüttelnd las sie die eingegangene *WhatsApp* und schrieb eine Antwort.

Frei betätigte die Wahlwiederholung. Abermals nichts.

19.08 Uhr.

»Und zu wem fahren wir jetzt?«, fragte Albers.

Gediegene Altbauten glitten an ihnen vorüber, Boutiquen, Restaurants, einige Bars. Vor der Schaubühne stöckelten Leute herausgeputzt zur nächsten Vorstellung. *Professor Bernhardi*. Der Ku'damm wirkte im Laternenlicht beinahe herrschaftlich und friedlich. Aber das täuschte, selbstverständlich.

Frei wurde bewusst, dass er sich selbst etwas vormachte.

Ist nicht mehr wichtig.

Obwohl die Überprüfung Ron Polands nichts von Bedeutung ergeben hatte, verspürte er keine Erleichterung.

Vergiss nicht, wie wir damals waren.

Unweigerlich dachte er an sein jetziges Ziel. »Ein alter Freund.«

Unweit des Bahnhof Zoo wählte er die Durchfahrt zu einem Innenhof. Ein Lexus glänzte im Laternenlicht. *OM Immobilien* stand auf einem Schild am Hinterhaus – ein aufwendig renoviertes Loft, Backsteinsäulen, Deckenbalken, ein halbes Dutzend verwaister Glastische mit Apple-Computern. Einzig der Empfangstresen war besetzt.

When you're gone, sang Avril Lavigne aus einem kleinen Radio, *the pieces of my heart are missing you.*

»Wir haben schon geschlossen«, sagte die blondierte Sekretärin.

Frei zeigte auf die Tür zu ihrer Linken. »Sagen Sie Ihrem Chef, Henry möchte ihn sprechen.«

»Ich denke nicht, dass Herr Marek ...«

»Henry!«, unterbrach sie Frei. Aus dem Augenwinkel bemerkte er Albers' überraschten Gesichtsausdruck. »Dann weiß er Bescheid.«

Verunsichert schwankte die Blondine auf ihren Pumps.

Frei fragte sich, ob sie tatsächlich nur Sekretärin war oder –

»Einen Augenblick.« Sie stakste davon.

When you're gone, the face I came to know is missing too.

Eine gefühlte Ewigkeit passierte nichts.

»Marek?«, flüsterte Albers.

Frei nickte.

»*Der* Marek?«

Noch ein Kopfnicken.

Oskar Marek trat zur Tür heraus, unverändert seit ihrer letzten Begegnung vor einem Jahr – ein teurer Anzug, graues Haar, tiefe Falten im Gesicht, eine daumengroße, unansehnliche Narbe am Kinn. Er humpelte mit jedem Schritt, krümmte seinen Rücken wie unter Schmerzen. Er war 57, wirkte aber wie siebzig oder älter.

Einzig sein Blick, der Albers streifte, ließ die Kraft erahnen, die ihn antrieb. Die Wut.

When you're gone, all the words I –

Marek schaltete das Radio ab. Mit seiner rauen Stimme presste er hervor: »Henry.«

»Guten Abend, Oskar.«

»Hast du meine Nachricht nicht gekriegt?«

Ich muss unser Treffen morgen Abend abblasen.

»Doch«, sagte Frei, »aber ich brauche deine Hilfe.«

Grimmig schüttelte Marek den Kopf. »Ich habe zu tun.«

»Ein junges Mädchen wird vermisst.«

Marek schwieg, als bräuchte er eine Weile, um die Worte in den richtigen Zusammenhang zu bringen. Der Zorn in seinen Augen wich etwas anderem. »Dieses vermisste Mädchen ...«

»Nein«, raubte ihm Frei jede Hoffnung.

»Es gibt keine Verbindung zu Alanna?«

»Nein«, wiederholte Frei, »tut mir leid.«

Der Zorn kehrte zurück. »Dann weiß ich nicht, was du hier willst.«

Noch ehe er sich abwenden konnte, sagte Frei: »Jacqueline Pirnatt, 14 Jahre, aus Spandau. Sie wird seit zwei Tagen vermisst.«

»Hast du mir nicht zugehört?«

»Ihr Vater ist Ludger Pirnatt, ein Bauunternehmer, inzwischen insolvent. Gegen ihn wurde wegen Geldwäsche und Korruption ermittelt.«

»Und was hat das mit mir zu tun?«

»Ilja Zackowski, genannt Zackie, 17 Jahre, ein Kleinkrimineller, Einbruch, Drogen, das Übliche. Höchstwahrscheinlich der Freund des vermissten Mädchens. Wir gehen davon aus, dass er brutal ermordet wurde.«

»Henry«, knurrte Marek, »ich habe keinen Schimmer ...«

»Du hast Kontakte«, sagte Frei. »Hör dich um, nach Zackowski, nach Pirnatt, vor allem aber nach seiner Tochter Jacqueline. Vielleicht hat irgendjemand ihren Namen fallen lassen.«

Marek presste die Lippen aufeinander, sichtlich darum bemüht, sich zu beherrschen.

Frei ging zum Ausgang.

Halb 8.

»Henry!«, rief Marek.

Frei blieb stehen.

Marek starrte ihn wortlos an.

»Louisa«, sagte Frei, »geh bitte vor zum Wagen.«

Albers wollte protestieren. Mit einer knappen Geste gab Frei ihr zu verstehen: *Keine Sorge*.

Trotzdem trat sie nur zögernd hinaus in den Innenhof. Mehrmals schaute sie zurück.

Marek wartete, bis sie den Audi erreicht hatte. »Henry«, knurrte er, »ich habe dir gesagt, du sollst dich hier nicht blicken lassen.«

»Ich habe versucht, dich anzurufen.«

»Erst recht nicht in Begleitung deiner Kollegen.«

»Glaubst du etwa, sie wissen nicht, was du hier ...«

»Halt dich einfach dran!« Marek humpelte in sein Büro davon.

FÜNFUNDREISSIG

Suse riss die Terrassentür auf. *»Miro!«*

Er wich in die Schatten zurück.

»Zum letzten Mal«, sie sprang über das Blumenbeet, *»lass das endlich!«*

Die Hecke am hinteren Gartenende knisterte.

»Ich hab echt andere Sorgen, begreifst du?«

Sie stand vor der Hecke, stierte in das Zwielicht. Miro war weg, natürlich, wie immer.

Vielleicht war sein Spiel mal amüsant gewesen, vielleicht hatte sie sich davon sogar geschmeichelt gefühlt. Aber jetzt, verflixt, was erhoffte er sich davon?

Ein Windstoß ließ sie frösteln. Sie schlang die Arme um ihren Leib. Der Regen hatte aufgehört, aber die Nacht war frisch.

Auf dem Weg zurück in die Wohnung fiel die Wut von ihr ab. Jetzt fühlte sie sich nur noch hundeelend, erschöpft, verschwitzt. Sie hatte seit gestern nicht mehr geduscht. Oder war es vorgestern? Auf jeden Fall trug sie die gleichen Klamotten wie am Vortag. Sie sehnte sich nach einer heißen Dusche. Ihrem kuscheligen Bett. Nach ein bisschen Normalität.

In ihrer Wohnung erwartete sie das vertraute Chaos und eine Stille, die fremd war, deshalb umso übermächtiger.

Jaquies Bett war zerwühlt und verlassen.

Was, glauben Sie, ist mit ihr passiert?

Ein Gefühl der Hilflosigkeit und Einsamkeit trieb ihr wieder Tränen in die Augen.

Sie wird schon sehen, was sie davon hat.

Sie vertrieb die Stimme ihres Vaters aus ihrem Kopf. Wenn irgendwer in ihrem Leben ganz sicher kein Recht hatte, ihr Vorhaltungen zu machen, dann er. Er war noch immer der gleiche, versoffene Scheißkerl –

»Man sagt nicht Scheiße«, wisperte Dennis in seinem Bett.

Suse stellte fest, dass sie noch immer im Kinderzimmer stand. Hatte sie ihren Gedanken laut ausgesprochen? Na toll! Noch heute schaffte es ihr Vater, dass sie sich allein bei dem Gedanken an ihn vergaß. Aber so war er schon immer gewesen, hatte sich nie einen Deut um die Gefühle seiner Kinder oder Enkel geschert. Und auch keine Scheu davor gezeigt, zehnjährigen Mädchen die Hand ins Gesicht zu knallen.

Daran bist du doch selbst schuld!

Nur um Suse und ihrer Schwester danach zu erklären, dass sie doch selbst schuld seien an den Prügeln, die sie bezogen hatten. Warum gehorchten sie auch nicht?

Und ihre Mutter? Hatte geschwiegen. So wie sie noch heute alles ertrug, und stillschweigend von der Hand in den Mund lebte, weil ihr Mann seine Rente versoff. Tagsüber in der Kneipe. Abends dann zu Hause. Woche für Woche. Monat für Monat. Jahr für Jahr. Schon so lange Suse denken konnte.

Dennis fragte sie etwas. Suse hatte ihm nicht zugehört. Worüber hatte er gesprochen?

Man sagt nicht Scheiße.

»Du hast recht«, Suse quälte sich zu einem Lächeln. Sie strich ihrem Sohn zärtlich durchs Haar. Dann löschte sie das Licht.

SECHSUNDDREISSIG

Frei setzte sich in den Audi.

Erst jetzt wurde ihm bewusst, wie sehr auch ihn die Begegnung mit Marek aufgewühlt hatte.

When you're gone, Avril Lavigne hallte in seinen Ohren nach, *all the words I need to hear.*

Obwohl sein Sakko kaum Falten warf, glättete er dessen Stoff, einmal, zweimal, ein drittes Mal. Er zupfte vier, fünf Katzenhaare vom Sitzpolster, die er aus unerfindlichen Gründen vorhin übersehen hatte.

Dreiviertel 8.

Albers beobachtete ihn mit besorgter Miene. »Alles in Ordnung?«

Er prüfte den Knoten seiner Krawatte. Allmählich beruhigte er sich. »Selbstverständlich.«

Ihr zweifelnder Blick suchte das Hinterhaus. *OM Immobilien.* »Das war dein ehemaliger Chef, oder?«

Als Frei vor siebzehn Jahren, damals gerade frisch gebackener Kriminaloberkommissar, im Morddezernat begonnen hatte, war Oskar Marek der leitende Beamte gewesen. »Das ist lange her.«

»Hast du nicht gesagt, ihr seid befreundet?«

»Ich habe gesagt, er ist ein alter Freund.«

»Aber kein guter mehr«, bemerkte Albers. »Ein freudiges Wiedersehen schaut anders aus.«

Die Lichter in dem Gebäude erloschen. Sogar die Innenhoflaterne ging aus. Schlagartig saßen sie im Dunkeln.

Frei startete den Audi, ließ ihn in die Durchfahrt rollen.

»Ab und zu hört man noch seinen Namen«, sagte Albers.

»Manchmal, ja, aber die meisten Kollegen von damals sind inzwischen in Pension.«

»Wenn ich mich nicht täusche, gehört Götzke zu denen, die noch dabei waren. Ich glaube, er war es auch, der mir mal von Marek erzählt hat.«

Am Bürgersteig schlenderten Fußgänger vorbei. Frei bremste. Im Rückspiegel glaubte er, Mareks Gestalt an einem der Fenster im dunklen Loft zu erkennen. Als er jedoch genauer hinschaute, stand niemand hinter der Glasscheibe. Einzig Mareks protziger Lexus ragte im roten Bremslicht auf.

»Also stimmt es, was man sich über ihn erzählt«, sagte Albers.

Frei fädelte zwischen zwei Taxis auf den Ku'damm ein. »Du weißt, wie das ist mit solchen Geschichten. Ein Körnchen Wahrheit, der Rest sind Gerüchte und frei erfundener Unsinn.«

»Dennoch sind wir zu ihm gefahren.«

»Möglicherweise kann er uns helfen.«

»Aber ganz sicher nicht als«, Albers' Stimme enthielt einen ironischen Unterton, »*Immobilienmakler*. Was sind das für Kontakte, die er hat?«

»Ich weiß es nicht.« Im Scheinwerferlicht eines entgegenkommenden Pkws begegnete Frei dem skeptischen Blick seiner Kollegin. »Nicht genau jedenfalls. Wie gesagt, Gerüchte. Und mehr will ich auch gar nicht wissen.«

»Weil ihr mal befreundet wart?« Albers wartete seine Antwort nicht ab. »Was ist passiert?«

Als Frei damals zum Kriminalhauptkommissar aufgestiegen war, war Marek längst nicht mehr nur sein Chef gewesen – sie waren Freunde, vielleicht sogar die besten Freunde. Bis zu jenem Tag vor vierzehn Jahren, als Mareks Tochter Alanna verschwunden war.

»Das alles hat ihn damals zu sehr mitgenommen«, sagte Frei.

»Wird er uns trotzdem helfen?«

»Ja.«

»Hat er das gesagt?«

Frei schüttelte den Kopf. »Das muss er nicht.«

Erneut schien Albers nachzudenken. Ihr Handy gab einen Signalton von sich. Sie las die eingegangene *WhatsApp*-Nachricht und seufzte. »Halte bitte an der nächsten Tankstelle, ich darf die Pflaster nicht vergessen.«

Sie tippte eine Antwort, löste ihren Pferdeschwanz und fuhr sich ein paar Mal mit den Fingern durch die Locken. Dann versank sie erschöpft im Sitz.

Den Rest der Fahrt legten sie schweigend zurück.

Frei verband sein Handy mit dem Radio.

A sky as black as regret, sangen Elbow, *is rolling aside for the blue.*

Albers' leises Schnarchen mischte sich in die Musik.

Sie erwachte, als sie den Boxhagener Platz erreichten.

20.37 Uhr.

Impossible face to forget ...

Verschlafen blinzelte sie hoch zu ihrer Wohnung. »Schon komisch.«

»Was?«

»Ich bin zwar noch nicht so lange im Morddezernat wie du, aber bisher hatte ich nur mit Fällen zu tun, bei denen ein

Mord schon geschehen war. Es ging immer darum, den Täter zu überführen. Aber diesmal können wir möglicherweise einen weiteren schrecklichen Mord verhindern.«

»Verstehe.«

»Wir sollten also alles daransetzen, Jacqueline Pirnatt zu finden. Trotzdem machen wir jetzt Feierabend.«

»Für den Augenblick können wir nichts weiter tun«, erwiderte Frei. »Wir wissen ja nicht einmal, in wessen Händen sich das Mädchen befindet, oder mit wem ihr Vater sich eingelassen hat. Die Fahndung nach ihm läuft, sein Umfeld wird überprüft, und auch Marek hört sich um. Morgen früh zur Besprechung liegen die Ergebnisse der Obduktion und des DNA-Abgleichs vor, dann können wir hoffentlich eine Spur finden, die uns zu dem Mädchen führt.«

Albers gähnte. »Trotzdem fühlt es sich falsch an.«

»Mag sein, aber ihr ist nicht geholfen, wenn wir nachlässig werden, Details übersehen, Fehler machen. Wir sind seit fast 14 Stunden unterwegs, hetzen von einem Ort zum nächsten. Auch wir brauchen Schlaf.«

»Oh ja.« Seufzend klaubte Albers Regenschirm, Handtasche und Stoffbeutel aus dem Fußraum. »Zumindest in diesem Punkt hast du recht.« Sie trat ins Freie und verschwand ins Haus.

Impossible face to forget, these feelings belong in a zoo.

Während der Fahrt raus nach Grünau fiel Frei auf, dass es schon seit dem frühen Abend nicht mehr geregnet hatte. Das Wolkenfeld am Nachthimmel riss auf. Als er neben Isabells Volvo in der Auffahrt hielt, sah er Sterne.

Halb 10.

Im Haus ordnete er die Schuhe im Garderobenschrank,

rückte die Küchenstühle zurecht und stapelte die Zeitschriften parallel zur Tischkante übereinander. Er räumte das leere Wasserglas, das jemand auf der Anrichte vergessen hatte, in die Spülmaschine. An deren Rahmen entdeckte er kleine Kalkflecken und schrubbte sie weg. Zufrieden wandte er sich ab.

Isabell lehnte am Türrahmen.

»Oh«, sagte er, »ich habe dich nicht bemerkt.«

»So schlimm dein Tag?« Sie küsste ihn, ging zum Kühlschrank und nahm eine Wasserflasche heraus.

Frei hatte ihren Duft in der Nase – frisches Shampoo, den vertrauten Hauch von *Chanel*. Sie trug Flipflops, ihren Bademantel und sie hatte ihre feuchten Haare hochgesteckt, was ihr Gesicht, ihr spitzes Kinn, ihr kleines, herzförmiges Muttermal am Hals betonte, nicht auf die unangenehme Art. Für einen Moment war er geneigt, ihr von Marek zu erzählen.

Aus dem ersten Stock kam ein Knall. Ein Schrei.

Isabell erschrak. »Benni!«

Frei hastete die Treppe hoch.

»Nein, nein, nein!«, stammelte Benedikt, die Augen entsetzt weit aufgerissen, die Hände gegen seine Schläfen gepresst. *»Nein, nein, nein!«*

Seine Bücher waren aus dem Regal gefallen. Einige lagen vor seinen Füßen, die anderen auf dem Schachbrett. Die Spielfiguren waren zu Boden gestürzt.

»Nein, nein, nein«, wimmerte er.

Isabell trat ins Zimmer. »Was ist passiert?«

»Alles gut«, sagte Frei. »Alles gut, nichts, was wir nicht schon einmal erlebt haben.«

Und deshalb nichts, was seinen Sohn üblicherweise verstörte. Normalerweise räumte er Bücher selbst ein – sein Regal, seine Bücher, seine Ordnung. Doch als Frei dies jetzt übernahm, hielt Benedikts Jammern an.

»Himmel, was hat er bloß?«, sorgte sich Isabell.

Frei bückte sich nach den Schachfiguren.

Benedikts Weinen wurde lauter. *»Nein, nein, nein!«*

Dem König fehlte der Kopf.

»Benni, alles halb so wild.« Frei hastete hinunter in die Küche. »Warte!«

»Nein, nein, nein!«

Mit Sekundenkleber fügte Frei die Figur wieder zusammen. Keine Minute später stand er vor seinem Sohn und präsentierte ihm den König. »Sieh nur!«

Benedikt beruhigte sich, während Frei die Figuren auf dem Schachbrett platzierte und seinen Zug vom Morgen wiederholte. Sein Sohn erwiderte mit dem Läufer.

Frei tat einen weiteren Zug.

Benedikt strahlte vor Glück, und eine Welle aus Zuneigung erfasste Frei. Es war nicht immer leicht mit seinem Sohn, aber Momente wie diese entschädigten für alles.

Isabell nickte, als teilte sie sein Empfinden. Lächelnd formten ihre Lippen zwei lautlose Worte. *Mein Held.*

Er mochte ihr Lächeln, weil es weit mehr als diese beiden Worte barg.

Kurz nach 10.

Keine fünf Minuten später lag Benedikt im Bett.

»Nachtlicht an!«, verlangte er. Sein Zimmer, seine Ordnung, seine Regeln.

Frei knipste die kleine Lampe an. »Gute Nacht, Benni.«

Benedikt kniff die Augen zu. »Licht aus!«

Frei machte die Deckenlampe aus und verließ den Raum.

Im Erdgeschoss waren die Lichter gelöscht. Im Schlafzimmer raschelte Isabell.

In Emilias Zimmer herrschte Stille.

Frei klopfte – ohne Reaktion. Er öffnete die Tür. Das Zimmer lag im Dunkeln.

Im Bad frischte er sich auf, wischte das Waschbecken sauber, stellte die Utensilien auf dem Sideboard in Reih und Glied.

Halb 11.

Als er ins Schlafzimmer kam, lag Isabell im Bett – die Decke bis zum Kinn gezogen, ihre Haare offen, ein schillernder Kranz auf dem weißen Kissen.

»Ich glaube«, sagte sie und zog an der Decke, »heute hast du dir eine Belohnung verdient.«

Sie gab den Blick frei auf ihre zierlichen Füße, ihre Nägel rot lackiert, ihre schlanken Beine, ihren Körper, nackt bis auf einen schwarzen Spitzen-BH und einen schwarzen Slip. Sie sah hinreißend aus, auch nach 16 Jahren Ehe und zwei Kindern, die –

Alarmiert warf Frei einen Blick über die Schulter.

»Keine Bange«, sagte Isabell, »wenn Benni erst einmal schläft, das weißt du doch, dann weckt ihn nicht einmal ein Erdbeben.«

»Aber Emmi kann jeden ...«

»Nein, sie übernachtet bei ihrer Freundin.«

»Ganz sicher?«

»Mach dir keine Sorgen.« Isabells Augen blitzten. »Heute haben wir sturmfrei.«

Aber das war es nicht, was ihm Sorgen bereitete.

Vergiss nicht, wie wir damals waren.

Isabell streckte ihre Hand nach ihm aus. »Was ist?«

Über ihre Lippen huschte wieder ein Lächeln. Ihr Lächeln. Sie küsste ihn. Ihre Zungen fanden sich, anfangs nur vorsichtig, dann mit immer mehr Verlangen.

Ihre Entschlossenheit mochte er ebenso sehr. Und sie war ansteckend.

Kurz nach halb 11.

Die Anspannung fiel endgültig von ihm ab.

»Mein Held«, flüsterte sie und zog ihn zu sich aufs Bett.

Entsetzt will sie die Arme zu ihrem Schutz emporreißen. Vergeblich. Nach wie vor sind ihr die Hände auf den Rücken geschnürt. Ein heißer Schmerz schießt ihr durch die Schulter.

In derselben Sekunde rast der schwere, blutige Gegenstand auf sie zu. Mit einem kalten Luftzug rauscht er an ihrem Kopf vorbei. Dann kracht er laut und metallisch auf den Boden neben ihr.

Eine Eisenstange, begreift sie voller Panik. Zugleich ist sie erleichtert, weil sie nicht getroffen wurde. Das Blut rauscht in ihren Ohren.

Dann spürt sie eine warme Flüssigkeit, die in ihre Hose sickert und sich zwischen ihren Beinen ausbreitet. Schluchzend sackt sie auf der Matratze zusammen.

»Du musst verstehen«, sagt der Mann, ihr Peiniger.

Was?, möchte sie ihn fragen. *Was muss ich verstehen?* Aber das Reden fällt ihr schwer, ihr Mund ist mit Erbrochenem verklebt, sie zittert wie ein Reh, auf das der Schatten eines Wolfs gefallen ist. Außerdem schwingt die blutige Stange vor ihrem Gesicht, und das schrille Scheppern hallt in ihren Ohren.

Ich sagte, halt den Mund!

»Wir konnten ihm das doch nicht durchgehen lassen«, hört sie ihren Peiniger sagen.

Was?, geht es ihr durch den pochenden Kopf. *Und wer ist wir?*

»Verstehst du?«

Nein, sie versteht kein einziges Wort.

Die Eisenstange zuckt in seiner Hand.

Hastig nickt sie.

Er stößt ein zufriedenes Brummen aus. Dann hält er inne, neigt seinen Kopf, als hätte er ein Geräusch gehört.

Da hört auch sie die Stimmen. Sind da noch andere Leute?

Ihr Peiniger läuft zur Tür. Ein donnernder Schlag, als sie ins Schloss kracht. Das Schlüsselrasseln entfernt sich.

Stille.

SIEBENUNDDREISSIG

Freis Handywecker ging.

6.30 Uhr.

»Nur kurz«, murmelte Isabell und kuschelte sich an ihn.

Er genoss das Gefühl der Nähe, die Wärme ihrer nackten Haut, den Geruch der letzten Nacht, die Vertrautheit – und die Stille im Haus, kein Gezeter, kein Geschrei.

Vergiss nicht, wie wir damals waren.

»Und Emmi ist wirklich bei ihrer Freundin?«, hörte er sich fragen.

»Wo sollte sie denn ...« Isabell hob den Kopf. Das Schlafzimmer lag im Morgengrau, trotzdem war das amüsierte Blitzen ihrer Augen nicht zu übersehen. »Du denkst, sie ist bei ihrem Freund?«

Er schwieg.

Isabell lachte auf. »Das lässt dir keine Ruhe, stimmt's?«

»Ein bisschen.«

»Und selbst wenn sie bei ihm wäre – was sie nicht ist –, ich sagte doch, sie sind Teenager.«

»Ich weiß«, erwiderte er.

Etwas an seinem Tonfall ließ sie stutzten. »Himmel, Henry, sag mir nicht, du hast ...« Sie sprach nicht weiter. Ihre Erheiterung wich einem entrüsteten Blick. Sein Schweigen ließ ihre Miene noch finsterer werden. »Himmel, Henry, das ist nicht dein Ernst?«

»Ich musste sichergehen.«

»Und? Bist du dir sicher?«

»Nein.«

»*Das* hätte ich dir vorher sagen können.« Sie lachte bitter auf.

Plötzlich kam sich Frei vor wie ein kleiner Junge, der bei einer ausgemachten Dummheit erwischt worden war. »Falls es dich tröstet«, sagte er, »Louisa hat mir gestern auch schon den Kopf gewaschen.«

»Ja, zu Recht.« Verärgert glitt Isabell aus dem Bett. »Und nein, das tröstet mich nicht.« Sie warf sich ihren Morgenmantel über und zog mit einem Ruck den Vorhang vor den Fenstern beiseite.

Im Wolkenfeld draußen klafften Lücken. Die Sonne blinzelte hervor. Ihr Licht brannte wie sein schlechtes Gewissen.

»Himmel, Henry«, Isabell pickte frische Unterwäsche aus dem Kleiderschrank, »manchmal bist du unmöglich!«

»Ich habe Oskar Marek getroffen«, platzte es aus ihm heraus.

Unwillkürlich raffte sich Isabell ihren Mantel enger um den Leib. Frei war sich nicht sicher, ob sie sich dessen bewusst war.

»Stimmt«, sagte sie, »ich hatte ganz vergessen, gestern war euer Treffen.«

Einmal im Jahr traf er sich mit Marek. Jedes Jahr am gleichen Tag. Jedes Jahr war es eine Qual. Dennoch ließ sich Frei jedes Jahr wieder darauf ein. Er fühlte sich dazu verpflichtet, auch wenn ihm längst nicht mehr so ganz klar war, warum eigentlich. Weshalb er sich keineswegs gegrämt hatte, als Mareks Nachricht eingetroffen war.

»Eigentlich hatte er das Treffen abgesagt.«

»Und warum habt ihr euch trotzdem getroffen?«

»Ein Mädchen wird vermisst.«

»Gibt es ...«

»Nein«, Frei schüttelte den Kopf, »es gibt keine Verbindung zu Alanna.«

»Verstehe«, sagte Isabell.

Auf halbem Weg aus dem Schlafzimmer drehte sie sich wieder um. »Ach, bevor ich das auch noch vergesse – wegen Potsdam nächste Woche.«

»Was ist in Potsdam?«

»Du fährst mit Benni dorthin.«

Frei kramte in seinem Gedächtnis. »Wieso?«

Isabell runzelte die Stirn. »Sein Probetag an der Förderschule. Ich hatte dich doch extra angerufen deswegen vorgestern Abend.«

Endlich fiel es ihm ein. »Ja, genau, nächste Woche.«

»Sag bloß, du hattest das vergessen?«

Er ging nicht darauf ein. »Was ist damit?«

Verwundert neigte Isabell den Kopf. »Sie haben gestern Nachmittag noch einmal angerufen. Ihr sollt etwas früher kommen, schon um halb 8.«

»Kein Problem.«

»Wirklich?«

»Selbstverständlich«, versicherte er.

Noch immer schaute Isabell ihn skeptisch an. Aus dem Kinderzimmer kam ein Geräusch.

Kurz nach 7.

Isabell lief hinüber zu Benedikt.

Verwirrt begab sich Frei unter die Dusche.

Er hatte *tatsächlich* nicht mehr an den Termin seines Sohnes in Potsdam gedacht. Er hatte ihn vollkommen vergessen.

Als er in die Küche kam, saßen Isabell und Benedikt bereits am Frühstückstisch. »Guten Morgen, Benni.«

Gedankenverloren mümmelte sein Sohn an einer Stulle.

Frei setzte sich, schenkte sich Kaffee ein und schmierte sich ebenfalls eine Scheibe Brot.

Der Wolkenhimmel enthüllte blaue Lücken, die die Hoffnung auf endlich einen Tag ohne Regen weckten.

»Das mit Oskar beschäftigt dich«, sagte Isabell.

Frei griff nach seiner Kaffeetasse.

»Was mit ihm geschehen ist, also ... Du trägst keine Schuld daran.«

Er nahm einen Schluck Kaffee.

»Und nur weil er Pech hatte ...«

»Er hatte kein Pech!«, fiel ihr Frei ins Wort, schärfer als beabsichtigt.

Benedikt zuckte zusammen. Er stieß einen verstörten Laut aus.

»Alles gut«, Frei dämpfte seine Stimme, »alles gut, Benni.« Er schaute zu Isabell. »Entschuldige.«

»Nein, mir tut es leid, du hast recht, es ist schrecklich, was Oskar widerfahren ist. Das sollte kein Vater, das sollte keine Mutter jemals mitmachen müssen.«

Frei trank von seinem Kaffee.

Murmelnd kratzte Benedikt sein Kinn.

»Aber Henry, worauf ich hinauswill ...«, sagte Isabell. »Uns beiden war klar, dass *dieser* Tag irgendwann kommt. Dass Emmi einen Freund hat. Aber das bedeutet nicht, dass ihr das Gleiche wie Alanna widerfährt.«

»Wir wissen nicht, was mit Alanna passiert ist.«

»Aber du weißt, was ich meine.«

Er zögerte, dann nickte er.

»Ich weiß, du willst deine Kinder beschützen«, Isabell lächelte milde, »und dafür liebe ich dich. Weil du ihnen ein guter Vater bist. Aber das bist du nicht, indem du ihnen hinterher spionierst.«

»Du hast recht.« Er leerte seine Tasse und stand auf. »Es war ein Fehler, tut mir leid.«

Vor dem Garderobenspiegel prüfte er den Sitz seines Anzugs.

Isabell trat zu ihm. »Was ich gerade gesagt habe«, sie zog am Knoten seiner Krawatte, »war mein Ernst, das weißt du hoffentlich. Ich liebe dich.« Sie zwinkerte. »Trotz allem.« Sie gab ihm einen Kuss.

Als sie sich von ihm löste, fiel sein Blick auf den kleinen, herzförmigen Leberfleck an ihrem Hals.

Mein Herz, hatte sie in ihrer Hochzeitsnacht gesagt, als er ihren Leberfleck mit seiner Zunge liebkoste, *es wird immer für dich schlagen.*

7.45 Uhr.

Als er die Auffahrt zurücksetzte, stand sie an der Tür. Sie winkte.

Es gab vieles, was er an ihr mochte. Dafür, dass sie ihn und seine Macken so lange schon ertrug, liebte er sie.

Du trägst keine Schuld daran.

Trotzdem konnte er ihr nicht die Wahrheit sagen.

ACHTUNDDREISSIG

Suse stieg das vertraute Parfüm ihrer Tochter in die Nase. Ihr Herz tat einen Satz. *Jaquie ist zurückgekehrt!*

Sie öffnete die Augen.

Durch einen Spalt im Vorhang fielen Sonnenstrahlen. In dem schmalen Streifen, der den Raum durchkreuzte, zeichnete sich das Kinderzimmer ab. Der Schrank ihrer Tochter. Jaquies Bett, auf dem sie lag.

Wie war sie hierhergekommen?

Sie war doch gestern Abend ins Schlafzimmer gegangen, wo Theo friedlich in seinem Bettchen geschlummert hatte, völlig unberührt von alldem, was die letzten Tage geschehen war. Sie selbst hatte sich dagegen wieder stundenlang unruhig herumgewälzt. Irgendwann musste es sie zurück ins Kinderzimmer getrieben haben. Eingewickelt in Jaquies warme Bettwäsche war sie offenbar endlich eingenickt.

Jetzt fühlte sie sich sogar etwas erholt.

»Mama«, wisperte Dennis aus der anderen Zimmerhälfte, »ist Jaquie immer noch nicht da?«

Schlagartig brach die Wahrheit über Suse herein. Jaquie war nicht zurückgekehrt. Und es gab noch immer keine Spur von ihr – nur ihren Rucksack. Gefunden bei einer Leiche.

Mit einem Mal fühlte sie sich wieder elendig, ohnmächtig und unsagbar allein. Sie sehnte sich nach einem Menschen, der ihr zur Seite stand, der ihr Kraft und etwas Hoffnung gab.

Verflixt, ja, sie vermisste Ludger, seine Nähe, seine Vertrautheit, seinen Witz, die Art, mit der er die Kinder selbst in ihren störrischsten Momenten besänftigen konnte, seinen Charme, seine Wärme, ja, sogar die Berührung seiner Hände. Sie vermisste den Finger, dem seit einem Unfall die Spitze fehlte, ein Anblick, an den sie sich erst hatte gewöhnen müssen. Aber die Fingerkuppe hatte sich seltsam weich auf ihrer Haut angefühlt. Unzählige Male hatte er ihr mit kleinen Berührungen eine Gänsehaut auf ihren Körper gezaubert.

Gott, wie sehr sie ihn vermisste! Wieso hatte er sie nur verlassen und alles aufgegeben?

Die Wut, die mit dieser Frage in ihr aufstieg, brachte sie zur Besinnung. Sie scheuchte Dennis ins Bad, machte Theo im Schlafzimmer frisch, lief wieder gegen die Schranktür. Diese beschissene Wohnung!

Innerlich kochend erledigte sie den Rest der morgendlichen Aufgaben.

Als sie beim Tischdecken das alte Transistorradio entdeckte, schaltete sie es ein. Vielleicht brachte Musik sie auf andere Gedanken.

Es gab keinen Grund, Ludger hinterherzutrauern. Er war es, der sie verlassen hatte. Er trug Schuld daran, dass sie mit den Kindern in dieses Viertel, in dieses Haus, in diese winzige Zweiraumwohnung hatte ziehen müssen. Dass Jaquie die falschen Freunde kennengelernt hatte und auf die schiefe Bahn geraten war. Und es scherte ihn keinen Deut. Zwei Tage war sie schon verschwunden, *vermisst!*, und nicht einmal hatte er sich nach ihr erkundigt.

Was für ein kaltherziger Mistkerl er doch war!

Noch ehe sie sich versah, griff sie nach ihrem Handy. Wie von selbst klickten sich ihre Finger zu Ludgers Kurzwahlnummer durch.

Es klingelte dreimal, dann meldete sich die Mailbox. Natürlich, er wollte wieder nicht mit ihr reden.

»Mama«, rief Dennis aus der Diele.

Suse trennte die Verbindung, wählte noch einmal.

Ihr Sohn kam in die Küche. »Mama?«

Drei Freizeichen. Wieder nur die Mailbox. »Ludger«, stieß sie hervor, »was glaubst du eigentlich ...«

»Mama!«

»Verflixt, Dennis, siehst du nicht, dass ich telefoniere?«

»Da liegt was auf Jaquies Bett.«

»Ja, jede Menge Rummel, der ...«

»Nein«, er verzog sein Gesicht, »das ist ekelig.«

NEUNUNDDREISSIG

Frei nahm den Aufzug in den dritten Stock des Präsidiums. Über fleckiges Linoleum gelangte er zu den Büros des Morddezernats.

Zwanzig nach 8.

Vor dem Zimmer seiner Kollegin blieb er stehen.

Albers saß auf ihrem Stuhl – ihre Wildlederstiefel neben ihrer Handtasche und einem Stoffbeutel auf dem Schreibtisch, ihr Kopf im Nacken, ihr Gesicht hinter einem Schleier wilder, blonder Locken. »Keine Sorge«, murmelte sie, »ich schlafe nicht. Noch nicht.« Sie gab ein Kichern von sich, als erheiterte sie der Gedanke. Vielleicht war es aber auch nur ein Gähnen. »Und? Hat sich Marek gemeldet?«

»Bisher nicht.«

Albers strich ihr Haar beiseite und ein blasses, übernächtigtes Gesicht kam zum Vorschein. »Aber du bist dir sicher, dass er ...«

»Ja.«

»Hoffentlich lässt er sich nicht zu viel Zeit. Die Suchmeldung nach Jacqueline Pirnatt hat bislang nämlich nichts erbracht. *Nichts!*«

Die Fahrstuhltür glitt auseinander.

Veckenstedt trat in den Flur. Der Dezernatsleiter war in ein Gespräch mit Dr. Franziska Bodde vertieft.

Frei wollte den beiden in den Konferenzsaal folgen.

»Seine Tochter«, sagte Albers und zog eine Schale frischer Möhren aus ihrem Beutel, »ist auch spurlos verschwunden damals, oder?«

»Mareks Tochter? Ja.«

»Deswegen hat er den Dienst quittiert.«

»Die Suche nach ihr wurde sein einziger Lebensinhalt.«

»Gefunden hat er sie trotzdem nicht.«

»Bis heute nicht.«

»Er sucht noch immer nach ihr?«

»Könntest du an seiner Stelle damit aufhören?«, fragte Frei.

Argwöhnisch beäugte Albers ihre Karotten. »Nein, wahrscheinlich nicht.« Sie schob das Gemüse zurück in den Beutel. »Und in den ganzen vierzehn Jahren hat er ...«

»... nichts herausgefunden«, beendete Frei ihren Satz. »Gar nichts!«

Du trägst keine Schuld daran.

Marek hatte das Verschwinden seiner Tochter nicht verwunden. Seine Ehe zerrüttete. Niemand konnte verhindern, dass er immer weiter und weiter abrutschte, nicht einmal Frei, sein bester Freund. Vielleicht traf er sich deshalb jedes Jahr mit Marek. Weil er sich verantwortlich fühlte.

Aber auch das war nur ein Bruchteil der Wahrheit.

Kurz vor halb 9.

Im Konferenzraum empfing sie das Gemurmel der Kollegen. Götzke klaubte knabbernd Kekse aus zwei Schälchen auf dem Tisch. Außerdem gab es eine Kanne frisch aufgebrühten Kaffee.

Als Albers danach griff, begegnete sie Freis überraschtem Blick. Sie zuckte mit den Schultern, als wollte sie sagen: *Vorsätze sind gut, Kaffee ist besser.*

Veckenstedt räusperte sich. »Wo ist Charlie?«

»Noch nicht da«, schmatzte Götzke.

»Danke, das sehe ich selbst. Glaubt er, wir warten auf ihn?«

»Nun«, Dr. Wittpfuhl verband die Kabel des Flatscreens mit seinem Laptop, »offenbar glaubt Herr Phan aus Lichtenberg sich auch bei Ihnen so einiges herausnehmen zu dürfen.«

Irritiert kratzte sich Veckenstedt den Bart. »Wie meinen Sie das?«

»Ich glaube, er meint, dass wir anfangen sollten.« Frei schenkte sich ebenfalls Kaffee ein. »Götzke, ist das Ergebnis des DNA-Abgleichs da?«

Hastig zermalmte Götzke seinen Keks. »Ja, es gibt keinen Zweifel: Der tote Junge in der Bibliothek ist Ilja Zackowski, auch genannt Zackie.«

»Das ist dann wohl mein Stichwort«, sagte Dr. Wittpfuhl.

Zufrieden nahm Götzke einen neuen Keks. Albers pustete in ihre heiße Kaffeetasse.

Dr. Wittpfuhl betätigte eine Taste auf seinem Laptop. Der Flatscreen an der Wand zeigte ein Foto des toten Ilja Zackowski – nackt, blass, auf einer Bahre in der Gerichtsmedizin. »Die Obduktion gestern Abend hat meinen Verdacht bestätigt: Dem Opfer wurde der Schädel eingeschlagen. Bei der Tatwaffe handelte es sich um eine rostige Eisenstange, dies belegen winzige Rostpartikel in den Wunden. Allerdings habe ich nur schwer feststellen können, wie viele Schläge das Opfer hat erleiden müssen. Sie sehen ja selbst«, erneut betätigte er eine Taste und auf dem Bildschirm erschien ein unappetitliches Close-up des zerschmetterten Schädels – tiefe Kerben, blutige Fleischwunden, hervortretende Hirnmasse, stellenweise Schädelknochen, »es waren sehr, sehr viele Schläge.«

Angewidert legte Götzke den Keks auf den Tisch. Albers trank von ihrem Kaffee, ihre Augen schmale Schlitze.

»Hat der Junge lange leiden müssen?«, fragte Frei.

»Ja und nein«, sagte Dr. Wittpfuhl.

»Was soll das heißen?«

»Einerseits nein. Nach spätestens drei oder vier Schlägen war der Schmerz übermächtig, sodass der Junge einen Schock erlitten und das Bewusstsein verloren hat. Schließlich ist er am Blutverlust gestorben. Aber … «, auf dem Bildschirm flammte das nächste Foto auf, diesmal der Rumpf des Toten, »... wie Sie erkennen können, gibt es schwere Prellungen an Brust, Bauch sowie den Extremitäten des Opfers. Die linke Kniescheibe ist zertrümmert, der rechte Arm gebrochen. Diese Verletzungen sind ihm allesamt *vor* seinem Tod zugefügt worden.«

»Es hat einen Kampf gegeben?«, fragte Frei.

»Sie meinen, ob sich das Opfer gewehrt hat?«

»Oder so.«

»Nein, dazu hatte es keine Gelegenheit.« Das nächste Foto, diesmal die Nahaufnahme des rechten Armstumpfes. »Man hat dem Opfer zwar die Hände abgetrennt – knapp oberhalb des Handwurzelknochens, in Teilen mit der Speiche –, dennoch zeichnet sich dort der schmale Rand eines Striemens ab. Dem Opfer waren die Unterarme mit Lederfesseln fixiert, diese haben in seine Haut geschnitten, wahrscheinlich während er sich gegen die Folter zu wehren versucht hat.«

»Folter?«, wiederholte Frei.

»Ja, die Verletzungen an Brust, Bauch und Extremitäten sind zum Teil zwei, drei, einige sogar vier Tage alt.«

»Man hat den Jungen also mindestens vier Tage lang gefangen gehalten und gefoltert?«

»Dem Zustand seines dehydrierten Körpers zufolge würde ich sogar vermuten fünf oder sechs Tage. Solange hat man ihm nämlich nichts zu essen und zu trinken gegeben.«

»Sechs Tage?«, fragte Frei.

»Das sagte ich doch«, brummte Dr. Wittpfuhl.

Frei dachte nach.

Knirschend mümmelte Götzke seinen Keks. Albers hing müde in ihrem Stuhl, ihre Augenlider auf Halbmast.

»Henry?«, fragte Veckenstedt. »Irgendetwas stört dich, oder?«

Frei stellte seine Tasse mittig vor sich hin. Er fegte Krümel vom Tisch. »Kein Mensch hätte ihn sechs Tage lang unbemerkt in der Bibliothek gefangen halten können.«

»Sie haben recht«, meldete sich Dr. Bodde zu Wort. »Die Bibliothek ist nur der Fundort der Leiche, nicht der Tatort.«

Frei nickte. Das hatte er vermutet.

»Wie ich gestern bereits angedeutet habe«, fuhr Dr. Bodde fort, »ist durch die Bauarbeiten ein Großteil der Spuren vernichtet worden. Wenn es sich um einen Tatort gehandelt hätte, wären aber trotzdem Blut, Fasern und andere Überbleibsel zu finden gewesen. Aber das ist zweifellos nicht der Fall.«

Veckenstedt schnaufte. »Und keinem der Anwohner ist etwas aufgefallen? Personen, die sich ungewöhnlich verhalten haben? Zum Beispiel Leute, die zu nachtschlafender Zeit etwas in das Gebäude geschleppt haben? Zum Beispiel eine Leiche?«

»Vernehmungsbeamte haben mit den meisten der Nachbarn gesprochen«, berichtete Götzke. »Keiner will etwas Verdächtiges bemerkt haben.«

»Wir können also davon ausgehen, dass der oder die Täter die Gegend gekannt haben«, konstatierte Veckenstedt. »Sie müssen gewusst haben, wann der Objektschutz vorbeifährt, wann sie in Ruhe die Leiche entsorgen und einmauern können.«

»Trotzdem bestand ein Risiko«, sagte Frei. »Der Wachschutz *BerSec* ist zu keinem festen Zeitpunkt dort vorbeigefahren, niemand wusste also, *wann* genau.«

»Vorausgesetzt, *BerSec*-Mitarbeiter sind nicht involviert«, gab Veckenstedt zu bedenken. »Habt ihr sie überprüft?«

»Alle vier«, erklärte Götzke, »aber die Überprüfung hat nichts Nennenswertes erbracht: Sowohl der Azubi als auch die einzige Frau unter den Angestellten, eine ehemalige Fitnesstrainerin, sind bisher nicht auffällig geworden. Der andere Angestellte hat drei Punkte in Flensburg, weil er mit 2,5 Promille auf seinem Fahrrad in ein geparktes Auto gefahren ist. Gegen den *BerSec*-Chef, Alois Dudzik, lag eine Anzeige wegen häuslicher Gewalt vor, aber diese wurde von seiner Ex-Frau zurückgezogen, offenbar nur ein unschöner Vorwurf im Zuge ihrer Scheidung. Darüber hinaus gibt es bei keinem der vier Hinweise auf mögliche kriminelle Kontakte oder Machenschaften.«

Veckenstedt ließ sich das Gesagte durch den Kopf gehen. Grimmig rieb er sich seinen Bart. »Der einzige Hinweis, den wir haben, ist also der Rucksack, der bei dem toten Jungen gefunden wurde, und dieser Rucksack bringt den Mord in Verbindung mit dem vermissten Mädchen, Jacqueline Pirnatt. Sie ist die Freundin des Toten, richtig?«

»Nein, ist sie nicht!«, kam Charlies Stimme von der Tür.

Überraschte Blicke richteten sich auf ihn.

Zwanzig nach 9.

»Sie sind zu spät!«, tadelte Veckenstedt.

»Ich weiß, aber ...«

»Was soll das heißen?« Mit einem Gähnen stemmte sich Albers empor. »Der Tote war nicht der Freund von Jacqueline Pirnatt?«

»Ganz genau«, sagte Charlie. »Ihre beste Freundin, mit der ich heute Morgen gesprochen habe – deswegen meine Verspätung –, also, die Freundin schwört Stein und Bein, dieser Zackie sei nie und nimmer Jacquelines Freund gewesen.«

VIERZIG

Suse folgte ihrem Sohn aus der Küche. Vor der Türschwelle zum Kinderzimmer verharrte er abrupt.

»Was ist los?«, fragte sie.

Etwas an seiner Miene irritierte sie. Sie kam nicht dazu, es zu entschlüsseln. Ihr Handy klingelte.

»Ludger?«

»Nein«, vernahm sie die Stimme ihres Chefs.

Und vergessen Sie nicht – morgen haben Sie Frühschicht.

Suse fluchte in sich hinein. »Ich bin unterwegs«, beeilte sie sich zu sagen.

»Wieso habe ich da meine Zweifel?«

»Nein, es ist nur ...«

»Was? Ist jetzt ihr Hund verschwunden?«

»Ja«, rutschte es Suse über die Lippen, »er ist ...«

Ihr Chef lachte auf. »Heute der Hund, gestern die Tochter ...«

»Meine Tochter ist ...«

»... und morgen dann wahrscheinlich Sie selbst.«

»... tatsächlich verschwunden, schon seit zwei Tagen, das habe ich doch gesagt.«

»Und ich habe gesagt, so geht das nicht weiter.«

»Aber ich brauche den Job.«

»Und ich brauche Mitarbeiter, die verlässlich sind. Also ersparen wir uns dieses fortwährende Drama. Sie brauchen sich nicht mehr hierherbemühen. Die fristlose Kündigung geht Ihnen zu.« Er legte auf.

Suses Hand ballte sich um das Telefon herum zur Faust.

»Mama«, hörte sie Dennis wispern. Nach wie vor stand er vor der Tür zum Kinderzimmer. Was hatte er vorhin gesagt?

Das ist ekelig.

»Hast du wieder die Terrassentür aufgemacht?«, fragte sie.

Hastig schüttelte er den Kopf.

»Ist ein Käfer reingeflogen? Oder ein anderes Viech?«

Noch ein Kopfschütteln.

»Dennis«, sie stieß die Tür zum Kinderzimmer auf, »wenn du wieder –« Ihre Kehle schnürte sich zu.

Sie hörte Dennis etwas sagen, konnte ihn aber nicht verstehen. Widerwillig näherte sie sich Jaquies Bett. Ihre müden Augen gingen einer optischen Täuschung auf den Leim, ja, so musste es sein. Was da auf dem Kissen ihrer Tochter lag, konnten doch unmöglich –

Ihr wurde übel.

EINUNDVIERZIG

Nachdenklich griff Frei nach seiner Tasse.

Die Freundin schwört, dieser Zackie sei nie und nimmer Jacquelines Freund gewesen.

Albers brach das Schweigen im Konferenzraum. »Und was, wenn Jacqueline ihr nichts von ihrem Freund erzählt hat? So was kommt manchmal vor unter Teenagern, oder nicht, Henry?«

Sie kennen den Freund Ihrer Tochter nicht?

Frei trank und verzog das Gesicht. Der Kaffee war kalt.

Charlie ließ sich am Tisch nieder und griff nach einem Keks. »Wer hat eigentlich behauptet, dass der Tote der Freund von Jacqueline ist?«

»Ihre Mutter«, antwortete Albers. »Sie hat sich sogar an seinen Namen erinnert. Beziehungsweise an seinen Spitznamen.«

»Hat noch jemand diesen Freund erwähnt?«

»Die neue Freundin des Vaters, Diana Schneider«, sagte Albers.

»Allerdings hat *sie* keinen Namen erwähnt«, bemerkte Frei.

»Trotzdem ist Jacqueline verschwunden«, erwiderte Albers. »Und es war *ihr* Rucksack, der neben Zackies Leiche lag.«

Frei nickte. »Entweder war er tatsächlich Jacquelines Freund ...«

»Natürlich war er das«, beharrte Albers, die inzwischen wacher wirkte. »Warum sonst hätte sie seinen Schlüsselbund und ein Foto von ihm in ihrem Zimmer haben sollen?«

»... oder jemand war wie ihre Mutter fälschlicherweise der Annahme, er wäre Jacquelines Freund.«

»Das erklärt nicht den Schlüsselbund und das Foto«, sagte Albers.

»Oder wir liegen gänzlich falsch mit unserem Verdacht«, überging Frei ihren Einwurf, »und der Mord stellt gar keine Botschaft an ihren Vater dar.«

»Nein, ich denke nicht, dass wir falsch liegen.« Albers schüttelte so vehement den Kopf, dass ihre Locken umherflogen. »Ihr Hund. Ihr Rucksack. Der Fundort der Leiche, die Bibliothek, der Stadtumbau West, die ominöse Briefkastenfirma, die insolvente Baufirma? Das alles passt zueinander, und es weist ganz offensichtlich auf Ludger Pirnatt und krumme Geschäfte hin, die aus dem Ruder gelaufen sind.«

»Etwas passt nicht«, sagte Frei.

Alle Blicke konzentrierten sich auf ihn.

Dreiviertel 10.

Er schob seine Tasse in die Tischmitte und rückte die Kanne zurecht, sodass sie im gleichen Abstand zu allen anderen Tassen stand.

»Äh, und was passt nicht?«, fragte Charlie ungeduldig.

Frei fegte Kekskrümel vom Tisch.

»Chê!«, fluchte Charlie. »*Verdammt!* Henry, kannst du ...«

»Wenn es tatsächlich um eine Botschaft an Ludger Pirnatt geht«, fuhr ihm Frei über den Mund, »warum hat man dann *den Jungen* sechs Tage lang gefoltert, erschlagen und gekreuzigt?«

»Das hast du doch selbst gesagt«, antwortete Charlie. »Weil man angenommen hat, er sei der Freund seiner Tochter. Oder weil er tatsächlich ihr Freund war.«

»Sein Schlüsselbund! Das Foto!«, warf Albers ein.

»Ihr habt mir nicht zugehört«, sagte Frei. »Der Junge wurde

sechs Tage lang gefoltert, bevor man ihn tötete, in die Bibliothek verfrachtet und dann gekreuzigt und eingemauert hat. *Sechs Tage!* Wieso diese Tortur, wieso dieser Aufwand, wenn es doch eigentlich nur um eine Botschaft an Ludger Pirnatt ging?«

»Scheiße, warum auch immer«, fuhr Albers auf. »An dieser Botschaft gibt es nun mal keinen Zweifel.«

Frei erwiderte ihren aufgebrachten Blick. Dass sie während ihrer Schlagabtäusche mit Vehemenz auf Indizien, Spuren und Verdachtsmomenten beharrte, war für gewöhnlich hilfreich. Ihre zunehmend emotionalen Ausbrüche dagegen bereiteten ihm Sorge.

»Louisa hat recht«, sagte Veckenstedt, »oder hast du irgendetwas, Henry, das auf einen anderen Hintergrund hindeutet?«

Das allerdings bereitete Frei ebenso Kopfzerbrechen. Er verneinte.

Albers nickte, als wollte sie sagen: *Na also!* »Charlie, wie weit seid ihr mit der Überprüfung Pirnatts?«

»Seine Freunde, also die, die bisher befragt wurden«, erklärte Charlie, »beschreiben ihn als sympathischen, zuvorkommenden Mann. Niemandem ist etwas Ungewöhnliches oder Verdächtiges aufgefallen, von seiner Trennung vielleicht abgesehen. Das muss ein ziemlicher Rosenkrieg gewesen sein. Darüber hinaus aber gibt es nichts, was ihn in Verbindung bringt mit kriminellen Geschäften.«

»Bis auf den Vorwurf der Korruption und Geldwäsche!«, rief Albers in Erinnerung.

»Der nicht bewiesen werde konnte«, sagte Frei.

Albers ächzte.

Veckenstedt musterte sie stirnrunzelnd, bevor er fragte: »Wissen wir inzwischen, wo dieser Pirnatt steckt?«

Charlie verneinte. »Seiner Freundin, aber auch einigen seiner Freunde hat er gesagt, er fahre nach Frankfurt an der Oder, er hätte dort ein lukratives Angebot erhalten, er sei guter Dinge. Wir haben die Kollegen in Frankfurt an der Oder um Hilfe gebeten, bisher haben sie allerdings keine Spur von ihm gefunden. Soweit sie bisher in Erfahrung haben bringen können, hat er auch in keinem Hotel eingecheckt. Die Fahndung nach ihm läuft inzwischen.«

»Und was ist mit seiner Tochter?«

»Auch von ihr bislang nichts«, bedauerte Albers.

»Das heißt im Klartext: Wir wissen gar nichts!«, konstatierte Veckenstedt.

»Nur, dass das Mädchen höchstwahrscheinlich in großer Gefahr ist.«

»Dann sollten wir jetzt die Medien einschalten. Henry, würdest du –«

Freis Handy klingelte.

Albers sah ihn erwartungsvoll an. *Marek?*

Er verneinte mit einem Kopfschütteln. Eine unbekannte Nummer.

Kurz vor 10.

Er nahm das Gespräch entgegen. »Hallo?«

Nur ein Schluchzen war die Antwort. Frei brauchte einen Moment, bis er die Stimme erkannte. »Frau Pirnatt?«

Sie befand sich unzweifelhaft in höchster Aufregung. Ihr Stammeln war kaum zu verstehen.

»Frau Pirnatt, was ist los?«

Sie schluchzte erneut, schnappte nach Luft.

Dann berichtete sie, was sie gefunden hatte.

Frei sprang auf. »Frau Pirnatt«, er bedeutete Albers und Dr. Bodde, ihm zu folgen, »wir sind gleich bei Ihnen.«

ZWEIUNDVIERZIG

Suse wartete mit den Kindern in der Küche. Zu ihrer Erleichterung bremste bereits nach wenigen Minuten ein Streifenwagen vor dem Haus. Suse eilte in die Diele und ließ die beiden Polizisten in ihre Wohnung.

»Was haben Sie gefunden?«, fragte einer.

Suse starrte ihn entgeistert an. Hatte der Kommissar ihn etwa nicht informiert? Sie deutete zur Kinderzimmertür, die sie verriegelt hatte, als könnte sie auf diese Weise auch die Erinnerung an den widerlichen Fund dahinter aussperren.

Die Blicke der Polizisten folgten ihrem Fingerzeig. »Es ist in dem Zimmer?«

Sie nickte.

»Können Sie es uns zeigen?«

Entsetzt schüttelte sie den Kopf. Sie floh zu ihren Söhnen in die Küche. Die Beamten gingen in das Zimmer.

Das ist ekelig.

Kurz darauf hastete einer der beiden Polizisten leichenblass ins Treppenhaus davon. Er telefonierte aufgeregt. Sein Kollege kam zu Suse in die Küche, sagte aber kein Wort.

In seinem Hochstuhl zappelte Theo zur Musik, die nach wie vor aus dem Radio klang. Das Gedudel ging Suse auf die Nerven, aber solange es den Kleinen bei Laune hielt, wollte sie das Gerät nicht ausschalten. Dennis dagegen kauerte stumm auf dem Stuhl neben ihr. Was der grässliche Fund in ihm wohl angerichtet hatte?

In der Diele tauchte der Kommissar auf, der einige Worte mit dem Uniformierten wechselte.

»Frau Pirnatt«, seine Kollegin trat mit besorgter Miene in die Küche, »wie geht es Ihnen?«

»Es ...« Suses Stimme war brüchig. Sie holte Luft. »Es geht schon.« Das war glatt gelogen. Sie fühlte sich hundeelend.

»Wann waren Sie das letzte Mal im Kinderzimmer?«, fragte die Kommissarin.

»Heute. Also, vorhin.« Suse versuchte sich zu erinnern. Es fiel ihr schwer. »Vor einer Stunde oder so.«

»Da hat sich noch nichts auf dem Bett Ihrer Tochter befunden?«

»Nein, ich ...« Suse wurde die Absurdität dieser Frage bewusst. Sie verstummte, weil zwei Männer in weißen, raschelnden Plastikanzügen durch die Diele stapften.

Theo hielt ehrfürchtig inne. Auch Dennis staunte mit großen Augen. Nein, er machte keinen sonderlich verwirrten Eindruck. Wahrscheinlich war er noch zu jung, um zu verstehen, was er gesehen hatte.

Suse selbst konnte es kaum begreifen. Was um alles in der Welt ging hier vor? Wer tat ihr so etwas an? Und – warum? Wie krank musste man sein?

»Frau Pirnatt«, der Kommissar war in die Küche gekommen und schloss die Tür hinter sich. Theo stieß ein protestierendes Brabbeln aus. »Haben Sie mitbekommen, dass jemand Ihre Wohnung betreten hat?«

»Nein.«

»Sie haben auch nichts Ungewöhnliches bemerkt? Oder gehört?«

»Nein, auch nicht.«

»Was ist mit Ihrem Sohn?« Der Kommissar wartete ihre

Antwort nicht ab. »Dennis«, er hockte sich vor ihm hin, »hast du einen Fremden in Eurer Wohnung gesehen?«

Verunsichert schaute er zu seiner Mutter.

»Sag ruhig«, ermunterte Suse ihn. »Hast du jemanden gesehen?«

Er schüttelte den Kopf.

»Es hat dir auch niemand gedroht?«, fragte der Kommissar. »Oder dir etwas versprochen, damit du es keinem verrätst?«

Noch ein Kopfschütteln.

Der Kommissar stemmte sich empor, zupfte die Bundfalte seiner Hose zurecht und strich sich sein Sakko glatt.

Dennis murmelte etwas.

»Wie bitte?«, fragte der Kommissar.

»Krieg ich mein' Minion?«, flüsterte Dennis.

»Wo hast du ihn denn gelassen?«

»Wahrscheinlich in seinem Zimmer«, sagte Suse.

»Ich hole ihn.« Die Kommissarin verließ die Küche.

»Frau Pirnatt«, sagte der Kommissar, »Sie sollten mit Ihren Kindern fürs Erste Ihre Wohnung verlassen.«

Suses Nackenhaare richteten sich auf. »Sind wir in Gefahr?«

»Es wäre eine reine Vorsichtsmaßnahme.«

»Wo sollen wir denn hin?«

»Was ist mit Ihren Eltern?«

»Nein!«, sagte Suse. *»Auf keinen Fall!«*

Der Kommissar hob erstaunt die Augenbrauen.

Sein Handy klingelte. Er drückte den Anruf weg. »Was ist mit Freunden?«

»Nein, das ... das geht auch nicht.«

»Dann bliebe nur ein Hotel.«

»Das ...«, Suse schüttelte heftig den Kopf, »... das kann ich mir nicht leisten, außerdem –«

»Wo ist Suse?«, unterbrach sie eine besorgte Stimme.

Die Kommissarin sprach beruhigend auf sie ein.

»Lassen Sie mich doch zu ihr!«

Die Küchentür flog auf und Suses Schwester stürzte herein. »Oh, Suse, was ... was ist los?« Sie umschlang Suse mit den Armen. »Was wollen all die Polizisten hier bei dir?«

Suse wollte es ihr erklären, aber sie fand nicht die richtigen Worte. Sie konnte ja selbst kaum fassen, in was für einen Albtraum sich ihr Leben verwandelt hatte. Stattdessen sackte sie gegen Elenas Schulter. Tränen rannen über ihre Wange.

Der Kommissar ließ einige Sekunden verstreichen, bevor er fragte: »Und wer sind Sie?«

»Elena Kaiser.« Sie löste ihre Umarmung, kramte ein Taschentuch aus ihrer Handtasche und drückte es Suse in die Hände. »Ihre Schwester. Und Sie?«

»Kriminalhauptkommissar Frei«, stellte er sich vor. »Wir würden Frau Pirnatt gern noch einige Fragen stellen.«

»Nur zu.«

»Allein, bitte.«

Elena setzte zu einer Erwiderung an. Ein Luftzug stieß die Küchentür auf. Einer der Männer in den weißen Overalls stand in der Diele, in seinen Händen zwei Plastikbeutel.

Alle Blicke richteten sich auf deren Inhalt.

Elena erbleichte. »Meine Güte!«

Obwohl sich alles in Suse sträubte, konnte sie nicht wegsehen. Zum ersten Mal schaute sie genauer hin. *»Oh mein Gott!«*

Sie sprang auf und stürmte in die Diele.

»Das da!« Sie schnappte nach einer der Plastiktüten. »Das da sind Ludgers Hände!«

DREIUNDVIERZIG

Geistesgegenwärtig tat Frei einen Satz in den Flur.

Er schirmte den Kriminaltechniker vor der heranstürmenden Frau ab.

»Das«, aufgebracht wollte sich Susanne Pirnatt an ihm vorbeizwängen, *»das ist Ludger!«*

Frei schob sie behutsam, aber mit Nachdruck in die Küche.

Pirnatts Schwester, noch immer leichenblass, eilte ihm zu Hilfe. »Suse, warte, nein!«

»Das ist Ludger!«, japste Pirnatt erneut.

Frei platzierte sie auf einen Stuhl. »Bitte, Frau Pirnatt ...«

»Nein!« Sie sprang wieder auf.

»... beruhigen Sie sich.« Er hielt sie fest.

Sie krallte sich in sein Sakko. Der Stoff zerknitterte. *»Verstehen Sie denn nicht? Das da, das ... das sind ... die Hände von Ludger! Was hat man ihm ...?«* Sie verstummte. Ihre Gegenwehr erlahmte. Ihr schien ein anderer, noch furchterregenderer Gedanke zu kommen. Ihre Augen weiteten sich entsetzt. *»Was ist mit Jaquie?«*

»Es tut mir leid, das wissen wir noch nicht.«

»Oh Gott, nein!« Sie sackte zusammen und brach in Tränen aus.

»Mama?«, wisperte ihr Sohn.

Albers kam aus dem Kinderzimmer und reichte ihm seinen Minion.

Der Kleine klammerte sich an das Spielzeug, seinen bangen Blick auf seine Mutter gerichtet. Im Hochstuhl hockte das Baby und schaute mit großen Augen auf das Chaos.

Frei wandte sich an Pirnatts Schwester. »Frau Kaiser, am besten Sie kümmern sich um die Kinder und verlassen für eine Weile die Wohnung. Zumindest bis wir hier fertig sind.«

Pirnatts Schwester nickte, hob das Baby auf den Arm, nahm den Jungen an die Hand und brachte sie hinaus.

Pirnatt bekam es nicht mit.

11 Uhr.

Die Musik im Radio wich den Nachrichten. Der US-Präsident verschärfte die Sanktionen gegen Venezuela. Der wegen Mordes an seiner Frau verhaftete Fernsehprediger Franz Weinstein hatte durch seine Anwältin Dr. Petrova eine Stellungnahme ankündigen lassen.

Freis Handy klingelte. Wieder war es Marek. Er drückte den Anruf weg.

Unterdessen erklärte der Nachrichtensprecher, die Berliner Polizei bitte um Mithilfe bei der Suche nach der vermissten Jacqueline –

Zu spät schaltete Frei das Radio aus, doch Pirnatt schien von der Meldung nichts mitbekommen zu haben. Wimmernd kauerte sie auf dem Stuhl.

Der Kriminaltechniker wollte die Wohnung verlassen.

Frei hielt ihn zurück. »Frau Pirnatt, wie kommen Sie darauf, dass es sich bei den, also ... Dass es sich um Ihren Ex-Mann handelt?«

Schniefend schüttelte sie den Kopf.

»Frau Pirnatt?«

Mit tränengeröteten Augen schaute sie auf. »Ja?«

»Woher wissen Sie, dass es sich um Ihren Ex-Mann handelt?«

»Es ist Ludger!«, keuchte sie.

»Ja, aber sind Sie sich sicher?«

»Sein ... sein Ringfinger«, flüsterte Pirnatt, »seit einem Unfall fehlt ihm die Kuppe. Daher stammt auch die Narbe auf seiner Handfläche, sehen Sie sie?«

Der Kriminaltechniker beäugte den Beutelinhalt. Er nickte. Dann verließ er die Wohnung. Einer seiner Kollegen betrat mit einem Fingerabdruckkissen und den Fingerabdruckbögen die Küche.

»Frau Pirnatt«, sagte Albers. »Wir brauchen Ihre Fingerabdrücke und die Ihres Sohnes.«

Verwirrt blickte Pirnatt sie an.

»Falls der Eindringling Fingerabdrücke hinterlassen hat«, erklärte Albers, »benötigen wir Vergleichsproben.«

Der Kriminaltechniker nahm seine Arbeit auf.

Auf dem Weg nach draußen strich Frei über sein Sakko. Die Falten wollten sich einfach nicht glätten lassen. Stumm fluchte er in sich hinein.

Viertel nach 11.

Auf etlichen Balkonen der umliegenden Plattenbauten stan den Nachbarn, tranken, rauchten, beäugten den Aufmarsch auf der Straße, die Männer in den Overalls, den Transporter der Spurensicherung, einen Streifenwagen. Die Karosserien glänzten in der Sonne, nur vereinzelt hingen Wolken über der Stadt.

»Henry«, Albers gesellte sich zu ihm und lehnte sich an den Kotflügel ihres Wagens, »wenn es stimmt, was Frau Pirnatt sagt, also, wenn das die Hände ihres Ex-Mannes sind ...«

»Wir sollten den DNA-Abgleich abwarten.«

»Hast du schon wieder Zweifel?«

»Nein, aber bevor wir es nicht hundertprozentig wissen,

sollten wir zumindest nicht Pirnatts neue Freundin über diesen Fund benachrichtigen.«

»Ja, natürlich, aber ... wenn es seine Hände sind, wovon wir ausgehen können, wieso hat man sie seiner Ex-Frau in die Wohnung gelegt? Ist das auch eine Botschaft? Aber an wen? Nicht an Ludger Pirnatt, soviel ist klar. An seine Ex-Frau? Das ergibt keinen Sinn.«

Frei blinzelte in die Sonne.

Etwas passt nicht.

»Und überhaupt …« Albers zupfte an ihrem Zopf. »Was bedeutet das für ihre Tochter? Scheiße, Henry, vielleicht ist Jacqueline –«

Freis Handy läutete. Endlich nahm er ab. »Oskar.«

Albers spitzte die Ohren.

»Na endlich«, knurrte Marek. »Ich dachte schon, du hast das Interesse verloren.«

»Ich musste mich um andere Dinge kümmern«, sagte Frei.

»Pirnatts Frau.«

»Woher weißt du das?«

»Ich habe Kontakte, wie du ja gestern selbst so schön festgestellt hast«, erklärte Marek. »Wir sollten uns über sie unterhalten.«

»Über Frau Pirnatt?«, fragte Frei verwundert.

»In einer halben Stunde. Du weißt wo.«

»Kannst du mir das nicht am ... Oskar?« Marek hatte aufgelegt.

11.23 Uhr.

»Was hat er über Frau Pirnatt gesagt?«, fragte Albers.

»Das wollte er mir nicht am Telefon verraten.«

»Fahren wir zu ihm?«

»Ich fahre allein«, entschied Frei. »Derweil fühle du bitte Frau Pirnatt noch einmal auf den Zahn.«

VIERUNDVIERZIG

Suse saß erneut der Kommissarin gegenüber.

Nur mit Mühe konnte sie sich auf deren Fragen konzentrieren. Noch immer hielt die Panik sie im Würgegriff. Ausgerechnet Ludgers Hände, bleich und blutig, abgetrennt von seinem Körper – wer tat so etwas? Warum? Und ... was bedeutete das für Jaquie?

»Frau Pirnatt?«, hörte sie die Polizistin sagen.

»Ja?«

»Ich fragte, was Sie über die Geschäfte Ihres Ex-Mannes wissen.«

Die Frage verwunderte Suse. »Welche Geschäfte? Er ... er ist pleite!«

»Seit letztem Jahr. Was war davor?«

»Das ... das weiß ich nicht, die Firma war immer seine Sache. Ich hatte mit den Kindern genug um die ...« Sie brach ab. Erst jetzt wurde ihr bewusst, dass Dennis und Theo nicht mehr bei ihr waren.

»Keine Sorge«, sagte die Kommissarin, die ihre suchenden Blicke richtig deutete. »Ihre Schwester kümmert sich um die Kinder, sie sind für eine Weile an der frischen Luft.«

»Elena?«, murmelte Suse verwirrt. Wann war ihre Schwester gekommen? Sie versuchte sich zu erinnern, sah Elena in ihrer Küche stehen, besorgt und entsetzt. Es kam ihr vor wie ein Traum. Was ging hier bloß vor?

Und warum zum Teufel saß die Kommissarin in ihrer Küche herum und stellte komische Fragen, anstatt nach Jaquie zu suchen? Verflixt, gähnte sie jetzt etwa?

Sie fragte: »Ihr Ex-Mann hat keine Probleme erwähnt?«

»Nein, ich ...«

»Und Sie haben auch nichts mitkriegt?«

»Ich habe ja nicht einmal gemerkt, dass er eine Affäre hatte«, erwiderte Suse.

Die Kommissarin nickte und zupfte an ihrem Pferdeschwanz, während sie nachdachte. »Was war mit seinem Unfall? Bei dem er seinen Finger verloren hat?«

»Was soll damit sein?«

»War es tatsächlich ein Unfall?«

»Was denn sonst?«

»Gab es andere Vorfälle in jüngster Zeit?«

»Woher soll ich das wissen? Ich hatte ja nichts mehr mit ihm zu tun seit der Trennung. Selbst wenn es unsere Kinder betraf, ist er mir aus dem Weg gegangen, wo er nur konnte.«

Die Kommissarin unterdrückte ein neuerliches Gähnen. »Hatten Sie Streit?«

»Mit Ludger? Ständig! Er hat sich ja um nichts gekümmert, aber das habe ich Ihnen doch alles ...«

»Und mit anderen?«, unterbrach sie die Kommissarin.

»Verflixt, nein!«, allmählich verlor Suse die Geduld. »Ich habe doch gerade eben gesagt, dass ich kaum noch Kontakt zu Ludger hatte.«

»Sie haben mich missverstanden. Ich wollte wissen, ob Sie selbst Streit mit jemandem hatten?«

»Ich? Mit wem denn?« Fast hätte Suse gelacht. »Ich ... ich kenne doch kaum jemanden.«

»Es hat Sie niemand bedroht?«

»Wieso hätte man mich bedrohen sollen?«

»Oder haben Sie sich verfolgt gefühlt?«

»Nein«, sagte Suse, »wer sollte mich ...« Ihre Stimme erlahmte.

Die Kommissarin sah sie aufmerksam an. »Frau Pirnatt?«

Suses Gedanken überschlugen sich.

Haben Sie sich verfolgt gefühlt?

War es möglich, dass ...? Nein, das war doch absurd.

Wieso sollte er so etwas tun? Er hätte –

»Frau Pirnatt!« Die Stimme der Kommissarin wurde lauter.

»Na ja«, sagte Suse, »da ist, also ...« Sie schluckte. »Sie dürfen das nicht falsch verstehen, aber ... Nach der Trennung von Ludger, da ging es mir nicht gut und die ... die Situation war nicht einfach. Ich habe mich einsam gefühlt und ... da war ein Mann.«

»Sie haben sich mit ihm getroffen?«

»Nur ein paar Mal«, beeilte sich Suse zu sagen, »weil ich gemerkt habe, das ... das ist nichts.«

»Warum?«, hakte die Kommissarin nach.

»Er war komisch, es hat mir ... ich weiß auch nicht ...« Suse rief sich die wenigen Treffen ins Gedächtnis. »Er hat mir nicht gefallen.«

»Hat er Ihnen Angst gemacht?«

»Nein, nicht wirklich. Er war nur ... ungeduldig und aufdringlich. Hat angefangen, mich zu bedrängen. Also ... also habe ich mich nicht mehr mit ihm treffen wollen. Aber er hat nicht aufgehört, bis heute, er ... Na ja, er verfolgt mich. Manchmal steht er im Garten, schaut in meine Wohnung. Das ist unheimlich.«

»Wie lautet sein Name?«, fragte die Kommissarin. »Seine Adresse?«

»Miro, also, Miroslav Kaltschuk. Er wohnt in Tegel. Beckumer Straße 11. Ich bin zwei-, dreimal dort gewesen. ich habe ...«

»Haben Sie ein Foto von ihm?«

»Auf ... auf meinem Handy.«

»Darf ich es sehen?«

Suse hielt Ausschau nach ihrem Telefon. Wo hatte sie es gelassen?

Die Kommissarin reichte es ihr von der Anrichte.

Suse klickte sich durch das Fotoalbum, konnte aber das Bild von Miro nicht finden. »Ich hab's wohl gelöscht, tut mir leid.«

»Können Sie ihn beschreiben?«

»Er ist groß und schlank.«

»Ein bisschen konkreter vielleicht?«

»Er hat braune Haare, ist etwas blass, aber ...« Suse kam ein anderer Gedanke.

»Wie alt ist er?«, fragte die Kommissarin.

»Das ... das weiß ich nicht mehr, aber ...« Der Gedanke ließ sich nicht mehr vertreiben.

»Schätzen Sie sein Alter!«

»40, vielleicht, aber glauben Sie, *er* hat Jaquie ...?!« Suse wollte aufspringen.

»Frau Pirnatt«, die Kommissarin hielt sie zurück, »bleiben Sie hier.«

»Aber ...«

»Wir werden uns um alles Weitere kümmern. Machen Sie sich keine Sorgen.«

Diesmal lachte Suse tatsächlich los. Jaquie war seit Tagen verschwunden. Ihren Rucksack hatte man bei einer Leiche gefunden. Jemand war in ihr Zimmer eingedrungen und hatte die abgetrennten Hände ihres Vaters auf ihr Kopfkissen gelegt, und diese Frau sagte ihr allen Ernstes, sie solle sich keine Sorgen machen?

Sie lachte noch immer, als die Kommissarin bereits die Wohnung verlassen hatte.

FÜNFUNDVIERZIG

In einer Seitenstraße zum Ku'damm betrat Frei das *Birgel* – ein kleines Restaurant im puristischen Charme der 90er, Betondecke, ein paar Säulen, helle Holztische, darauf Kerzen.

Neun nach 12.

»Pünktlich wie immer«, knurrte Marek. Er hatte seinen Stammplatz unweit der Küche eingenommen. Der flackernde Kerzenschein schmeichelte seinem vergrämten, narbigen Gesicht.

Am Nachbartisch stieß ein älteres Ehepaar mit Rotwein an. Der Kellner lehnte gelangweilt an der Theke. Aus einem Lautsprecher rieselte Avril Lavigne.

Isn't anyone tryin' to find me?

Marek schob die Speisekarte über den Tisch. »Oder weißt du schon, was du nimmst?«

»Ich bin nicht zum Essen hier.«

»Es ist Mittag.«

»Mir wäre es lieber, wenn wir gleich zur Sache kommen«, sagte Frei.

Angesäuert riss Marek die Karte an sich. Er zuckte zusammen, stieß gegen den Tisch. Die Kerze verspritzte Wachs. Seine Rückenschmerzen schienen schlimmer geworden zu sein.

Er atmete schwer, während er dem Kellner seine Bestellung nannte – Kalbsleber, rosé gebraten, hausgemachtes Kartoffelpüree, dazu Weißwein.

Frei beließ es bei einem Glas Wasser. »Also? Was ist so wichtig, dass du es mir nicht am Telefon sagen konntest?«

»Ob es wichtig ist? Das weiß ich nicht, das musst du entscheiden. Aber ich nahm an, wir nutzen die Gelegenheit und holen unser Treffen nach.«

»Tut mir leid, dafür fehlt mir die Zeit.«

»Dann nimm sie dir, ich habe sie mir auch genommen, um mich für dich ...«

»Nein, nicht für mich«, fiel ihm Frei ins Wort. »In erster Linie für dich, weil du dich selbst davon überzeugen musstest, dass es keine Verbindung zu Alanna gibt.«

Marek hob die Schultern, was eine neuerliche Schmerzattacke zur Folge hatte. »Du kennst mich«, presste er hervor, »und deshalb weißt du auch, wie wichtig mir unser Treffen ist.«

»Du warst es, der abgesagt hat.«

»Aber *jetzt* habe ich Zeit.«

»Verdammt, Oskar, da bitte ich dich einmal um Hilfe ...«

»Und jetzt bitte ich dich um Hilfe.«

»Ich helfe dir seit vierzehn Jahren!«, platzte es aus Frei heraus.

»Okay«, in Mareks Augen loderte vertraute Wut, »ich verstehe.«

Da war sich Frei nicht so sicher.

Isn't anyone tryin' to find me? Won't somebody come take me home?

12.28 Uhr.

Der Kellner servierte ihnen die Getränke.

Frei wartete, bis er wieder außer Hörweite war. »Hast du etwas über den Verbleib von Jacqueline Pirnatt herausfinden können?«

Marek trank einen Schluck von seinem Wein. »Nein, nicht direkt.«

»Und indirekt?«

»Dieser Ilja Zackowski ist ein kleiner Fisch, ein paar Drogendelikte, außerdem ...«

»Ich weiß, was über ihn in den Datenbanken steht.«

»Lass mich ausreden: Es gibt kein Motiv für seine Ermordung. Soweit ich das sehe, war er, anders als ihr vermutet, nicht einmal der Freund dieser Jacqueline Pirnatt.«

»Das haben wir inzwischen auch erfahren. Aber was sollten deine Andeutungen bezüglich ihrer Mutter?«

»Reden wir zuvor über ihren Mann, Ludger Pirnatt, um ihn ging es ja ursprünglich. Ich habe mich nach ihm erkundigt, aber keiner meiner Kontakte kennt ihn, keiner hatte je mit ihm zu tun.«

»Das bedeutet nicht ...«

»Doch«, unterbrach Marek, »genau *das* bedeutet es. Wenn er hier in Berlin an irgendwelchen Geschäften beteiligt gewesen wäre, würde ich ihn kennen. Oder zumindest jemanden auftreiben können, der ihn kennt.«

Für einen Moment erlaubte sich Frei die Frage, wie weit Mareks Kontakte tatsächlich reichten.

Gerüchte ...

»Trotzdem stand Pirnatt vor einem Jahr unter Korruptionsverdacht«, sagte Frei.

»Der sich nicht bestätigt hat.«

»Und jetzt stand er in Kontakt mit *KirgTrans Trading*, einer weißrussischen Briefkastenfirma.«

»Ist euch nicht der Gedanke gekommen, dass er hereingelegt wurde?«, fragte Marek.

Frei griff zu seinem Wasserglas. »Von seiner Frau?«

»Du denkst mit. Das habe ich immer an dir geschätzt.«

»Wieso sollte sie das tun?«

»Liegt das nicht auf der Hand?«

»Weil er sie verlassen hat?«

»Du bist Kriminalbeamter, du weißt am besten, wozu enttäuschte, verbitterte Frauen fähig sind«, sagte Marek.

Frei nahm einen Schluck. *Etwas passt nicht.*

Kopfschüttelnd stellte er sein Glas auf den Tisch. »Mein Kollege hat die Ermittlungsakten von damals, als es um die Korruptionsvorwürfe gegen Pirnatt ging, eingesehen. Der Name seiner Ex-Frau taucht nicht darin auf, das wäre ihm aufgefallen.«

»Das wundert mich nicht. Zwei oder drei zufällige Bemerkungen, zufällig an der richtigen Stelle – mehr hat es da gar nicht gebraucht, bis die Dinge für ihren Gatten einen tragischen Lauf nahmen.«

»Was für eine Stelle?«, hakte Frei nach.

Marek verzog sein Gesicht. Die Narbe an seinem Kinn schien zu wachsen. »Jetzt enttäuscht du mich.«

»Jacqueline Pirnatt wird immer noch vermisst!«

»Das erwähntest du.«

»Ist das alles, was du dazu zu sagen hast?«

»Du wolltest meine Hilfe, ich habe dir geholfen.« Diesmal deutete Marek nur ein Schulterzucken an. *Was willst du mehr?*

»Berührt dich das gar nicht?«, fragte Frei.

»Dafür berührt es dich offenbar zu sehr!« Marek deutete auf den Tisch.

Frei hatte die Speisekarte an der Kante ausgerichtet, sein Wasserglas und die Kerze in die Mitte geschoben. Er hatte jede einzelne Falte aus der Tischdecke gestrichen. Jetzt zupfte er am Wachs, das daran klebte.

Kurz vor 1.

Die Musik verklang, ein Moment der Stille, in die sich ein neuer Song mischte. Wieder Avril Lavigne.

What's wrong, what's wrong now?

Plötzlich fragte sich Frei, was er hier zu suchen hatte, und zwar nicht nur heute. Seit vierzehn Jahren trafen sie sich jedes Jahr im Birgel, jedes Jahr am Tag von Alannas Verschwinden. »Wir machen uns etwas vor.«

»Wir?«

»Du!«

»Nein«, widersprach Marek, »du irrst dich.«

Wie von selbst glitt Freis Blick durch das Restaurant. Vieles mochte sich in den letzten vierzehn Jahren verändert haben, der Ku'damm, die Mieten, die Geschäfte, die anderen Restaurants – das *Birgel* war von der Zeit unberührt geblieben, die Betondecke, die Säulen, die alten Holztische, die Stühle. Selbst die Musik war von damals.

What's wrong, what's wrong now? Too many, too many problems.

Es war Mareks Tochter, die am liebsten Avril Lavigne gehört hatte.

Und im *Birgel*, so hatten die Ermittlungen damals ergeben, war Alanna das letzte Mal von Zeugen gesehen worden. Danach hatte sich ihre Spur verloren.

Sie hatten sich nie darüber unterhalten, aber Frei ahnte, dass Marek das Restaurant inzwischen, mit welchen Mitteln auch immer, in seinen Besitz gebracht hatte.

... mehr will ich gar nicht wissen.

Das *Birgel*, davon schien Marek getrieben, barg die Antwort auf seine Fragen: Was hatte ein fünfzehnjähriges Mädchen am späten Abend in einem Restaurant wie diesem zu suchen gehabt? War sie verabredet gewesen? Und falls ja, mit wem?

Sobald er die Antwort fand, würde sie ihn zu seiner Tochter führen.

»Sie ist tot«, sagte er. »Das weiß ich.«

Überrascht sah Frei ihn an.

Marek lächelte, ein Lächeln, das keines war. »Du hast gedacht, ich hätte die Hoffnung nicht aufgeben?«

Das hatte Frei tatsächlich.

»Nein«, Marek schüttelte den Kopf. »Sie ist tot, das weiß ich, tief in mir.« Er klopfte sich aufs Herz und nur seine Lippen, die sich kurz verzerrten, gaben den Schmerz preis, mit dem sein Rückgrat ihn quälte. »So wie ich auch weiß, dass sie verschleppt wurde, missbraucht, gefoltert und ermordet.« Dreimal hämmerte er sich hart gegen die Brust, dreimal zuckte sein Mund. *»Sie ist tot.«*

Das Pärchen am Nachbartisch schaute ihn entgeistert an. Am Tresen stand der Kellner wie erstarrt.

Frei dämpfte seine Stimme. »Aber warum ...«

»... wir uns jedes Jahr aufs Neue treffen?«, vollendete Marek seinen Satz. »Wieso ich wieder und wieder die Ermittlungen von damals mit dir durchkaue? Wieso ich alles über aktuelle Fälle erfahren möchte? Über mögliche Verbindungen?« Er schnappte nach Luft. »Ich dachte, du wüsstest das. Offenbar habe ich mich getäuscht.«

Frei war sich nicht sicher, ob er die Wahrheit erfahren wollte.

Sein Handy klingelte. Es war Albers.

Frei zögerte. Er spürte Mareks bösen Blick und drückte den Anruf weg.

Marek nickte zufrieden. »Wer immer ihr das angetan hat«, fuhr er fort, »ich will ihn finden. Und ich schwöre dir, ich *werde* ihn finden. Und dann, mein Freund, dann werde ich ihn spüren lassen, was es bedeutet, wenn man dir nimmt, was du liebst. Was es bedeutet, wenn man dein Leben zerstört.«

Beklommenes Schweigen hing zwischen ihnen.

»Das kann ich nicht zulassen«, sagte Frei. »Nicht noch einmal.«

»Diesmal wird es den Richtigen treffen.«

»Es wäre dennoch auch diesmal falsch.«

Mit einer unwirschen Geste wischte Marek die Bedenken fort.

Wieder breitete sich Stille aus, so intensiv, als sei sie ein lebendiges Wesen, das die beiden Männer fest in seinen Klauen hielt. Freis Handy vibrierte. Eine SMS.

Er stand auf und sagte: »Wir sollten uns nicht mehr treffen.«

»Henry!«, rief Marek.

Ohne einen Blick zurück verließ Frei das Restaurant.

Draußen holte er sein Telefon hervor. Seine Hand zitterte.

Du trägst keine Schuld daran.

Die Wahrheit war: Marek war nicht nur am Verlust seiner Tochter zerbrochen. In seinem Elend hatte er sich außerdem zu einer verhängnisvollen Tat hinreißen lassen. Und Frei hatte ihm geholfen, sie zu vertuschen.

13.34 Uhr.

Die SMS war von Albers. *Beckumer Straße 11, Tegel. Ich warte auf dich.*

SECHSUNDVIERZIG

Zögernd stand Suse vor der Kinderzimmertür.

Vor wenigen Minuten hatten die Männer in den weißen Overalls ihre Arbeit beendet. *Sie brauchen keine Angst haben*, hatten sie erklärt, *da ist nichts mehr*. Sie waren verschwunden und eine beklemmende Stille hatte sich über die Wohnung gelegt. Totenstille.

Suses Herz klopfte, als sie die Tür öffnete.

Die Polizisten hatten recht gehabt – da war nichts mehr, was an den grausigen Fund erinnerte, selbst der Bettbezug war offenbar für weitere Untersuchungen abgezogen worden. Und doch erinnerte das ganze Zimmer daran.

Nicht nur Betten und Schränke waren auf der Suche nach Hinweisen auf den Eindringling verrückt worden. Aus unerfindlichen Gründen hatte man sogar die Schubladen ausgeräumt. Am schlimmsten allerdings war die haarfeine Puderschicht, die über den ganzen Raum verteilt war, selbst auf den Betten.

Suse würde die Matratze, die Kissen und die Decken neu beziehen, außerdem den Teppich absaugen und –

Wie denn? Ohne einen funktionstüchtigen Staubsauger?

Sie schrak zusammen, als die Türklingel schrillte.

Ihre Schwester kehrte mit Dennis und Theo zurück. »Suse, wie geht es dir?«

Plötzlich wollte Suse nur noch raus aus der Wohnung. Sie bereute ihre Weigerung, das Haus zu verlassen. Andererseits hatte sie tatsächlich keinen Ort, an dem sie Zuflucht suchen konnte.

Elenas Blick fand das Kinderzimmer. »Vielleicht solltest du erstmal mit den Kindern raus auf den Spielplatz. Derweil sorge ich hier für Ordnung.«

Suse sah sie irritiert an.

»Oder was meinst du, Dennis?«, fragte Elena. »Du möchtest doch auch auf den Spielplatz, oder?«

Dennis hielt den Blick gesenkt, klammerte sich an seinen Minion.

Suse schüttelte den Kopf. »Ich weiß nicht, ob ...«

»Etwas Normalität wird dir guttun«, fügte Elena hinzu, »und den Kindern auch.«

»Darf ich meinen Minion mitnehmen?«, flüsterte Dennis.

»Na los!« Elena nahm ihn an die Hand. »Suse, kümmerst du dich um Theo?«

Skeptisch machte Suse den Kleinen frisch, fütterte ihn und verfrachtete ihn in seinen Buggy. Sie spürte, wie die alltäglichen Handgriffe sie ablenkten.

Normalität.

Suse trat mit den Kindern hinaus in die Sonne.

»Frau Pirnatt?« Aus einem Streifenwagen am Straßenrand stieg ein Polizist. »Wohin wollen Sie?«

»Zum Spielplatz.«

»Das halte ich für keine gute Idee.«

»Wieso?«

»Wir sollen auf Sie aufpassen, und das geht ...«

»Sind wir also doch in Gefahr?«

»Nein, nein«, rasch wehrte der Polizist ab. »Es gibt keinen Hinweis darauf.«

»Dann können wir auch zum Spielplatz. Die Kinder brauchen Abwechslung.« *Und nicht nur die.* Suse marschierte los.

Der Streifenwagen folgte ihr im Schritttempo.

Sind wir also doch in Gefahr?

Prompt gingen Suse alle möglichen Gedanken durch den Kopf. War es tatsächlich Miro, der hinter all dem steckte? Hatte er sich Zutritt zu ihrer Wohnung verschafft und –

Hat er Ludger ermordet?

Wieso hatte er das getan? Und war er auch für Jaquies Verschwinden verantwortlich?

»Mama?«, unterbrach Dennis ihre Gedanken.

»Ja?«

»Gehen wir zu Papa?«

»Aber nein, wir –«

Suse realisierte, dass sie im Cosmarweg vor Ludgers Haus standen. Offenbar hatte ihr Unterbewusstsein sie dorthin gesteuert. Sie schob den Kinderwagen bis vor die Haustür und streckte die Hand nach der Klingel aus. Sie brauchte Gewissheit.

Noch ehe sie drücken konnte, öffnete sich die Tür.

Diana Schneider trat ins Freie. Überrascht blieb sie stehen. »Susanne?«

Suse war ebenso perplex. Ludgers neue Freundin trug eine Jacke, Schuhe, hielt ihre Autoschlüssel in der Hand. Sie wirkte keineswegs erschüttert, nur in Eile.

»Was willst du?«, fragte sie.

»Was ist mit Ludger?«

»Wenn du wegen der Kinder da bist ...«

»Wo ist er?«

»Geschäftlich unterwegs. Und, ähm, falls das klappt, dann kriegst du auch bald dein Geld. Dann hat die liebe Seele ihre Ruhe.«

»Aber ...«

»Und jetzt entschuldige mich, ich habe zu tun.« Genervt schritt sie zu ihrem kleinen Daihatsu und stieg ein.

Suse sah ihr nach. Hatte die Polizei sie etwa noch nicht über den entsetzlichen Fund heute Morgen informiert? Wusste sie nicht, dass Ludger wahrscheinlich gar nicht mehr lebte?

Ihre Blicke begegneten sich, während Schneider aus der Einfahrt zurücksetzte. Mit einem mitleidigen Kopfschütteln brauste sie davon.

SIEBENUNDVIERZIG

Als Frei in Tegel ankam, warteten Charlie und zwei Schutzpolizeibeamte im Schatten der Beckumer Straße 11 – eine von aberdutzenden Mietkasernen, billig, zweckmäßig, darüber vermochten auch die cremefarbenen Fassaden nicht hinwegtäuschen. Selbst die Vorgärten waren nur alibigrün.

Davon unberührt genossen die Anwohner den milden, versöhnlichen Herbsttag – Mütter mit Kinderwagen, Hundehalter, zwei Typen mit Skateboards unter den Armen. Eine Gruppe Nordic Walker zerhackte den Bürgersteig.

Zehn nach 2.

»Hat Louisa euch hierherbestellt?«, fragte Frei.

»Sie meinte, es sei wichtig«, erwiderte Charlie.

»Mehr hat sie nicht gesagt?«

»Nur, dass sie uns zur Unterstützung braucht.«

»Wo ist sie?«

»Ich dachte, sie ist mit dir unterwegs. Alles in Ordnung?«

Du trägst keine Schuld daran.

»Selbstverständlich«, log Frei, richtete seinen Krawattenknoten, und strich sich über sein zerknittertes Sakko, ohne damit allzu große Wirkung zu erzielen. Dann rief er Albers an.

In das Klackern der Nordic Walker mischte sich ein weit entferntes Telefonklingeln.

»Dort!« Charlie wies zum Parkplatz am Ende der Straße.

»Scheiße!«, drang Albers' Fluch aus den Schatten.

Kurz darauf tauchte sie zwischen den Autos auf.

Sie tippte hektisch auf ihrem Handy, dann band sie sich

einen Zopf und enthüllte ihr zerknautschtes Gesicht, Ringe unter den Augen, ein Gähnen. »Entschuldigt.«

»Hast du etwa geschlafen?«, empörte sich Charlie.

Die beiden Schutzpolizeibeamten grinsten verstohlen.

Albers beachtete sie nicht. »Henry, was hat Marek herausgefunden?«

»Wer ist Marek?«, wollte Charlie wissen.

Diesmal wird es den Richtigen treffen.

Frei verdrängte die zornige Stimme aus seinem Kopf. Mit wenigen Worten gab er wieder, was Marek ihm über Susanne Pirnatt erzählt hatte – ihre Verbitterung, die Verleumdung, die Unschuld ihres Ex-Mannes, und dass er möglicherweise auch mit *KirgTrans Trading* hereingelegt worden war.

»Das heißt«, brachte Charlie es auf den Punkt, »du hattest heute Morgen recht, und wir liegen falsch mit der Russenmafia?«

»Sehr wahrscheinlich«, antwortete Albers an Freis Stelle.

Er sah sie an. »Was hast du von Frau Pirnatt erfahren?«

»Sie wird seit Wochen von einem Mann verfolgt, ein gewisser Miroslav Kaltschuk.«

»Ein Stalker?«, fragte Charlie.

Albers nickte. »Frau Pirnatt sagt, sie hätte eine kurze Liaison mit ihm gehabt, habe sich ein paar Mal mit ihm getroffen, hier in der Nummer 11. Dann hat sie es beendet, weil er ihr seltsam vorkam, aber offenbar lässt er sie nicht in Frieden.«

»Warum erzählt sie uns erst jetzt davon?«, wunderte sich Frei.

»Na ja, sie hat das nicht ernst genommen, also, nicht *so*

ernst.« Albers kämpfte gegen ein Gähnen. »Ich meine, zumindest würde *das* die Hände ihres Ex-Manns erklären, eine Art ...«

»... perverser Liebesbeweis«, vollendete Charlie ihren Satz. *»Sieh nur, was ich für dich getan habe: Deinen verhassten Gatten um die Ecke gebracht.«*

»Hm. Das könnte so ähnlich auch auf Ilja Zackowski zutreffen«, fuhr Albers fort. »Auf ihn war sie nicht minder schlecht zu sprechen. Und das wäre auch eine Erklärung für seinen Schlüsselbund und das Foto in ihrer Wohnung, und warum sie so überrascht über den Fund war.«

»Ein weiterer Liebesbeweis!«, sagte Charlie.

Frei dachte darüber nach. Ein verschmähter Liebhaber, der seine Zuneigung bekundete, indem er alles Ungemach seiner Angebeteten beseitigte.

Die Lösung ist am Ende häufig banal.

»Ihr wisst«, sagte er, »was das für Jacqueline Pirnatt bedeutet.«

Albers' Gesicht wurde noch bleicher. »Scheiße!«

»Was?«, fragte Charlie.

»Die neue Freundin ihres Vaters, Diana Schneider«, Albers setzte sich in Bewegung, von plötzlicher Eile getrieben, »hat uns erzählt, nicht ihr Vater hätte ein Problem mit Jacqueline, ihre Mutter sei es.«

»Di Tiêu!«, fluchte Charlie. *»Scheiße!«*

Albers hastete weiter. »Hat der Aufruf über die Presse schon etwas gebracht?«

»Bisher nichts Handfestes«, Charlie schnaubte, »nur Trittbrettfahrer und Spinner. Einer will Jacqueline vorletzte Nacht auf einem Boot in Treptow gesehen haben, ein anderer meinte, sie heute Mittag am Flughafen Tegel bemerkt zu haben, vor dem Check-in nach Las Vegas. Es gab sogar einen Anrufer aus München. Ein Medium. Es hatte während einer Séance Kontakt zu Jacqueline Pirnatt. Im Jenseits.«

14.29 Uhr.

Sie erreichten den Hauseingang. Acht Klingelschilder. Acht Namen. Kein Miroslav Kaltschuk.

»Louisa, hast du seinen Namen, seine Daten nicht überprüfen lassen?«, fragte Frei.

»Na ja, also, ich ...« Albers druckste herum. »Ich dachte ...« Ihre Stimme erlahmte. Betreten schüttelte sie den Kopf.

»Vielleicht«, Charlie deutete auf die anderen Wohnblöcke, cremefarben, gleichförmig, austauschbar, »hat Pirnatt einfach nur die Hausnummer verwechselt.«

»Oder dieser Kaltschuk wohnt zur Untermiete«, wand Albers kleinlaut ein.

»Haben wir eine Telefonnummer von ihm?«, fragte Frei.

»Nein, die hat Frau Pirnatt längst gelöscht.«

»Ein Foto?«

»Nur eine Personenbeschreibung, etwa 40, groß, schlank, hat braune Haare.« Rasch fügte Albers hinzu: »Ich weiß, das ist nicht viel.«

Verstimmt drückte Frei alle Klingelknöpfe. Nichts passierte. Er presste die Schalter mit Nachdruck.

»Ja, verdammt!«, knarzte eine Frauenstimme aus der Gegensprechanlage.

»Kriminalpolizei, wir wollen zu Herrn Kaltschuk.«

»Da sind Sie bei mir falsch.«

»Aber er wohnt im Haus? Oder hat hier gewohnt?«

»Nicht dass ich wüsste.«

»Auch nicht der Nachbarschaft?«

»Nie gehört.«

»Groß, schlank, braune Haare«, rief Albers.

»Haha!« Die Frau lachte. »Das klingt nach meinem Sohn.«

»Wie alt ist er?«

»Elf«, erneut ein Lachen. »Nein, keine Ahnung, wen Sie meinen. Fragen Sie doch den Szilinski, den Hauswart. Er wohnt in der 18.«

Keine fünf Minuten später standen sie einem Mittfünfziger gegenüber – beleibt, bärtig, verschwitzt, ein Latzanzug, Adiletten, eine Bohrmaschine in der Hand. »Miroslav Kautschuk?«

»Kaltschuk«, korrigierte Albers. »In der Nummer 11.«

»Na, wenn da keine Klingel von ihm ist, dann wohnt er da wohl nicht.«

»Möglicherweise ist er vor Kurzem ausgezogen?«

»Auch möglich.«

»Ist denn jemand ausgezogen?«

»Ja, aber ...« Szilinski wischte sich Schweiß von der Stirn. »Nee, die hießen nicht Kautschuk.«

»Kaltschuk!«

»So hießen die auch nicht.«

»Es war also eine Familie?«

»Nee«, Szilinski rieb seine Hände am Latzanzug ab, »ein altes Pärchen, und jetzt wo Sie's sagen: Der Mann ist vor 'nem Jahr oder so gestorben und die Frau hat zuletzt allein dort gewohnt, bis sie ausgezogen ist.«

»Und seitdem?«, hakte Albers nach.

»Steht die Bude leer.«

»Vielleicht wohnt dieser Kaltschuk in einer der Wohnungen nur zur Untermiete«, warf Charlie ein.

»Auf keinen Fall!« Szilinski schüttelte empört den Kopf. »Das erlaubt die Hausverwaltung nicht.«

»Wenn die Leute sich an alles hielten, was erlaubt ist, wären wir arbeitslos«, schnaubte Albers, zunehmend aufgebrachter. »Groß, schlank, braunhaarig, um die 40, denken Sie nach!«

»Keine Ahnung, wen Sie meinen.«

»Was ist mit den anderen Häusern?«

»Haben Sie einen Schimmer, wie viele Leute in der Siedlung leben?«

»Sagen Sie es mir!«

»Zu viele.« Szilinski hob die verschwitzten Achseln. Dann winkte er einem korpulenten Rentner, der auf der anderen Straßenseite seinen ebenso wohlgenährten Dackel Gassi führte. »Glauben Sie, da kenne ich jeden persönlich?«

»Die Hausverwaltung ...«, Frei stockte, weil sich sein Handy meldete, »... sie hat doch sicherlich eine Liste aller Mieter in der Siedlung.«

»Ja, natürlich.«

»Sorgen Sie bitte dafür, dass wir diese Liste so schnell wie möglich bekommen.« Frei trat einige Schritte beiseite und nahm den Anruf entgegen.

Dreiviertel 3.

Es war sein Chef. »Ludger Pirnatt wurde gefunden«, sagte Veckenstedt. »Berliner Allee in Weißensee.«

»Das war die Adresse von Pirnatts Firma«, sagte Charlie.

»Scheiße!«, fluchte Albers, bevor sie sich den beiden Schutzpolizeibeamten zuwandte. »Sie werden sich in der Nachbarschaft nach diesem Miroslav Kaltschuk umhören, okay?« Sie eilte zu ihrem Wagen.

»Louisa«, Frei folgte ihr, bis sie außer Hörweite zu Charlie und den anderen waren, »muss ich mir Sorgen machen?«

Wie vom Donner gerührt blieb sie stehen. »Warum?«

»Du weißt warum.«

»Es war nur ein kurzes Nickerchen, Henry!«

»Es geht nicht um das Nickerchen. Nicht nur. Du reagierst zunehmend emotionaler.«

»Das mit dem Mädchen geht mir halt nahe.«

»Weil du übermüdet bist«, sagte Frei, »und deshalb unterlaufen dir Fehler.«

Albers hob entschuldigend die Hände. »Ich habe doch nur vergessen, diesen Kaltschuk zu überprüfen.«

»Nein, das kann passieren. Aber du hast Charlie und die Kollegen direkt vor dem Haus warten lassen, ohne sie zu informieren. Was, wenn dieser Kaltschuk tatsächlich unser Mann ist? Dann wäre er gewarnt und ...«

»Ja, du hast ja recht, entschuldige.«

»Lass dich krankschreiben«, schlug Frei vor.

»Ich bin nicht krank«, Albers gähnte, »nur müde.«

»Wenn du so weitermachst, wirst du krank! Du musst dir ein paar Tage Schlaf gönnen.«

»Jetzt mache ich mir Sorgen um *dich*.«

»Was hat das mit mir zu tun?«

»Gestern die Sache mit deiner Tochter und ihrem Freund, heute das – blaumachen! Ausgerechnet aus deinem Mund«, Albers schnaubte spöttisch, »der personifizierten Korrektheit.«

Frei starrte sie an.

»Können wir jetzt endlich fahren?«, zischte sie.

Er schüttelte den Kopf. »Du bleibst mit den beiden Kollegen hier in Tegel. Versucht diesen Kaltschuk ausfindig zu machen.«

»Aber ...«

»Und vergiss bitte die Überprüfung in den Datenbanken und im Melderegister nicht.« Frei ging zu seinem Wagen.

14.53 Uhr

»Charlie«, rief er, »du weißt, wo unser Ziel in Weißensee liegt, oder? Dann fahr du vor.«

Sie liegt auf der Matratze, ihre Brust verklebt mit ihrem Erbrochenen, ihre Hose getränkt mit ihrem Urin. In ihre Panik mischt sich Scham.

Sie kann sich kaum bewegen, weil sie noch immer gefesselt ist. Die Haltung, zu der sie die Stricke zwingen, lässt ihre Gelenke steif werden.

Überall juckt ihr Körper, aber sie kann sich nicht kratzen. Sie wälzt sich herum, versucht aufzustehen, gerät ins Straucheln und prallt mit dem Kopf voran gegen die Wand. Ein heftiger Schmerz explodiert.

Als er endlich nachlässt, lauscht sie nach ihrem Peiniger und den Stimmen der anderen Männer. Aber da ist nur noch Stille.

Mittlerweile ist sie sich gar nicht mehr sicher, ob sie überhaupt etwas gehört hat. Oder ob ihr panischer Verstand ihr nur einen Streich gespielt hat.

Du musst verstehen.

Sie zittert, und das nicht nur, weil es kalt ist in ihrem Verlies.

Wir konnten ihm das doch nicht durchgehen lassen.

Verbissen grübelt sie nach. Es fällt ihr schwer, einen klaren Gedanken zu fassen. Stattdessen denkt sie an ihren Vater, an ihre Familie, aber das ist kaum tröstlich. Sie wünscht sich, ihr Verhältnis wäre besser gewesen. Dann wäre vieles nicht geschehen. Vielleicht wäre sie dann auch nicht in diese schreckliche Situation geraten.

Sie erschrickt, als die Tür aufgeht. Sie hat ihren Peiniger nicht kommen hören.

Während er auf sie zuschreitet, lässt er die Eisenstange über den Boden schrappen.

Unwillkürlich geht sie in Deckung.

Er stellt eine Schüssel vor die Matratze, daneben ein Tablett mit Essen: Kartoffeln, Bohnen, ein Stück Bratenfleisch.

»Iss!«, fordert er, bevor er sie von ihren Fesseln befreit.

Mit steifen Gelenken, aber erleichtert setzt sie sich auf. »Was ...«

Die Eisenstange schießt nach vorne. Sie stoppt kurz vor ihren Augen. »Du sollst essen, nicht reden. Hast du mich verstanden?«

Sie nickt, liegt bereits wieder furchtsam eingerollt wie ein kleines Kind auf der Matratze.

ACHTUNDVIERZIG

Frei folgte dem Wagen seines Kollegen.

Der personifizierten Korrektheit.

Für einen Moment fragte er sich, ob er zu streng mit Albers gewesen war. Er verwarf seine Zweifel. Sie war übermüdet, nachlässig – an einem Tatort aber war hundertprozentige Aufmerksamkeit erforderlich. Indem sie sich in Tegel nach diesem Kaltschuk umhörte, konnte sie weniger Schaden anrichten.

Allerdings hing auch ihm die Begegnung mit Marek nach.

Du trägst keine Schuld daran.

Wie von selbst ging sein Blick in den Rückspiegel. Er fuhr sich durchs Haar, überprüfte seinen Krawattenknoten, entdeckte ein Staubkorn an seinem Hemdkragen und pflückte es ab. Der Anblick seines zerknitterten Sakkos schmerzte ihn beinahe körperlich. Als er wieder nach vorne schaute, war Charlies Wagen im dichten Mittagsverkehr des Kurt-Schumacher-Damms verschwunden.

Kurz nach halb 4.

Fluchend rief sich Frei zur Ordnung. Er schaltete das Radio ein.

Beautiful, quivering, chivalrous shambles, sangen Elbow, *what is my friend trying to prove?*

Eine halbe Stunde später erreichte er das Weißenseer Gewerbegebiet – Tankstellen, Lidl, das Dänische Bettenlager, die üblichen Gebrauchtwagenmärkte, dazwischen vereinzelt, wie hingeworfen, Einfamilienhäuser.

Der Verkehr geriet ins Stocken. Einen halben Kilometer

voraus blockierten die Übertragungswagen zweier Fernsehsender die Straße. Die Journalisten drängelten sich vor zwei Streifenwagen, die die Einfahrt zu einem umzäunten, verwilderten Grundstück abriegelten. Die Nachmittagssonne spiegelte sich in einem Schild: *Pirnatt Bau.*

Frei zwängte sich vorbei an den Reportern.

»*Was ist hier passiert?*«, scholl es ihm entgegen.

»*Hat man eine weitere Leiche gefunden?*«

»*Wer ist das Opfer?*«

»Es ist Jacqueline Pirnatt!« Wie aus dem Nichts tauchte Hardy Sackowitz vor ihm auf.

Frei ignorierte ihn.

»Kommen Sie schon!«, maulte der Reporter. »Wieso sonst sollten Sie hier sein, ausgerechnet auf dem Firmengelände ihres Vaters?«

Frei betrat das Gelände.

Auf dem sandigen Vorplatz markierten Kriminaltechniker in weißen Overalls Reifenabdrücke bis vor das halb offene Rolltor einer Wellblechhalle. Etwas abseits stand ein Rettungswagen, zum Glück von den Journalisten abgewandt. Sanitäter umsorgten Diana Schneider.

Charlie wartete neben dem Transporter.

»Was hat Pirnatts Freundin hier zu suchen?« fragte Frei.

»Soweit ich das verstanden habe, hat Pirnatt sie gebeten, sich während seiner Abwesenheit um den Briefkasten zu kümmern. Auch ein Jahr nach der Insolvenz kommt gelegentlich noch Firmenpost an.«

»Sie hat die Leiche entdeckt?«

»Sie fand den Eingang offen vor«, Charlie deutete auf das Rolltor. »Sie hat angenommen, es seien die letzten Nächte wieder Teenager eingestiegen. Ist wohl schon mal vorgekommen, und sie wollte sich den Schaden besehen.«

»Und sie ist sich sicher, es handelt sich um Pirnatt?«

»Sie hat ihn an seinen Tattoos erkannt, eine Eidechse über seiner Blinddarmnarbe, ein Drache auf seinem Unterschenkel. Möchtest du mit ihr reden?«

Auf der Straße entstand ein neuerlicher Aufruhr. Einem Zivilfahrzeug entstieg Dr. Wittpfuhl. Mit verkniffenem Gesicht bahnte sich der Gerichtsmediziner einen Weg durch die Pressemeute auf das Grundstück. Wortlos zog er einen Schutzanzug an und verschwand in die Halle.

»Erst will auch ich mir die Leiche ansehen.« Frei legte sein Sakko ab, streifte sich einen Overall über und folgte Dr. Wittpfuhl.

16.17 Uhr.

In dem stickigen Bau standen ein Lkw, das zerbeulte Skelett eines Schaufelbaggers, zwei Zementmischmaschinen, deren Kugeln gefüllt waren mit stinkendem Müll. Zwischen Werkzeugen und anderen Bauutensilien lagen Bierflaschen, Colabüchsen und Zigarettenschachteln. Der Abfall war unverkennbar neueren Datums.

Zwei mobile Scheinwerfer erhellten eine Mauer, die die Halle von den Büros trennte.

Der Tote hing dort grotesk zu Boden – seine Hände ampu tiert, die Arme gespreizt, an die Wand hinter ihm genagelt, sein Kopf zu Brei geschlagen, sein nackter Körper übersät mit Blutergüssen, Prellungen und tiefen, klaffenden Wunden. Trotz seiner Verstümmelungen war am Bauch eine echsenförmige Tätowierung zu erkennen, am Unterschenkel ein Dra che.

»Ludger Pirnatt«, stellte Charlie beklommen fest.

Ihr wisst, was das für Jacqueline Pirnatt bedeutet.

Frei verscheuchte den Gedanken.

Er trat zu Dr. Wittpfuhl, der die blutigen Wunden aus der Nähe inspizierte.

»Ja«, sagte der Gerichtsmediziner, noch ehe Frei ihn fragen konnte, »Sie vermuten richtig, das Opfer wurde ebenfalls gefoltert.«

»Und wie lange?«

»Nicht über einen so langen Zeitraum wie das gestrige Opfer.«

»Sondern?«

»Zwei Tage, maximal drei.«

»Vor drei Tagen ist er nach Frankfurt an der Oder gefahren«, sagte Charlie.

»Nun«, Dr. Wittpfuhl schnaubte, »ganz offensichtlich nicht.«

Charlie wollte etwas erwidern. Frei brachte ihn mit einem knappen Blick zum Schweigen.

Dr. Wittpfuhl nickte dankbar. »Und wie das Opfer gestern ist auch dieses hier erschlagen worden.«

»Wieder mit einer Eisenstange?«

»Höchstwahrscheinlich, absolute Sicherheit wird aber erst die Obduktion bringen.«

»Können Sie jetzt schon etwas zum Todeszeitpunkt sagen?«

»Der Leichenstarre nach zu urteilen, würde ich auf etwa gestern Mittag tippen. Spätestens gestern Abend. Und erst danach«, Dr. Wittpfuhl streifte Charlie mit einem Blick, »hat man ihm die Hände amputiert und gekreuzigt.«

Frei bemerkte die Kriminaltechniker am Halleneingang.

Er lief zu Dr. Bodde. »Gibt es etwas, das darauf hindeutet, dass es sich bei dieser Halle um den Tatort handelt?«

Dr. Bodde verneinte. »Anhand der Spuren, die wir bisher haben sichern können, ist die Halle mit großer Wahrscheinlichkeit nur der Fundort. Der Tatort war auch diesmal wieder ein anderer.«

»Irgendeinen Hinweis auf den Täter?«

»In der Halle? Schwer zu sagen, wir haben eine Vielzahl Spuren, Schuh- und Fingerabdrücke, Faserspuren, Haare, Blut. Aber welche dieser Spuren dem Täter zuzuordnen sind, dafür werden wir die Analysen abwarten müssen.«

»Und *vor der Halle*?«, fragte Frei.

»Kommen Sie.« Dr. Bodde schritt hinaus auf den Vorplatz.

Inzwischen hing die Nachmittagssonne tief am Himmel. Schatten krochen über das Grundstück, düster, stumm, ihrer Stimmung entsprechend.

Kurz nach halb 5.

Dr. Bodde blieb vor den Reifenabdrücken stehen, die inzwischen mit Gips ausgegossen worden waren. »Wir haben diese Radspuren gesichert«, sagte sie, »sie sind nur wenige Stunden alt.«

»Was genau heißt das – *wenige Stunden*?«

»Es hat gestern am späten Nachmittag zum letzten Mal geregnet. Diese Reifenspuren sind aber weder verwässert noch zerlaufen.«

»Also stammen sie vom Auto des Täters«, konstatierte Charlie.

»Höchstwahrscheinlich. Zumindest haben wir – von denen des Autos von Frau Schneider abgesehen –, keine weiteren frischen Reifenspuren entdecken können.«

»Können Sie herausfinden, zu welchem Fahrzeug die Spuren gehören?«, wollte Charlie wissen.

»Zu welchem Fahrzeug genau sicher nicht«, Dr. Bodde lächelte nachsichtig, »nach Abschluss unserer Analysen vermutlich aber zumindest zu welcher Fahrzeugklasse.«

»Haben Sie schon eine Vermutung?«, hakte Charlie nach.

»Also«, Dr. Bodde wies zum Daihatsu, »ein Kleinwagen wie der von Frau Schneider war es ganz sicher nicht.«

Frei drehte sich um. »Ich möchte mit ihr reden.«

NEUNUNDVIERZIG

Suse saß auf einer Holzbank am Rande des Spielplatzes. Die Bezeichnung war ein Hohn für den Sandkasten und die brüchige Schaukel inmitten eines kleinen, verwahrlosten Parks, dessen Sanierung die Stadt schon seit Monaten versprochen hatte. Aber für den Augenblick war es besser als nichts.

Suse gab Theo das Fläschchen und entlockte ihm ein Bäuerchen, bevor sie ihn zurück in seinen Buggy zum Schlafen legte.

Dennis hatte ein anderes Kind aus seiner Kita getroffen. Der Name des Jungen wollte Suse partout nicht einfallen. Aber die beiden bauten Burgen, zerstörten sie, begannen von vorne. Zwar ging Dennis' Blick wiederholt zu seiner Mutter, als müsste er sich vergewissern, dass sie nicht verschwunden war. Danach vertiefte er sich aber immer wieder in das Spiel mit seinem Freund.

Suse schloss die Augen. Die Sonne schien ihr wärmend ins Gesicht. Kinder alberten herum. Die Mütter plauderten. Der Verkehr rauschte. Irgendwo knatterte ein Hubschrauber. *Normalität.* Für einige Sekunden erlaubte sich Suse die Illusion.

Dann hob sie ihre Lider und sah die Polizisten im Streifenwagen. Auch ihre Schwester tauchte am Parkeingang auf. »So«, Elena setzte sich neben sie, »deine Wohnung sieht wieder aus wie, nun ja, neu.«

Suse errötete. »Es tut mir leid, ich ... ich hab's einfach nicht mehr gepackt die letzten Tage.«

»Ach was, halb so wild. Nur frage ich mich, ob du nicht eine andere, bessere Wohnung hättest kriegen können.«

»Es ist nicht mehr so einfach in Berlin.«

»Mag sein.«

»Und dass Ludger sich ...« Suses Stimme erstarb. Die grausige Realität war zurück.

Hat er Ludger ermordet?

Elena sah ihr die Bestürzung an. »Möchtest du reden?«

Doch es gab nichts, was Suse ihrer Schwester hätte erklären können. »Danke«, murmelte sie stattdessen, froh darüber, dass Elena bei ihr war, dass sie nicht mehr allein alles ertragen musste. Und dass sie sie hinaus an die frische Luft geschickt hatte.

Aber so war Elena schon immer gewesen, die pragmatischere und entschlossenere von ihnen beiden. Es war Elena gewesen, die nach Leipzig gezogen war, raus aus Berlin, weg von ihrem Vater. Suse dagegen hatte den Absprung nie geschafft. Aber sie hatte so vieles nicht geschafft.

»Mama«, Dennis stapfte auf sie zu, »ich hab Hunger.«

»Fein, ich auch«, sagte Elena. »Wollen wir zu McDonalds?«

»Nein!«, rief Suse, noch ehe ihr Sohn antworten konnte. In Gedanken überschlug sie ihr Haushaltsgeld.

Erneut schien Elena um ihre Gedanken zu wissen. »Mach dir keinen Kopf.«

»Aber ...«

»Ich lade euch ein.« Elena zwinkerte Dennis zu, stand auf und nahm ihn an die Hand. »Na los!«

Widerstrebend folgte Suse ihr mit dem Kinderwagen. Es war nicht nur das Geld, das sie beschäftigte. Sie hatte Zweifel, ob sie überhaupt einen Bissen würde runterkriegen können.

Als sie jedoch das Lokal betraten, schlug ihr der Geruch von frischen Fritten und saftigen Burgern entgegen. Plötzlich bekam sie Appetit.

Hungrig vertilgte sie ihre Mahlzeit. Sie musste sogar einmal lächeln, als ihre Schwester mit Dennis herumalberte, und beide den Ketchup wie Lippenstift um ihre Münder verschmierten.

Das Lachen ihres Sohnes erlosch, als er einen älteren Mann erblickte, der mit einem Retriever das Restaurant betrat. »Wann kommt denn nun Tapsi wieder?«

»Ja genau«, sagte Elena überrascht, »wo hast du ihn eigentlich gelassen?«

»Dennis ...« Suse schluckte. Das Reden fiel ihr schwer. »Du musst jetzt ganz tapfer sein.« Sie legte ihren halb verzehrten Burger beiseite, atmete durch. »Tapsi wird nicht mehr wiederkommen, er ist ...«

»Nein«, protestierte Dennis.

»Es tut mir leid, aber ...«

»Aber du hast gesagt, er kommt wieder. Heute. Hast du versprochen.«

»Das hätte ich niemals ...«

»Das hast du wohl!«, schrie Dennis.

Suse kramte in ihrem Gedächtnis. Wieso hätte sie ihm ein solches Versprechen geben sollen? »Wann soll ich dir das gesagt haben?«

»Als ich gestern Abend eingeschlafen bin.« Seine Lippen bebten.

Elena räusperte sich. »Was ist denn mit Tapsi?«

»Er ist tot«, sagte Suse.

»Und trotzdem hast du versprochen, er kommt wieder?«

»Das habe ich nicht!«, ächzte Suse.

»Offenbar doch«, stellte ihre Schwester fest.

Dennis begann zu heulen. Suse wollte ihn an sich drücken.

»Geh weg«, schluchzte er, »du lügst.«

»Dennis ...«

»Du lügst!«

Suse legte die Arme um ihren Sohn.

»Du lügst!« Dennis stieß sie von sich. *»Geh weg!«*

Suses Griff wurde fester.

»Geh weg!« Dennis zappelte und schlug. *»Geh weg!«*

Die anderen Leute im Restaurant gafften, vorwurfsvoll, genervt, ungeduldig. Suse wurde ebenfalls wütend. Keiner von denen hatte die leiseste Ahnung, wie es um ihr Leben stand. Keiner von ihnen musste erleiden, was sie seit Tagen, Wochen und Monaten ertrug.

»Frau Pirnatt?« Einer der Streifenbeamten trat vor ihren Tisch. »Sie sollten nach Hause gehen.«

»Warum?«, fauchte ihn Suse an. *»Ist mein Sohn den Leuten zu laut?«*

»Nein, Kriminalhauptkommissar Frei muss dringend mit Ihnen reden!«

FÜNFZIG

Frei stand vor dem Rettungswagen. Zugedeckt auf der Trage lag Diana Schneider – ihre Augen rot geweint, ihr Gesicht verquollen, um Jahre gealtert, ihr Blick leicht entrückt.

Dreiviertel 5.

»Wie geht es ihr?«, erkundigte sich Frei bei einem der Sanitäter.

»Sie hat einen Schock erlitten.«

»Können wir mit ihr sprechen?«

»Wir haben ihr ein Beruhigungsmittel verabreicht.«

»Aber sie kann uns Fragen beantworten?«

»Ich halte das für keine gute Idee«, sagte der Sanitäter. »Sie sollte ...«

»Nein!«, unterbrach ihn Schneiders schwache Stimme aus dem Wagen. »Ist schon okay.«

Der Sanitäter musterte sie besorgt. »Sind Sie sicher?«

»Ich will's ...«, Schneider hustete, »... hinter mich bringen, bitte, je eher, desto besser.«

Frei kletterte zu ihr in den Wagen. »Mein aufrichtiges Beileid, Frau Schneider.«

Sie bewegte ihren Kopf, ein erschöpftes Nicken.

»Ich weiß, wir haben Sie das gestern schon einmal gefragt, aber ... Die Firma, die Herrn Pirnatt nach Frankfurt an der Oder eingeladen hat – *KirgTrans Trading*. Gab es irgendetwas, das ihm merkwürdig daran vorkam?«

»Nein.«

»Er hatte keinerlei Bedenken?«

»Er ... er hat sich gefreut, weil es ein ... ein ...«, Schneider stockte irritiert, weil draußen vor dem Grundstück die Stimmen der Reporter laut wurden, »... ein neuer Auftrag war.«

Frei verstand kein Wort von dem, was die Pressemeute rief. Er konzentrierte sich auf Schneider. »In Ihrer beider Umfeld: Ist in letzter Zeit etwas Ungewöhnliches vorgefallen?«

»Etwas Ungewöhnliches?«

»Etwas, dass Ihnen beiden merkwürdig vorkam.«

»Nein, ähm, da ... da war nichts.«

»Er hat nichts erwähnt? Denken Sie bitte genau nach, jede Kleinigkeit, jede noch so beiläufige Bemerkung könnte wichtig sein.«

»Nein ...«

»Keine Person, die ihn verfolgte? Von der er sich bedroht fühlte?«

»... wirklich nicht.«

»Hat seine Tochter Jacqueline etwas erwähnt?«

»Nein, nein, ich ...« Schneiders Stimme wurde erneut von einem Hustenfall erstickt. Ihr Körper krampfte sich zusammen. Der Sanitäter eilte zu ihr, doch sie schickte ihn weg.

Frei winkte ihn zu sich, ließ ihn ihr etwas Wasser bringen. Er wartete, bis sie sich beruhigt hatte. »Haben Herr Pirnatt oder seine Tochter je Miroslav Kaltschuk erwähnt?«

»Wer ist das?«

»Sie haben den Namen also vorher noch nie gehört?«

»Hat *er* ...« Entsetzt riss Schneider ihre Augen auf. »Hat *er* Ludger umgebracht? Wer ist er? Warum?«

Frei überging ihre Fragen. »Sie haben gestern das Verhältnis zwischen Herrn Pirnatt und seiner Ex-Frau erwähnt. Erinnern Sie sich?«

Zögerlich nickte Schneider.

»Wie würden Sie das Verhältnis der beiden beschreiben?«

»Von Ludgers Seite: Er hat sich um Normalität bemüht. Sie ist aber mit ... mit der Trennung überhaupt nicht zurechtgekommen.«

»Gab es häufig Streit?«

»Es ... es gab immer Streit. Mal wegen der Scheidung, mal wegen mir, mal wegen Geld, oder wegen der Kinder. Sogar ...«, Schneider schnappte nach Luft, das viele Reden strengte sie an, »... sogar wegen ihres Babys. Sie wollte Unterhalt. Wie absurd!«

»Es ist sein Baby. Was soll daran absurd sein?«

»Nein«, Schneider schüttelte schwach den Kopf. »Nein, das Kind ist nicht von ihm. Wussten Sie das nicht?«

Frei verneinte.

»Sie ist fremdgegangen. Letztes Jahr, also, deshalb hat Ludger ...«, ihre Stimme schwankte, als sie seinen Namen erwähnte, »... deshalb hat er sich von ihr getrennt. Das hat sie nicht verkraftet, ähm, hat ihm Dinge vorgeworfen, sie hat Ludger ... hat ihm ...« Sie kämpfte gegen die Tränen. Mit einem Schluchzen sackte sie zurück auf die Liege. Der Sanitäter eilte zu ihr.

17.23 Uhr.

Der heraufziehende Abend schwärzte den Himmel und gemahnte an den Herbst. Ein kühler Wind fegte Frei ins Gesicht, als er aus dem Wagen stieg.

Zu seiner Überraschung wartete nicht nur Charlie, sondern auch Albers auf ihn – mit blassem Gesicht und einem riesigen Coffee-to-Go-Becher in der Hand.

»Wir haben uns in Tegel bei den Nachbarn umgehört«, kam sie seiner Frage zuvor. »Keiner kennt einen Herrn Kaltschuk. Auf der Mieterliste, die die Hausverwaltung uns geschickt hat, steht sein Name ebenfalls nicht verzeichnet. Laut dieser Liste stehen gegenwärtig sieben Wohnungen in dem Viertel rund um die Beckumer Straße leer, dies aber nicht erst die letzten zwei oder drei Monate. Ein Kaltschuk hat dort nie gewohnt.«

»Hast du ihn in den Datenbanken checken lassen?«

»Es liegt nichts gegen einen Miroslav Kaltschuk vor, abgesehen von einer Anzeige, die Frau Pirnatt vor drei Wochen gegen ihn erstattet hat. Die Beamten sind dem nachgegangen.« Albers nahm einen Schluck von ihrem Kaffee. »Na ja, sie hatten das gleiche Problem wie wir: Sie haben ihn in Tegel nicht ausfindig machen können. Aber das ist nicht einmal das Problem: Laut hiesigem Melderegister existiert in ganz Berlin kein Miroslav Kaltschuk.«

»Das bedeutet nicht, dass es ihn nicht gibt«, sagte Frei.

»Er könnte unter falschem Namen leben«, bemerkte Charlie.

»Natürlich«, Albers leerte ihre Kaffeebecher, »der Gedanke ist mir auch gekommen, aber wie sollen wir eine Suche nach ihm einleiten? Wir kennen seinen richtigen Namen nicht, haben nicht einmal ein Foto von ihm, nur die mehr als dürftige Personenbeschreibung von Frau Pirnatt. Meint ihr nicht, es wäre besser, sie noch einmal nach ihm zu befragen?«

»Und ihre Nachbarn«, schlug Charlie vor.

Frei nickte. »Fahren wir.«

EINUNDFÜNFZIG

Suse wollte ihren Sohn auf den Arm nehmen. Noch immer sträubte er sich gegen ihre Nähe.

Elena eilte ihr zur Hilfe. »Geh du schon mal vor«, sagte sie. »Ich komme mit den beiden nach.«

Suse zögerte.

»Na los!«

Der Polizist ging voraus zum Streifenwagen.

»Wieso?«, fragte Suse, als er ihr die Autotür öffnete. »Wieso will der Kommissar mit mir reden?«

»Das weiß ich nicht.«

»Er muss doch was gesagt haben.«

»Tut mir leid, Frau Pirnatt, ich ...«

»Geht es um meine Tochter?«

»Das weiß ich nicht.« Er schlug die Tür hinter ihr zu und setzte sich auf den Beifahrersitz. Sein Kollege gab Gas.

Nach nicht einmal fünf Minuten bogen sie in den Pillnitzer Weg. Der Abend senkte sich über die Stadt. Das Laternenlicht fiel auf eine Menschentraube, die sich vor dem Haus versammelt hatte.

Kaum hielt der Streifenwagen am Straßenrand, stürmten die Leute ihm entgegen. Fragen prasselten auf Suse ein. Sie schnappte nur Wortfetzen auf.

»... der Tote ...«

»... Ihr Mann ...«

»... Jacqueline ...«

Suses Magen verkrampfte sich. Sie wollte nicht aus dem Wagen aussteigen, nicht in ihre Wohnung gehen, stattdessen einfach wegfahren, ganz egal wohin, Hauptsache weg, um der schrecklichen Nachricht zu entgehen, die sie erwartete. Gleichzeitig konnte sie nicht schnell genug ins Haus gelangen, damit sie endlich die Wahrheit erfuhr.

Die beiden Streifenbeamten schlugen ihr eine Schneise durch die Meute.

Im Treppenhaus warteten der Kommissar und seine Kollegin. Andere Beamten, darunter ein junger Asiate, verteilten sich im Haus.

Suse sah ihnen erstaunt nach. »Was machen die?«

»Sie befragen Ihre Nachbarn«, erwiderte die Kommissarin.

Sie trug einen angespannten Blick zur Schau, der Suse nicht behagte. »Wieso?«

»Am besten, wir unterhalten uns in Ihrer Wohnung.«

Mit zitternden Händen entriegelte Suse die Tür. Nur beiläufig bekam sie mit, wie ordentlich es in ihrer Küche war, das Geschirr gespült, in die Schränke geräumt. Sogar den Tisch hatte ihre Schwester von einem Großteil der Gläser und Kisten befreit. Aber was spielte das noch für eine Rolle? Jetzt, da die Polizei endlich –

»Frau Pirnatt«, sagte der Kommissar, »leider haben wir eine traurige Nachricht.«

Suses Magen wurde zu Stein. Sie sackte auf einen Küchenstuhl. *Oh Gott, Jaquie, ich hab's gewusst!*

»Nein, nicht Ihre Tochter«, beeilte sich der Kommissar zu sagen, als wüsste er um ihren Gedanken.

Oder hatte Suse ihn ausgesprochen?

»Ihr Ex-Mann ist tot«, fügte der Kommissar hinzu. »Seine Leiche wurde heute gefunden.«

Also doch! Ludger war tot. Für einen Moment war sie sich

nicht sicher, ob die Bestätigung ihrer Ahnung sie erschüttern sollte oder ... Sie stutzte. Was hatte der Kommissar gerade eben gesagt. Sie hatten Ludgers Leiche *heute* gefunden? »Aber die Leiche gestern ...«

»Dazu können wir nichts sagen.«

»Das war dieser ... dieser Zackie? Oder?«

»Sprechen wir über Miroslav Kaltschuk«, mischte sich die Kommissarin ein. Ein seltsamer Tonfall lag in ihrer Stimme, beinahe vorwurfsvoll. »Sind Sie sicher, dass Sie sich mit ihm in der Beckumer Straße 11 getroffen haben?«

»Ja, das ... das habe ich Ihnen doch schon gesagt.«

Die Kommissarin nahm ihr Handy, rief Google Maps auf und zeigte Suse einige Fotos. »Könnte es auch die Nummer 22 gewesen sein? Oder die 23?«

Suse betrachtete die Häuser. »Die sehen ja alle gleich aus.«

»Deswegen frage ich Sie. Vielleicht haben Sie sich geirrt.«

»Nein, ich ... ich ...« Suse war verwirrt.

»Frau Pirnatt!«, sagte die Kommissarin, und jetzt klang sie tatsächlich genervt. »Sind Sie sich sicher, dass der Mann Miroslav Kaltschuk hieß?«

Vor dem Haus geriet die Reportermenge abermals in Aufruhr. Kurz darauf schob Elena aufgebracht den Kinderwagen in die Diele. Dennis stapfte mit verheultem Gesicht in das Kinderzimmer. Er schleuderte seinen Minion von sich und verkroch sich in sein Bett. Elena zog sich mit dem Baby ins Schlafzimmer zurück.

»Vielleicht haben Sie sich auch im Namen vertan«, sagte die Kommissarin.

Suse runzelte irritiert die Stirn. »Welcher Name?«

»Miroslav Kaltschuk.«

»Was soll das heißen? Was ist mit dem Namen?«

Die Kommissarin seufzte. »Wir haben Miroslav Kaltschuk überprüft. Es gibt ihn nicht.«

»Natürlich gibt es ihn!«, sagte Suse. »Ich habe ihn doch getroffen, in Tegel, ich bin bei ihm gewesen, in der Beckumer Straße 11.«

»Frau Pirnatt«, die Kommissarin klang, als spräche sie mit einem begriffsstutzigen Kind, »dort wohnt kein Miroslav Kaltschuk, und dort hat auch nie einer gewohnt. In ganz Berlin existiert kein Mann mit diesem Namen.«

Suse war wie vor den Kopf geschlagen. Was redete die Polizistin da? Unmöglich, sie musste sich irren. Suse bemerkte das verbissene Gesicht der Kommissarin. Glaubte sie etwa ... Nein, das war absurd.

Du lügst!

Suses Blick ging quer durch die Diele zu Dennis, der sich in seinem Bett eingerollt hatte. »Da!«, stieß Suse hervor.

»Wie bitte?«

»Da!« Sie zeigte hinaus in den Garten. Zwischen den Sträuchern starrte ein Gesicht zu ihnen in die Wohnung. *»Da ist er doch! Miro! Miroslav! Da!«*

ZWEIUNDFÜNFZIG

Frei sprang zur Terrassentür.

»Da!« Aufgeregt wies Pirnatt in den Garten. *»Da ist er!«*

Er riss die Tür auf und stürmte nach draußen.

»Sehen Sie ihn?«

Das Licht aus der Wohnung verlor sich auf halbem Weg zum Blumenbeet. Der restliche Garten lag im Schatten.

Frei sah gar nichts. Trotzdem tat er, eingeschnürt in seinen Maßanzug, einen ungelenken Satz über das Beet. Er rannte durch das Zwielicht bis zur Hecke am Gartenende.

Irgendwo knatterte ein Motorradauspuff. Ein Hund kläffte. Hinter ihm näherten sich Schritte.

»Und?«, fragte Albers.

Noch ehe sie zu ihm aufschloss, zwängte er sich durch die Hecke. Blätter schlugen ihm ins Gesicht, Zweige krallten sich in seinen Anzug. Dann endlich war er hindurch.

Seine Augen brauchten einen Moment, bis sie in der Dunkelheit eine schmale, unbefestigte Gasse ausmachten, die sich zwischen den Gärten schlängelte.

Knisternd tauchte Albers neben ihm auf.

»Du nach links«, rief er und rannte nach rechts, an weiteren Hecken, Mauern und einer vermüllten Brachfläche entlang, platschte mit seinen Derbyschuhen in eine Pfütze, fluchte und rannte vorbei an einem Maschendrahtzaun, hinter dem ein kläffender Bullterrier tobte.

Hundert Meter weiter erreichte er den Loschwitzer Weg – nichts als graue Plattenbauten, Autos dicht an dicht geparkt, Schatten dort, wo der Laternenschein nicht hinreichte. Auf einem winzigen Grünstreifen wucherte wildes Gestrüpp.

Der Fahrtwind eines Lkws trieb den Gestank von Hundescheiße heran. Eine junge Frau mühte sich mit ihrem Kinderwagen die Stufen zum Hauseingang ab.

Frei zückte seinen Ausweis. »Haben Sie«, er schnappte nach Luft, »haben Sie jemanden vorbeirennen sehen?«

»Nein, niemanden.«

»Auch nicht in die andere Richtung?«

»Ich ...«, angestrengt hievte die Frau ihren Kinderwagen empor, »... ich hab wirklich andere Sorgen.«

Frei schaute die Straße rauf und runter. Niemand, der ihm verdächtig vorkam.

»Hey«, japste die Frau, »können Sie mir nicht mal helfen?«

Er schleppte ihr den Kinderwagen ins Haus.

Kurz vor halb 7.

Während er die Stufen hinab zur Straße stieg, pflückte er Blätter und abgebrochene Zweige von seinem Anzug. Das Sakko war knittrig, die Hose mit Schlamm bespritzt, die Derbyschuhe ruiniert. Missmutig wandte er sich zurück zum Pillnitzer Weg.

Aus dem Augenwinkel nahm er eine Bewegung wahr. Ohne zu zögern, stürmte er auf den Grünstreifen zu.

Eine Gestalt sprang hinter dem Gestrüpp hervor.

Instinktiv drehte Frei sich ein Stück zur Seite. Von seiner Schulter getroffen, ging der Mann zu Boden.

»Aua!«

Frei starrte auf ihn herab. »Sie?«

»Scheiße!« Hardy Sackowitz rappelte sich auf. Angewidert beäugte er seine verschmierte, stinkende Hose. »Ich bin in Hundekacke gefallen.« Der Reporter funkelte Frei wütend an. »Haben Sie noch alle Tassen im Schrank?«

»Die gleiche Frage sollte ich Ihnen stellen!«

»Ich? Ich habe ...«

»... nichts Besseres zu tun, als sich in den Garten von Frau Pirnatt zu schleichen. Habe ich Ihnen dazu nicht gestern ausdrücklich etwas gesagt?«

»Ich mache nur meine Arbeit und das sollten Sie ... Aua!« Sackowitz heulte auf.

Frei hatte ihn am Kragen gepackt und zog ihn mit sich.

»Was soll das?«, zeterte Sackowitz.

»Hören Sie auf zu zappeln, oder meine Kollegin legt Ihnen Handschellen an.«

Außer Atem eilte ihnen Albers entgegen.

»Wir sollten einen Kollegen hinter Pirnatts Garten postieren«, sagte Frei.

Albers zückte ihr Handy, wählte eine Nummer und erteilte einen Befehl. Als sie wieder auflegte, fragte sie: »Sag mal, was stinkt denn hier so?«

Ohne zu antworten, schleifte Frei den Reporter zurück in die Gasse und bis zur Hecke hinter Pirnatts Garten. Er stieß ihn durch das Gestrüpp. »Und passen Sie verdammt noch mal auf, dass Sie mir mit der Hundekacke nicht endgültig meinen Anzug ruinieren!«

Pirnatt wartete im Garten.

»Erkennen Sie diesen Mann?«, fragte Frei.

»Ja«, Pirnatt guckte verwundert. »Ja, den kenne ich.«

»Ist das Miroslav?«

»Nein, das ist er nicht.«

»Sind Sie sich sicher?«

»Ja, das ist ...«

»Hardy Sackowitz«, sagte der Reporter, »ich bin der Journalist, erinnern Sie sich? Wir hatten ...«

»Halten Sie den Mund!«, blaffte Frei ihn an.

»Nein«, Pirnatt schüttelte den Kopf, »Miro war kein Journalist.«

»Was war er denn?«

»Das ... das weiß ich nicht.«

»Woher«, fragte Frei, »wollen Sie dann wissen, dass er kein Journalist war?«

Pirnatt runzelte die Stirn. Dann stieß sie trotzig hervor: »Aber er verfolgt mich!«

Drinnen quiekte ihr Baby. Pirnatts Schwester stand mit dem Kleinen im Kinderzimmer. Flüsternd sprach sie auf Pirnatts Sohn ein, der seiner Tante schließlich in die Küche folgte.

Pirnatt schien davon nichts mitbekommen zu haben. Ihr Blick irrte zwischen Sackowitz und Frei hin und her.

Als niemand reagierte, kehrte sie in ihre Wohnung zurück.

Sie hatte das Kinderzimmer halb durchquert, als sie abrupt stehen blieb. Sie bückte sich nach dem Minion und sank erschöpft auf das Bett ihrer Tochter.

18.58 Uhr.

»Also«, Sackowitz räusperte sich, »wer ist denn dieser Miroslav?«

»Sie können gehen«, sagte Frei.

»Nein, mein lieber Herr Frei.« Der Reporter wies anklagend auf seine verschmierte, stinkende Hose. »Nach dieser Aktion sind Sie mir etwas schuldig.«

Frei zupfte an seinem eigenen, knittrigen Sakko. »Was glauben Sie, was *Sie* mir schuldig sind?«

»Dann sagen Sie mir wenigstens, wer das Opfer in der Halle in ...«

»Entweder Sie verschwinden, oder ich lasse Sie in Handschellen abführen – vor den Objektiven Ihrer Kollegen da draußen.«

Sackowitz lachte. »Das werden Sie nicht wagen!«

»Louisa!«

Albers zückte die Handschellen.

Rasch tat der Reporter einen Schritt in Pirnatts Wohnung.

Frei hielt ihn am Arm zurück. »Dort«, er schob Sackowitz in Richtung Hecke, »ist der Ausgang.«

»Ach kommen Sie ...«

»Louisa!«

»Ist ja gut.« Maulend machte sich der Reporter davon.

Albers sah ihm nach. Als sie davon überzeugt war, dass er tatsächlich verschwunden war, fragte sie: »Was, wenn es diesen Miroslav Kaltschuk gar nicht gibt?«

Die gleiche Frage hatte sich Frei inzwischen auch gestellt.

»Ich meine«, Albers rieb sich ihr müdes Gesicht, »es wäre nicht das erste Mal, dass Frau Pirnatt Dinge erzählt, die offenbar nur ihrer eigenen Wahrnehmung entspringen.«

Zwanzig nach 7.

»Henry, Louisa«, Charlie trat zu ihnen hinaus in den Garten, »ich habe mit einem der Nachbarn gesprochen.«

»Hat er Miroslav Kaltschuk erwähnt?«

»Nein, das nicht, aber das solltet ihr euch trotzdem unbedingt anhören!«

Irgendwann richtet sie sich auf. Die Kartoffeln, Bohnen und das Bratenfleisch rührt sie nicht an. Sie kann es nicht. Allein beim Anblick des Essens wird ihr abermals schlecht. Obwohl sie sich gerade erst entleert hat, muss sie außerdem schon wieder auf die Toilette. Aber es gibt nur die Schüssel, die ihr Peiniger in den Raum gestellt hat.

Zum Glück haben wenigstens die Kopfschmerzen nachgelassen. Dafür wächst ihre Angst. Ist es noch Nacht? Oder bereits wieder Tag? Wie lange ist sie jetzt schon in diesem Verlies gefangen? Sie hat jedes Zeitgefühl verloren.

Sie hält den Druck nicht mehr aus. Sie rafft ihre Hose auf die Knöchel, hockt sich über die Schüssel und verrichtet ihr Geschäft. Ein beschämtes Wimmern löst sich aus ihrer Kehle.

Sie ist gerade fertig, als sie das Rasseln der Schlüssel hört. Hastig zieht sie sich die Hose hoch, robbt zurück auf die Matratze, zieht die Beine an die Brust und umschlingt sie mit den Armen. Sie kann ihr Zittern nicht verbergen.

Als ihr Peiniger das Essen sieht, das sie nicht angerührt hat, funkelt er sie verärgert an. »Du solltest essen.«

Sie meidet seinen Blick.

»Du musst zu Kräften kommen.«

Aus dem Augenwinkel sieht sie, wie er mit seiner Eisenstange hantiert.

»Wie du meinst«, sagt er achselzuckend und verlässt das Verlies.

Es stinkt nach Fäkalien. Er hat die Schüssel nicht entleert.

Dafür schaltet er das Licht aus, das durch das kleine Türfenster fällt.

Jetzt sitzt sie im Dunkeln.

Ihre Furcht weicht einer plötzlichen Wut.

Du musst zu Kräften kommen.

Nein, sie muss hier raus. So schnell wie möglich.

Bloß wie?

DREIUNDFÜNFZIG

Frei zog sein Sakko zurecht. Es war mit Dreck besudelt und zerknittert. Missmutig ließ er sich auf das Sofa nieder.

19.38 Uhr.

»Das ist Herr Hinze«, stellte Charlie den Mann auf der Couch gegenüber vor – um die 40, gut 1,80 Meter groß, breitschultrig, ein wenig korpulent, ergraut, ziemlich verlebt mit schweren Augenlidern und Tränensäcken im aufgedunsenen Gesicht.

Aus der Stereoanlage am Fenster wummerte leise Techno.

Hinze tippte im Takt mit seinem Fuß. »Yo«, er grinste Albers an, »wir hatten ja schon das Vergnügen.«

Sie beließ es bei einem Kopfnicken.

Sein Grinsen wurde breiter. »Es geht immer noch um die Kleine von unten, oder?«

»Jacqueline Pirnatt!«, sagte Albers barsch. »Sie wird vermisst, ich weiß nicht, was es da zu lachen gibt.«

Hinzes Grienen gefror. Er brauchte einen Augenblick, bis er die Zurechtweisung verdaut hatte. »Ist sie nicht tot?«

»Wie kommen Sie darauf?«

»Im Radio hieß es, Sie haben eine Leiche gefunden und es gäbe eine Verbindung zu ...«

»Nein«, ergriff Frei das Wort, »soviel kann ich Ihnen verraten, es handelt sich dabei nicht um Jacqueline Pirnatt.«

»Aber sie wird immer noch vermisst?«

»Das hat meine Kollegin Ihnen doch bereits gesagt.«

»Ist sie ausgerissen?«

»Wir gehen allen Möglichkeiten nach«, sagte Frei.

»Yo«, Hinze lehnte sich auf der Couch zurück, »wundern tät's mich nicht, wenn sie Reißaus genommen hat.«

»Wie meinen Sie das?«, fragte Albers.

»Weil sie sich ständig mit ihrer Mutter gestritten hat, beinahe jeden Tag. Was meinen Sie, warum ich so laut Musik höre?« Die Andeutung eines Grinsens ging zu Albers, aber es erstarb, als Hinze ihren giftigen Blick bemerkte. »Das Geschrei ist kaum auszuhalten, vor allem, wenn man ausschlafen muss. Wissen Sie, ich arbeite nachts, als DJ«, er zeigte auf ein Mischpult und zwei Plattenspieler, die vor dem Fenster standen. Einer der beiden Plattenspieler war in Betrieb. »Mein Schlafzimmer liegt direkt über deren Kinderzimmer, und die Decken, ich sag's Ihnen, die Genossen haben damals in diesen Plattenbauten ...«

»Herr Hinze«, fiel ihm Charlie ins Wort, »berichten Sie meinen Kollegen bitte, was Sie mir gerade erzählt haben.«

»Yo«, Hinze bog den Kopf nach rechts und nach links, bis sein Halswirbel knackte, »wie ich schon sagte, die Pirnatt ist völlig überfordert mit ihren Gören, aber Sie wissen ja, wie das so ist.«

»Nein, weiß ich nicht«, knurrte Albers.

»Muss erst was passieren, bis jemand reagiert?«

»Ist etwas passiert?«

»Deswegen sind Sie doch da, oder?« Hinzes entrüsteter Blick wanderte von Albers zu Frei, von ihm zu Charlie, zurück zu Albers. »Die Kleine ist abgehauen.«

»Und das überrascht sie offenbar nicht«, sagte Albers. »Wieso?«

»Hab ich doch gesagt, weil's nicht zum Aushalten war. Also, ich hätt's auch nicht mit der Mutter ausgehalten.«

»Geht es auch etwas konkreter?«

»Sie hat die Kinder geschlagen«, sagte Hinze.

Die Musik verklang. Stille erfasste den Raum, erfüllt nur vom Knacken der Nadel in der Schallplattenrille.

Kurz vor 8.

»Waren Sie Zeuge dabei«, fragte Frei, »während Frau Pirnatt ihre Kinder geschlagen hat?«

»Nein, aber gehört hab ich das, ich habe doch gesagt, in dieser Bruchbude kann man jeden Furz vom Nachbarn hören. Aber der Gipfel ... Moment!« Hinze stemmte sich aus der Couch, schlurfte hinüber zum Plattenspieler und legte eine neue Technoplatte auf.

In Freis Ohren klang sie wie die vorherige.

Hinze streckte sich, seine Glieder knackten, dann fiel er zurück aufs Sofa. »Wo waren wir stehen geblieben?«

»Der Gipfel, sagten Sie.«

»Yo, genau, vor vier oder fünf Tagen. Da hatten sie sich wieder mal in der Wolle, Pirnatt und ihre Tochter. Es ging um den Vater, das war nicht zu überhören, irgendwas wegen dem Wochenende. Da hat Pirnatt sie in ihr Zimmer gesperrt, fast zwei Tage lang.«

»Sind Sie sich sicher?«

»So laut, wie die gekeift hat? Ja, da bin ich mir sicher. Stundenlang hat die Kleine rumgebrüllt, dass sie sich das nicht gefallen lasse, dass sie abhauen würde. Und ihre Mutter, die Pirnatt, die war genauso laut. Sie würde schon sehen, was sie davon habe, hat sie ihre Tochter angeschrien. Dass ihr das noch leidtun werde. Und dass sie ... dass sie zu Kreuze kriechen würde.«

»Zu Kreuze kriechen?«, fragte Frei. »*Das* hat sie gesagt?«

Hinze nickte.

»Und warum erzählen Sie uns das erst jetzt?«

»Hey«, Hinzes Leib zuckte, während er arglos die Schultern hob, »es hat geheißen, die Kleine ist ausgerissen, wie gesagt, das hat mich nicht überrascht, also bei den Verhältnissen da unten.«

»Sie haben sich keine Sorgen gemacht?«

»Sorgen? Nee, ich war froh, dass endlich Ruhe eingekehrt ist.«

VIERUNDFÜNFZIG

Nach wie vor kauerte Suse auf dem Bett ihrer Tochter. Zwischen ihren Händen lag Dennis' Minion, als könnte er sie vor dem Wahnsinn bewahren, der sie zunehmend erfasste.

Nein, sie hatte sich die Begegnung mit Miro nicht eingebildet. Auf keinen Fall. Dass er ihr immer wieder auflauerte, entsprang ebenso wenig ihrer Phantasie.

Verflixt, sie hatte ihn vor wenigen Minuten doch erst im Garten entdeckt. Und dennoch ...

In ganz Berlin existiert kein Mann dieses Namens.

Erwischt hatten die Polizisten nur diesen Reporter. Miro dagegen war weg gewesen. Wie immer. Als hätte es ihn nie gegeben.

»Frau Pirnatt?«

Suse schreckte aus ihren Gedanken auf. Wie lange stand der Kommissar schon bei ihr im Zimmer? Wieso war seine Miene düster und abweisend? Warum fühlte sie sich von ihm bedroht?

Er sagte: »Sie haben uns erzählt, Ihre Tochter sei vergangenes Wochenende bei Ihrem Vater gewesen.«

Suse nickte.

»Sie haben auch gesagt, Ihrer Tochter hätte es dort nicht gefallen.«

Noch einmal antwortete Suse mit einem Kopfnicken.

»Dessen neue Freundin hat das Gegenteil ausgesagt. Jacqueline hat es bei ihrem Vater gefallen. Sie ist gern bei ihm –«

»Sie lügt«, fiel Suse ihm wütend ins Wort.

Im Schlafzimmer stieß Theo ein Quaken aus. Die Stimmen von Suses Schwester und Dennis drangen gedämpft durch die Wand. Sie klangen vergnügt.

Suses Finger krampften sich um den Minion.

»Hatten Sie Streit mit Ihrer Tochter?«, fragte der Kommissar.

»Das habe ich doch gesagt, sie ...«

»Haben Sie sie eingesperrt?«

»Wie bitte?«

»Ob Sie sie eingesperrt haben? Mehrere Tage lang?«

»Was soll die Frage?«

»War Ihre Tochter deshalb nicht mehr in der Schule?«

Die Richtung, die das Gespräch nahm, behagte Suse nicht. Was hatte das alles mit Jaquies Verschwinden und dem Mord an –

»Frau Pirnatt«, sagte der Kommissar, »haben Sie Ihre Tochter geschlagen?«

Suse knetete die Spielfigur.

»Haben Sie sie verletzt?«

Ihr Unbehagen war schier unerträglich.

»Vielleicht haben Sie es nicht gewollt, aber es ist passiert. Weil sie wütend waren? Manchmal geschehen Dinge«, der Kommissar machte eine kurze Pause, »und erst später begreift man, was man angerichtet hat.«

Suse starrte ihn an. Ihre Kehle schnürte sich zu. Plötzlich glaubte sie zu begreifen. Die Polizisten zweifelten nicht nur an Miros Existenz. Sie schienen nicht einmal mehr überzeugt, dass Jaquie verschwunden war, also, *wirklich* verschwunden, sondern –

Aus der Diele rief der asiatische Kollege nach dem Kommissar. Dessen Kollegin rieb sich müde die Augen, während sie auf ihr Handy blickte.

Einem Impuls folgend rannte Suse in den Garten.

FÜNFUNDFÜNFZIG

Frei sah sie weglaufen. *»Frau Pirnatt!«*

Erschrocken schaute Albers von ihrem Handy auf. Sie tat einen Satz zur Tür. Zu spät. Pirnatt rannte durch das Zwielicht im Garten. Kurz darauf verriet raschelndes Gestrüpp, dass sie sich durch die Hecke zwängte.

»Halten Sie sie auf!«, rief Albers dem Kollegen zu, den sie hinter dem Haus postiert hatte.

Seine Antwort war ein überraschter Schrei. »Hey!« Dann: »Autsch!«

Fluchend setzte sich Albers in Bewegung. Auch Frei eilte ein weiteres Mal durch den Garten, bahnte sich einen Weg durch die Hecke, ignorierte die Zweige, die ihm ins Gesicht peitschten, die sich in seinen Anzug krallten – der war ohnehin ruiniert.

In der dunklen Gasse saß ein fülliger Uniformierter auf seinem Hosenboden. »Sie ...«, hilflos ruderte er mit den Armen, »... sie hat mich überrascht.«

»Wo ist sie hin?«

»Dort lang!« Er gestikulierte wild in Richtung der Mündung zum Loschwitzer Weg.

Frei sah gerade noch, wie Albers um die Ecke bog. Er setzte ihr nach, erneut vorbei an den Gärten, Mauern, dem Maschendrahtzaun, hinter dem der Bullterrier wütete.

Als Frei die Straße erreichte, verschwand Pirnatt schräg gegenüber in die Dunkelheit einer Grünanlage. Albers war ihr dicht auf den Fersen.

Frei hastete hinterher. Das Herz schlug ihm bis hinauf

zum Hals. Schatten hingen zwischen den Bäumen und Sträuchern. Um ein Haar rutschte er in einer Pfütze aus, hielt sich auf den Beinen, lief weiter. Eine Mauer zog an ihm vorüber, die wilden Graffitis wirkten noch kruder in der Finsternis.

Auf einer Bank hockten zwei Gestalten. Bierflaschen klirrten. Zigarettenglut flammte auf. Ein süßlicher Geruch stieg in seine Nase.

Dann hatte er die andere Seite des Wohnblocks erreicht. Seine Lunge brannte. Für einen Moment war er sich sicher, Albers aus den Augen verloren zu haben.

In der gleichen Sekunde sah er sie hinter einem geparkten Bully in eine Seitenstraße rennen. Er folgte ihr, beschleunigte noch einmal seine Schritte, tat gerade noch rechtzeitig einen Satz über ein tiefes Schlagloch. Der Schweiß quoll aus seinen Poren.

Ein Stück voraus hastete Pirnatt auf die Heerstraße zu. Sie schlängelte sich zwischen parkenden Autos und wechselte die Straßenseite. Eine Hupe dröhnte, gleich darauf schoss ein Auto vorbei.

Albers setzte zu einem Sprint an.

»Louisa!«, rief Frei.

Knapp vor einem Bus überquerte sie die Straße. Bremsen quietschten, erneut erscholl wütendes Hupen.

Drüben verschwand Pirnatt zwischen Hochhäusern. Der Abstand zu Albers war größer geworden.

Frei wartete eine Lücke im Verkehr ab, bevor auch er über die Straße eilte. Zwischen den Häuserfassaden konnte er deutlich das Klappern von Albers' Absätzen hören. Er folgte dem Geräusch, während sich aus der Dunkelheit vor ihm schemenhaft graue Sträucher schälten, eine Parkbank, deren Sitzfläche man zerschlagen hatte, Müllsäcke, das Skelett eines Fahrrads, ein Trafo-Häuschen und –

»Verdammt!«

Sein Schuh traf auf einen Widerstand. Er stürzte, schlug hart mit einem Knie auf dem Asphalt auf, konnte sich aber zumindest noch rechtzeitig mit den Händen abstützen. Er unterdrückte einen Schmerzenslaut, richtete sich auf, biss auf die Zähne und rannte weiter, bis er den Rand der Hochhaussiedlung erreichte.

Vor ihm lag das stille Zwielicht einer Laubenpieperkolonie. Eine einsame Laterne verströmte fahles Licht. Irgendwo kokelte ein Grillfeuer.

20.09 Uhr.

Freis Blick versuchte in die Schatten zwischen den kleinen Hütten einzudringen – vergeblich.

SECHSUNDFÜNFZIG

Suse richtete sich vorsichtig auf. Ihr Herz pochte laut. Viel zu laut. Sie hielt den Atem an, spähte um das Trafo-Häuschen.

Die Polizisten waren nirgendwo zu sehen.

Sie stieß sich ab und schlich durch die Dunkelheit des Viertels zurück zur Heerstraße. Erst jetzt wurde ihr bewusst, dass ihre Finger noch immer den Minion umkrampft hielten.

Was zum Teufel hatte sie getan?

Sie war aus ihrer Wohnung abgehauen, noch ehe sie begriffen hatte, was sie tat. Sie hatte nur noch weg gewollt.

Wohin eigentlich?

Verzweifelt rieb sie sich die Augen, als sei sie aus einem schlimmen Traum erwacht.

Und wie nach einem Albtraum hallten die Fragen des Kommissars in ihrem Kopf nach. Woher kam dessen plötzlicher Verdacht, sie würde lügen?

Stöhnend holte sie Luft und marschierte weiter.

Kurz dachte sie an ihre Söhne, Dennis und Theo, die sie in ihrer Wohnung zurückgelassen hatte. Aber sie wusste, ihre Schwester Elena würde sich gut um die beiden kümmern.

Denn jetzt musste Suse Miro finden. Und sie musste Jaquie retten.

Wenn schon die Polizisten nicht in der Lage dazu waren. Schlimmer noch, wenn sie sogar glaubten, Suse hätte irgendetwas mit dem Verschwinden ihrer Tochter zu tun. Nichts anderes hatten die Fragen des Kommissars bedeutet. Er hatte Suse im Verdacht.

Natürlich, die letzte Zeit war anstrengend für sie gewesen, geprägt von Schmerz, Trauer und, verflixt, ja, auch Wut. Aber das bedeutete doch nicht, dass sie –

Das Geräusch hinter sich hörte sie zu spät. Suse wirbelte herum. Etwas krachte gegen ihren Kopf.

Dann war da nur noch Dunkelheit.

SIEBENUNDFÜNFZIG

Frei wartete, bis sich sein Atem beruhigte.

Auch sein Herzschlag ging wieder normal. Sein Anzug hingegen war endgültig ruiniert. In der Hose klaffte auf Kniehöhe ein Riss.

Zwanzig nach 8.

Er lauschte dem fernen Verkehrsrauschen, hörte ein Lachen, Babygeschrei, einen Hund.

»Henry?«, vernahm er Albers' atemlose Stimme zwischen den Gartenhütten.

»Hier!«

Kurz darauf trat sie zu ihm ins Laternenlicht. Sie schüttelte den Kopf, als scheute sie sich, das Offenkundige auszusprechen. *Pirnatt ist mir entwischt.*

Frei begab sich mit ihr gemeinsam auf den Rückweg.

»Warum«, Albers holte Luft, »ist sie weggerannt?«

»Die Frage ist wohl eher: Warum konnte sie *entkommen?«*

Albers setzte zu einer Antwort an. Dann schloss sie wieder den Mund und zupfte verlegen an ihrem Pferdeschwanz.

»Wir schreiben sie zur Fahndung aus«, sagte Frei.

»Ich kümmere mich darum«, erwiderte Albers mit der Diensteifrigkeit eines schlechten Gewissens. Dann fluchte sie. »Scheiße, aua!«

»Was ist?«

»Ich hab mir den Fuß angeschlagen und ... Moment mal!« Sie schaltete die Taschenlampe ihres Telefons ein und bückte sich. »Schau mal, ist das nicht der Minion von Pirnatts Sohn?«

Vor ihnen lag im kalten Licht des Smartphones die gelbe Stofffigur.

Frei warf einen forschenden Blick in die Dunkelheit, die sie umgab. Er glaubte das Trafo-Häuschen zu erkennen, das ausgeweidete Fahrrad, die Abfalltüten, die ramponierte Parkbank.

»Wenn ich mich nicht täusche, bin ich hier vorhin auch gestolpert.« Er deutete auf einen Pflasterstein vor Albers' Stiefeln.

Albers schwenkte die Lampe über den Boden hin und her, bis sie innehielt. »Da ist Blut.«

Frei beäugte sein Knie. »Nicht von mir.«

»Dann hat sie sich vielleicht verletzt.«

»Nicht schwer genug, um nicht noch zu entkommen.« Frei lief weiter bis zur Heerstraße.

Schweigend warteten sie an der Ampel. Auch während ihres weiteren Weges wechselten sie kein Wort miteinander.

Erst als die Kreuzung zum Pillnitzer Weg vor ihnen auftauchte, sagte Frei: »Wenn das hier heute beendet ist, fährst du nach Hause. Und morgen lässt du dich krankschreiben!«

Albers schwieg.

»Bevor noch Schlimmeres passiert.«

Schweigen.

»Nur ein paar Tage, damit du –«

Aufgeregte Stimmen schallten ihnen entgegen. Die Journalisten, die sich vor Pirnatts Haus versammelt hatten, waren in Aufruhr. Nur mit Mühe hielten Schutzpolizeibeamte sie vom Zutritt ab.

Fast überhörte Frei sein Handyklingeln.

Es war Charlie. »Wo seid ihr?«

»Quasi vor der Tür. Warte!« Frei bahnte sich einen Weg durch die Meute. Fragen prasselten auf ihn.

»Haben Sie Jacqueline gerettet?«

»Was ist ihr widerfahren?«

»Geht es ihr gut?«

Endlich stand er in Pirnatts Wohnung.

»Henry, Louisa«, Charlie eilte in die Diele, »sie ist wieder da.«

»Wer?«

Charlie winkte sie in die Küche.

Dreiviertel 9.

Am Tisch saß ein Junge, keine 17 oder 18 Jahre alt, neben ihm ein ebenso junges Mädchen.

»Jacqueline Pirnatt«, sagte Charlie.

ACHTUNDFÜNFZIG

Suse wurde wach. Aber was bedeutete wach? Hatte sie geschlafen? Sie wusste es nicht.

Sie lag in der Finsternis, und diese kam ihr gnädig vor, weil sie nicht ihr karges Verlies sehen musste, die fleckige Matratze, die Blutlache, das Essen, das ihr Peiniger für sie angerichtet hatte. Es reichte, dass sie die Nässe zwischen ihren Beinen spürte, das Erbrochene auf ihren Klamotten, und dass sie sich schämte. Ihre Wut war längst verpufft, einer neuerlichen Panik gewichen.

Wieso sollte sie essen? Zu Kräften kommen? Was hatte ihr Peiniger mit ihr vor?

Sie musste mit ihm reden. Einen Draht zu ihm finden. Machte man das nicht? Die Empathie seines Entführers ansprechen? Sein Mitgefühl wecken?

Es dauerte nicht lange, da stand er erneut in der Tür.

»Ich ... ich stinke«, war das Einzige, was ihr einfiel.

Er antwortete nicht.

»Ich brauche was Neues zum Anziehen.«

Er ignorierte sie, ging zu der Schüssel und bückte sich danach. Dabei war er zum ersten Mal unachtsam. Die Tür stand immer noch offen.

Suse hatte die Überraschung auf ihrer Seite. Mit der Faust voran sprang sie auf und traf ihren Peiniger am Kinn. Er stürzte zu Boden, knallte mit dem Kopf gegen die Wand.

Sie stürmte aus dem Verlies, wankte, weil ihre Beine sich anfühlten wie Pudding.

Trotzdem schaffte sie es hinaus. Sie schlug die Tür hinter

sich zu, suchte einen Schlüssel. Verflixt, da war kein Schlüssel. Ihr Peiniger hatte ihn bei sich.

Worauf wartest du?

Sie stieß sich von der Tür ab, torkelte durch einen kurzen, schmalen Flur, ihren Blick auf die rettenden Stufen vor ihr gerichtet.

Sie hörte ihr eigenes Keuchen, laut und in Panik, als käme es von jemand anderem.

Hinter ihr flog die Tür krachend auf.

Endlich hatte sie die Treppe erreicht. Sie setzte ihren Fuß auf die erste Stufe.

Knirschende Schritte kamen näher.

NEUNUNDFÜNFZIG

Frei ging ins Badezimmer und versuchte sein ramponiertes Erscheinungsbild in Ordnung zu bringen. Ein hoffnungsloses Unterfangen.

21.03 Uhr.

Zähneknirschend begab er sich zu den Teenagern in die Küche.

»Du brauchst wirklich keinen Arzt?«, fragte Albers.

»Nein«, beteuerte Jacqueline, »wirklich nicht.«

»Und dir ist nichts passiert?«

»Sag ich doch. Und niemand hat mich verschleppt.« Sie tauschte einen Blick mit dem Jungen, der neben ihr hockte – Sneakers, Dreiviertelshorts, ein T-Shirt mit *Brooklyn*-Aufdruck, der erste Bartflaum auf den Wangen.

Sie selbst trug schwarze Shorts, ein schwarzes, ärmelloses Shirt und schwarze Flipflops. Ihr Haar war brünett wie das ihrer Mutter. Sie schaute aus wie auf dem Foto, das sie von Pirnatt erhalten hatten, vielleicht etwas älter inzwischen, etwas reifer und abgebrühter. Sie wirkte tatsächlich nicht, als läge eine traumatische Erfahrung hinter ihr.

Frei setzte sich ihr gegenüber. »Was ist passiert?«

»Nichts.«

»Aber du weißt, dass deine Mutter dich als vermisst gemeldet hat.«

»Das haben wir mitgekriegt, heute Mittag am Flughafen.«

»Am Flughafen?«, warf Charlie ein. »Was wolltet ihr am Flughafen?«

»Na wegfliegen natürlich, was sonst?«

»Nach Las Vegas.« Jacqueline griff nach der Hand des Jungen. »Ewan hat dort Verwandte, bei denen wir hätten leben können.«

Charlie wollte etwas erwidern.

»Ihr wolltet also ausreißen?«, kam Albers ihm zuvor.

»Ich wollte weg!«, sagte Jacqueline. »Ja. Ich habe es hier nicht mehr ausgehalten. Aber dann ... na ja, dann meinte Ewan, wir sollten vielleicht doch lieber nach Hause, bevor es noch mehr Ärger gibt.« Sie spannte ihre Schultern an und schaute scheu zu Albers. »Kriegen wir denn Ärger?«

»Erst einmal sind wir froh, dass du wohlbehalten zu Hause bist.«

Erleichtert löste sich Jacquelines Anspannung. »Eigentlich wollte ich ja lieber zu Papa, aber da hat niemand aufgemacht. Und an sein Handy geht er auch nicht. Also bin ich wieder hier.« Jacqueline spähte zur Küche hinaus. »Wo ist Mama eigentlich?«

»Sie ist ...«, Albers zögerte, »... weg.«

»Wohin?«

»Das ist eine ausgezeichnete Frage. Hast du eine Ahnung, wohin sie gegangen sein könnte?«, fragte Frei.

Jacqueline sah ihn mit großen Augen an. »Wird sie auch vermisst?«

»Nein, sie ...«, er legte sich seine Worte sorgsam zurecht, »... sie war in Panik und ist weggerannt.«

»Vor wem ist sie denn weggerannt?«, fragte Jacqueline ungläubig.

»Vor uns. Weil wir ihr gegenüber die Vermutung geäußert haben, sie könnte dir etwas angetan haben.«

»Mir?«

»Sie hat dich geschlagen und eingesperrt. Stimmt das?«

»Ja«, Jacqueline senkte den Blick, »manchmal.«

»Und du«, Frei sah den Jungen an, »wer bist du?«

»Ewan«, Jacqueline hielt immer noch seine Hand, »das hab ich doch gesagt. Er ist mein Freund.«

Ewan lächelte verlegen.

»Aber davon weiß Mama bisher nichts«, fügte Jacqueline hinzu.

Sie kennen den Freund ihrer Tochter nicht?

Zwanzig nach 9.

»Kennst du Ilja Zackowski?«, fragte Albers.

»Zackie?« Jacqueline verzog angewidert das Gesicht. »Klar. Wieso?«

»Deine Mutter hat uns erzählt, du wärst mit ihm zusammen.«

»Mit diesem Honk? Keine Ahnung, wie sie darauf kommt, ich hab ihr tausendmal gesagt, dass Zackie ... Igitt, nee, der doch nicht. Aber das ist echt typisch, sie hat sich ständig in Sachen reingesteigert, die gar nicht stimmten.«

»Was zum Beispiel?«

»Na, dass Zackie mein Freund ist.«

»Oder dass Theo das Kind deines Vaters ist?«

»Ja, genau«, Jacqueline nickte heftig. »Oder dass ich auf Papa sauer bin, weil er uns verlassen hat. Oder letzte Woche, als sie felsenfest davon überzeugt war, dass Dennis draußen beim Spielen das Blumenbeet zertrampelt hat. Aber das war dieser Typ.«

»Miroslav Kaltschuk?«, fragte Albers.

»Keine Ahnung, wie der heißt, aber er hat sie verfolgt.«

»Ist es möglich, dass es diesen Mann gar nicht gibt?«

»Sie hat von ihm erzählt.«

»Aber selbst gesehen hast du ihn nicht?«, fragte Albers.

»Doch«, erwiderte Jacqueline, »einmal, in unserem Garten, das war voll unheimlich. Aber deshalb wusste ich, dass er es war, der die Blumen zertrampelt hat.«

»Wie sah er aus?«

»Es war Abend, viel habe ich nicht erkannt. Außerdem war ich froh, als er weg war, aber ...«

»Ich hab ihn auch gesehen«, meldete sich Ewan zu Wort, »hinten im Garten. Da musste ich ja auch immer reingekommen, weil Jaquies Mutter nicht mitkriegen sollte, dass sie und ich, also ... Ich habe aufgepasst, dass mich niemand sieht.«

»Und dabei ist er dir aufgefallen?«, fragte Albers.

Ewan bejahte. »Aber er hat mich nicht bemerkt. Erst hab ich gedacht, das ist ein Einbrecher, deshalb bin ich ihm gefolgt. Als Jaquie mir später von diesem Typen erzählt hat, der ihrer Mutter nachstellt, ist mir dann klar geworden, dass das kein Einbrecher war.«

»Wie sah der Mann aus?«

»Der war groß, schlank und hatte dunkle Haare. Und er trug eine Art Uniform.«

»Eine Uniform?«, fragte Frei.

»Ja. Eine grüne Uniform.«

»Du hast erzählt, du bist ihm gefolgt?«

»Ja, bis zu seinem Wagen. Ich hab ihn fortfahren sehen.«

»Hast du den Wagen erkennen können?«

»Es war ein ...«, Ewan kniff die Augen zusammen, »... wie nennt man die noch mal? Mit dieser Ladefläche?«

»Ein Pick-up?«, warf Charlie ein.

Ewan nickte. »Genau!«

»Das Kennzeichen dieses Pick-ups hast du dir aber nicht gemerkt, oder?«, fragte Frei.

»Nein, also ...« Ewan schüttelte bedauernd den Kopf.

Noch ehe er etwas hinzufügen konnte, griff Frei zu seinem Handy und wählte Dr. Boddes Nummer.

21.43 Uhr.

»Herr Frei«, meldete sich die Kriminaltechnikerin, »Sie haben Glück, dass Sie mich noch erreichen, ich wollte gerade ...«

»Nur eine Frage, und zwar zu den Reifenspuren, die sie vor Pirnatts Firma in Weißensee gesichert haben.«

»Dazu habe ich gerade meinen Bericht angefertigt. Er liegt morgen früh bei Ihnen auf dem Tisch.«

»Können Sie mir das Ergebnis Ihrer Analyse vorab sagen?«

»Warten Sie«, das Klappern einer Tastatur war zu hören. »Nun, die Analyse der Reifenspuren lassen sich der Spurbreite zufolge einem SUV oder Geländewagen zuordnen.«

»Oder einem Pick-up?«, fragte Frei.

»Ja, durchaus«

»Noch etwas, was uns in dieser Hinsicht weiterhelfen könnte?«

»Tut mir leid«, erwiderte Dr. Bodde, »das ist alles.«

»Danke.« Zähneknirschend trennte Frei die Verbindung.

Ewan hüstelte. »Mir ist noch was eingefallen. Der Wagen hatte eine Aufschrift.«

»Tatsächlich?«

»Da stand *BerSec*.«

»Di Tiêu!«, stieß Charlie hervor. *»Scheiße!* Der Wachschutz der Bibliothek.«

»Wir brauchen die Liste der Mitarbeiter«, rief Albers.

»Da gibt es nur drei«, erwiderte Charlie. »Den Azubi. Den Typen mit den Punkten in Flensburg, der ist knapp 60. Und eine Frau. Bleibt also eigentlich nur der Chef.«

»Alois Dudzik!«, sagte Frei. »Seine Adresse! Schnell!«

SECHZIG

Schnell!, trieb Suse sich an. *Beeil dich*!

Sie nahm drei, vier Stufen auf einmal. Hände streiften ihre Schulter. Mit einem Schrei konnte sie sich ihnen entwinden und hastete weiter die Treppe hinauf.

Fast war sie oben angelangt, da krallten sich Finger in ihr Haar. Ein harter Ruck, und sie stürzte rücklings die Treppe hinab.

»Bleib hier!«, drang eine Stimme durch den höllischen Schmerz. »Bleib hier, Suse!«

Sie schrie, während sie an ihren Haaren durch den Flur zurück in ihr Verlies geschleift wurde. Ihr Kopf spaltete sich in zwei Teile, zumindest fühlte es sich so an.

Der Schmerz war infernalisch, trotzdem blieb sie bei Bewusstsein. Aber die Welt drehte sich vor ihren Augen, immer schneller, bis sie sich mit einem Schwall bitterer Galle erbrach.

Im nächsten Moment landete sie auf der Matratze, und endlich ließ der Druck auf ihren Schädel nach. Wimmernd krümmte sie sich.

»Warum tust du das?«, drang eine zornige Stimme zu ihr durch.

Sie wälzte sich herum, schaute mit verheulten Augen auf. Spucke und Galle hingen in Fäden von ihren verschmierten Lippen. Rotz triefte aus ihrer Nase. Sie keuchte. »Miro ...«

»Ist das *dein Dank?«* Mit der einen Hand rieb er sich das Kinn, dort wo Suse ihn mit der Faust erwischt hatte. In der anderen hielt er die Eisenstange.

Suse schnappte nach Luft. »Miro, es ist ...«

»... doch nur zu unserem Besten.« Er streckte die Finger nach ihr aus, berührte ihre Wange.

Angewidert zuckte Suse zurück.

»Du und ich«, sagte Miro, »wir gehören doch zusammen.«

EINUNDSECHZIG

Frei jagte den Audi über die Prenzlauer Promenade nach Pankow.

Zwanzig nach 10.

»*BerSec | Wachschutz & Sicherheitstechnik*«, sagte Albers, deren übernächtiges Gesicht im Licht ihres Smartphones noch fahler wirkte. »Laut seiner Website gehören außerdem Einbruchschutz, Schlüsselservice und dergleichen zum Angebot.«

»Er versteht sein Handwerk«, tönte Charlies Stimme blechern aus Freis Handy, dessen Freisprech-Funktion aktiviert war.

»Ja«, pflichtete Albers ihm bei, »und es erklärt, wie er ohne Spuren in Pirnatts Wohnung eindringen und dort Schlüsselbund, Foto und die amputierten Hände ihres Ex-Mannes hinterlegen konnte.«

»Und wie er ungestört die Leiche in die Bibliothek geschafft hat«, fügte Charlie hinzu.

»Vermutlich hat er sich auch Zutritt zu einer der unbewohnten Wohnungen in der Beckumer Straße in Tegel verschafft«, sagte Albers, »und hat sie als seine eigene ausgegeben.«

»Spekulationen«, murmelte Frei. Pankows Hochhäuser flogen an ihnen vorüber – dunkle Riesen vor einem finsteren Hintergrund. »Charlie, wie lange braucht ihr noch bis Tegel?«

»Zehn Minuten, dann bin ich mit dem MEK da.«

»Melde dich.« Frei trennte die Verbindung und setzte den Blinker zur Abfahrt Bucher Straße. Er schoss die Ausfahrt hinauf. Im Rückspiegel sah er, dass der Van eines weiteren Mobilen Einsatzkommandos es ihm gleichtat.

Die Ampel an der Kreuzung zeigte Rot. Frei aktivierte Blaulicht und Martinshorn. Das Fahrzeug hinter ihm folgte seinem Beispiel. Ein Auto bremste.

Frei bog nach links, schaltete Blaulicht und Signalton wieder ab und steuerte in das Neubauviertel. Vereinzelt brannten Lichter. Umhüllt von den Schatten der Nacht hinterließ die Gegend einen friedlichen Eindruck.

22.31 Uhr.

Kurz vor Ortsende hielt er an. Noch bevor er den Wagen verlassen hatte, verteilten sich die Männer des MEK am Bürgersteig – in voller Montur, Helme, Schusswesten, die Waffen gezückt.

Eine alte Dame, die ihren Hund Gassi führte, stand wie versteinert.

Frei nickte dem Einsatzleiter des MEK zu. Noch in derselben Sekunde pirschten die schwer bewaffneten Männer in die nächste Seitenstraße, lautlos in den Schatten zwischen den Straßenlaternen.

Albers wollte hinterher.

»Wir warten!«, hielt Frei sie zurück.

Sie setzte zum Protest an, den er mit einem knappen Kopfschütteln erstickte.

Bevor noch Schlimmeres passiert …

Sie ließ die Schultern hängen.

Keine fünfzig Sekunden später kehrte der Einsatzleiter zurück. »Das Haus ist unbewohnt.«

Frei folgte ihm zu einem Gebäude – ein kleines Einfamilienhaus, irgendwann in den 60ern oder 70ern erbaut, der

Garten verwildert, die Zimmer ohne Möbel, einzig Staubflocken am Boden.

Freis Handy summte. Eine SMS.

Die Wohnung in Tegel ist leer, teilte Charlie mit. *Aber jemand war vor Kurzem hier.*

Im Nachbarhaus entflammte das Vorgartenlicht. Neugierig äugte ein älterer Mann zum Fenster hinaus.

Albers eilte hinüber. Das Gesicht verschwand. Auf ihr Klingeln hin reagierte niemand. Sie läutete Sturm.

»Louisa«, rief Frei.

Sie hielt den Klingelknopf gedrückt. *»Polizei, machen Sie auf!«*

Endlich trat der Mann im Schlafanzug an die Tür.

»Kennen Sie Alois Dudzik?«, herrschte Albers ihn an.

»Der?« Der Nachbar linste über ihre Schulter zu den Männern des MEK. »Der wohnt hier nicht mehr. Was ist denn los?«

»Wann ist er weggezogen?«

»Vor einem Dreivierteljahr. Hat er was verbrochen?«

»Haben Sie eine Ahnung, wohin er gezogen ist?«, fragte Frei.

Der Nachbar beäugte Freis zerknitterten, zerrissenen Anzug. »Nee, der ist einfach ausgezogen. Ist er ein Verbrecher?«

Frei wandte sich ab.

»Obwohl«, hörte er den Nachbar sagen, »er hat mal den Wandlitzer See erwähnt. Da hätte er was geerbt, eine alte Datsche oder so.«

»Wissen Sie wo?«

»Na sag ich doch: am Wandlitzer See.«

Albers schnappte ihr Handy und rief das Präsidium an. »Alois Dudzik. Wandlitzer See. Brandenburg. Checken Sie das Melderegister?«

Minuten zerrannen, während sie auf Antwort warten mussten.

»Nein«, Albers schüttelte entmutigt den Kopf, »da ist kein Alois Dudzik gemeldet.«

Frei kam ein Gedanke. »Was ist mit Miroslav Kaltschuk?«

Wieder vergingen Minuten.

Dreiviertel 11.

»Ja«, Albers nickte aufgeregt, »den gibt es.«

ZWEIUNDSECHZIG

Suses Körper bebte. Miros Hand glitt ihren Hals hinab.

»Ich habe das alles nur für dich getan«, sagte er. »Verstehst du das nicht?«

»Du bist wahnsinnig!«, spuckte Suse hervor.

Er wehrte kopfschüttelnd ab, während er den Stoff ihres T-Shirts berührte. Es stank erbärmlich, aber das schien ihn nicht zu kümmern. Vielleicht bemerkte er es nicht einmal.

»Miro«, sagte sie.

Er legte seinen Zeigefinger über ihre Lippen.

»Bitte ...«

Der Druck auf ihren Mund erhöhte sich.

»... das ist ...« Ein Schlag ins Gesicht brachte sie zum Schweigen.

»Oh Suse.« Miro nahm ihren Kopf zwischen seine Hände. »Es tut mir leid, das wollte ich nicht, aber du musst endlich verstehen ...«

Ich verstehe, schrie es in Suse. Selbst wenn sie gewollt hätte, sie bekam keinen Ton mehr heraus. *Halt den Mund!* Tränen stiegen ihr in die Augen. Sie blinzelte sie weg.

»Du und ich«, sagte Miro und näherte sich ihrem Gesicht. »Wir gehören zusammen.« Er wollte sie küssen. »Für immer.«

Ein Geräusch von draußen ließ ihn in der Bewegung erstarren. Erschrocken eilte er aus dem Zimmer. Die Tür krachte hinter ihm ins Schloss.

DREIUNDSECHZIG

An der Abfahrt Wandlitz wechselte Frei auf die Landstraße.

23.21 Uhr.

Ab und zu kam ihnen ein Pkw entgegen. Sie fuhren vorbei an einem Haus oder einer Toreinfahrt. Ansonsten war da nichts, außer Finsternis über Feldern und Wiesen und dem Sternenhimmel über ihnen.

»Henry«, sagte Charlie, der ihnen erneut zugeschaltet war, »ich habe gerade eben Dudziks Ex-Frau erreicht. Ihre Anzeige wegen häuslicher Gewalt – das war, weil er sie gestalkt hat.«

»Warum hat sie die Anzeige zurückgezogen?«

»Weil er sie dann irgendwann doch in Ruhe gelassen hat. Sie vermutet, dass er eine neue Frau kennengelernt hat.«

»Wann war das?«

»Vor etwa zwei Monaten«, erwiderte Charlie.

»Das passt zu dem, was Frau Pirnatt erzählt hat«, sagte Albers. »Aber wisst ihr, was mir nicht aus dem Kopf geht?« Sie wartete die Antwort nicht ab. »Der Minion, den wir vorhin gefunden haben, und das Blut ...«

Frei passierte eine Abzweigung, die zur Siedlung der Brandenburg Klinik führte. Gleich danach begannen Wälder.

»Vielleicht ist sie gar nicht gestürzt«, sagte Albers.

Unwillkürlich beschleunigte Frei den Wagen. »Hoffentlich kommen wir nicht zu spät.«

Wie aus dem Nichts tauchte Wandlitz vor ihm auf – versprenkelte Häuser, eine Tankstelle, ein Aldi. Schon hatten sie das Ortsende erreicht. Die Ortslichter verschwanden hinter einer Kurve im Wald. Die Baumwipfel verschlangen die Sterne, bis es ihnen so vorkam, als rollten sie durch einen kilometerlangen, tief schwarzen Tunnel.

Fast wäre Frei an dem Feldweg vorbeigefahren.

Er hielt etwa hundert Meter weiter und wartete, bis das MEK sich formiert hatte. Zu Fuß kehrten sie zu dem holprigen Pfad zurück. Frei schaltete sein Handy auf lautlos.

»Ich warte wohl besser hier«, brummelte Albers.

Frei nickte.

Kurz nach halb 12.

Das MEK huschte in den Wald. Mit etwas Abstand folgte Frei ihnen über den schmalen, halb zugewachsenen Forstweg. Von Sträuchern und kleinen Bäumen hingen vereinzelt zerbrochene Zweige.

Leises, hölzernes Knacken war zu vernehmen. Ansonsten herrschte Stille in den undurchdringlichen Schatten zwischen den Bäumen, keine Autos, keine Stimmen.

Dann plötzlich ein Hundebellen, aber gedämpft, ein Stück entfernt.

»Dort!«, zischte der Einsatzleiter und blieb stehen. »Ein Haus.«

Behutsam pirschten sie bis an den Rand einer Lichtung.

»Es brennt kein Licht«, flüsterte der Einsatzleiter.

Minutenlang behielten sie die Datsche im Auge. Das Hundekläffen kam aus dem Gebäude. Etwas versetzt dahinter lag eine kleine Scheune. Bis auf den Hund, der keine Ruhe gab, nirgendwo ein Zeichen von Leben.

Erneut deutete Frei ein Kopfnicken an.

Der Einsatzleiter murmelte in das Mikrofon seines Headsets. Prompt huschten graue Gestalten zwischen den Sträuchern hervor, überquerten die Lichtung und stürmten in das Haus. Das Gebell erstarb. Ein leises Knistern aus dem Headset neben Frei.

»Auch verlassen«, sagte der Einsatzleiter.

In den Zimmern des Hauses gingen die Lampen an.

Viertel vor 12.

Ein Motor heulte auf. Die Scheunentür zerbarst. Ein Pick-up schoss heraus und raste auf den Forstweg zu.

Ein Knall peitschte über die Lichtung. Noch einer.

Beide Hinterreifen waren getroffen, der Wagen geriet ins Schlingern und krachte gegen einen Baum. Die Autotür flog auf, Dudzik taumelte heraus und wollte sich in den Wald absetzen. Er kam keine fünf Meter weit.

»Hiergeblieben!« Wie aus dem Nichts tauchte Albers aus der Dunkelheit auf und streckte Dudzik mit einem Taser nieder.

Handschellen klickten.

Mit trotzigem Blick schaute Albers zu Frei, als wollte sie sagen: *Siehst du, ganz so müde bin ich doch nicht!*

»Herr Frei!« Einer der MEK-Männer winkte ihn in die Scheune.

Am hinteren Ende stand eine Falltür geöffnet. Das Licht einer Taschenlampe fiel auf eine Treppe, die in die Tiefe führte.

In Freis Hosentasche vibrierte sein Handy. Er blickte hinab in einen kurzen, schmalen Flur. An dessen Ende befand sich eine Tür, dahinter ein fensterloses Kellerverlies, vier nackte Wände mit grauen und gelben Flecken übersät.

Sein Telefon vibrierte nach wie vor. Im Lichtschein nahm er eine Bewegung wahr, hinten in der Ecke, auf einer fleckigen Matratze. Eine Frau. Susanne Pirnatt.

»Louisa!«, rief Frei. »Verständige einen Arzt.«

Dann zog er das Handy hervor.

Es war sein Chef. »Henry.«

»Wir haben ihn. Alois Dudzek.«

»Glückwunsch, gute Arbeit«, erwiderte Veckenstedt, »zumindest in diesem Fall.«

»Was soll das heißen?«

»Wir haben ein Problem.«

Frei trat einige Schritte beiseite. »Welche Sache?«

»Der Mordfall Sina Weinstein, im *Hotel Brendt's*«, sagte Veckenstedt.

»Was ist damit?«

»Erinnerst du dich an den Zettel, den Weinstein in der Hand hielt?«

»Selbstverständlich.«

»Darauf stand eine Telefonnummer. Von einer gewissen Ramona Nicklaus.«

»Die Verlagsangestellte«, erinnerte sich Frei.

Veckenstedt bejahte. »Ihr Freund hat Ramona Nicklaus heute Abend in ihrer Wohnung gefunden, stranguliert, sehr wahrscheinlich mit einem Metalldraht. Ihre Leiche wurde gewaschen, gesäubert, gekämmt und anschließend nackt auf dem Bett drapiert. Und genauso wie Sina Weinstein hat sie einen Zettel in der Hand. Darauf eine Telefonnummer. Eine neue Telefonnummer.«

Freis Blick ging zu seiner Kollegin. Albers kletterte zu der verstörten Pirnatt in den Keller.

Die Lösung ist am Ende häufig banal.

Manchmal aber auch nicht.

»Fahrt sofort dorthin«, sagte Veckenstedt.

DER ZWEITE FALL FÜR
KOMMISSAR HENRY FREI

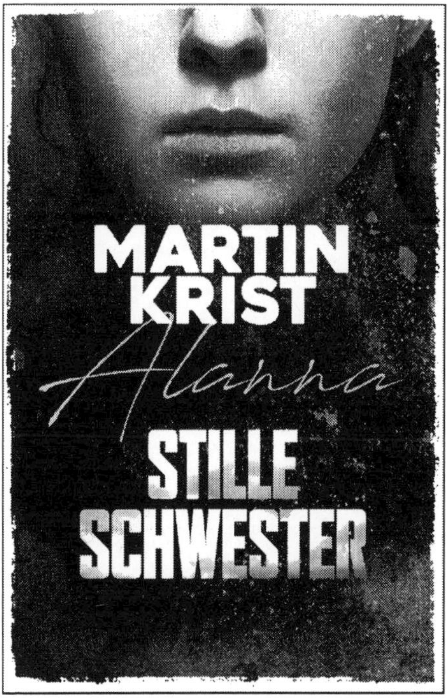

Ab 21. MAI 2018

»Dank ›Brandstifter‹ und Martins Präzision tauchen wir mal wieder in die Abgründe der Menschheit ein, ohne jegliche Verniedlichung. Und das ist es, was Martins Krimis ausmachen.«
Diana Blaum, The Last Page

BRANDSTIFTER
Als eBook & Taschenbuch

ICH DANKE

Steffi & Heiko, ohne die dieses Buch niemals möglich gewesen wäre.

Antje, Thea & Heinz, Nicole, ohne die *ich* nicht wäre.

Anke & Celina für ihre Freundschaft.

Peter Veckenstedt, Kriminalhauptkommissar a.D. für seine wertvollen Ratschläge, Korrekturen, Verbesserungen.

Denise Börner für ihr offenes Ohr, vor allem aber für *Tapsi, Lilo&Stitch* und - ha! - *Miroslav Kaltschuk*.

Ramona Nicklaus (Kielfeder), die endlich mal in einem Thriller mitspielen wollte.

Stephanie Klee, Susanne Kasper (Literaturschock), Katja Rittig (Philly Biblio), Kerstin Wiegard (Book-aholic-girl), Inga Weis (Sharon Baker) für ihre ehrliche Kritik & ihre Unterstützung.

Grit Burkhardt & Antje Gadeling (Krimibuchhandlung Totsicher) für ihre Begeisterung.

Dennis Schönwetter (Berliner Kriminal Theater) für die phänomenalen Buchpremieren.

Carolin Reif & Lars Poeck (epubli) für ihren Zuspruch.

Vor allem aber: meinen Leserinnen und Lesern, die das, was ich über fünf kräfte- und nervenraubende Monate hinweg geschrieben habe, nicht nur kaufen (was heutzutage leider keine Selbstverständlichkeit mehr ist), sondern auch noch lesen - und deshalb meinen Traum erst richtig möglich machen. Bücher schreiben.

Martin Krist, Oktober 2017

26640002R00193

Printed in Poland
by Amazon Fulfillment
Poland Sp. z o.o., Wrocław